あきない
金と銀
十

ただ金銀が町人の氏系図になるぞかし

井原西鶴著『日本永代蔵』より

第一章　北国春景

大門を潜って見上げる吉原の空は、細長い。

引手茶屋に仕切られた空を埋め尽くす勢いで、桜の花枝が伸びている。八分咲きの桜越し、薄紅を差して恥じらうに似た浅縹の天が覗く。

千代田の城から北に遠く、「北国」の異名を持つ吉原は、常は男のための花街だった。しかし、この時季には家族連れや女同士の花見客も多く見受けられる。たっぷりと綿の詰まった春らしい色合いの長着を纏う者、幾度も水を潜ったと思しき古手を着込んだ者等々、装いはそれぞれだが、一様に花を仰ぎつつ、短い春を愛でる。

宝暦十四年（一七六四年）、弥生十一日。

吉原仲の町をそぞろ歩く花見客の中に、幸と菊栄の姿があった。遊里きっての大見世、大文字屋の楼主の市兵衛から花見に誘われたがゆえである。

勧進大相撲の春場所を控えて、売り出し用の藍染め浴衣地も蔵一杯に収まった。支配人の佐助から「是非に」と勧められての、花見見物であった。

ほんに、と菊栄が感嘆の吐息を洩らす。

「ほんに、美しおますなぁ。江戸には桜の名所が多いけれど、こないにひとの手ぇのかかった桜は初めてだす」

なぁ、幸、と同意を求められ、幸は花見客に向けていた眼差しを桜に戻した。

二万坪を超える広大な敷地の吉原遊里。その真ん中を貫く通りは「仲の町」と呼ばれ、桜の季節には、そこに数多の桜が植えられる。一重咲きに八重咲き、花弁の濃淡などに違いはあれど、枝ぶりも咲き具合も実によく揃っていた。

「確かに、確かに」

ふたりの前を歩いていた市兵衛が、南瓜に似た重そうな頭を上下に振ってみせる。

「幹の太さや枝ぶりの似た樹を選んで運び入れ、花の見頃を延ばす工夫を凝らし、散って無惨な姿を晒す前に全て抜き去ってしまう。ひとの手をかけるだけかけた桜に違いありません」

弥生限りの贅沢です、と市兵衛はにこにこと客人を振り返った。

「吉原らしい桜といえば、夜桜なのですが、昼日中の花見もまた一興。今日は間日で縁起も良いし、天気も上々。お陰でこの人出です」

花見だけでは廓（くるわ）に金銀は落ちないはずだが、大文字屋はすこぶる上機嫌であった。

通りに面して、左右には高さを揃えた引手茶屋が建ち並ぶ。桜同様、似たような造りの店構え、一階二階には揃いの赤い提灯（ちょうちん）が隙間（すきま）なく吊（つ）られていた。

いずれの茶屋の窓も開け放たれ、花見の宴に興じるひとびとの姿がよく見える。金（きん）襴（らん）に錦（にしき）等々、遠目にも、遊女たちの煌（きら）びやかな装束が目を引いた。

「市兵衛さま、お待ちしておりました」

中ほどの一軒、軽く捲（まく）られた緋色（ひいろ）の暖簾（のれん）の前で、弾んだ声が掛かる。

初老の男衆が身を屈（かが）めて一礼し、市兵衛とその連れを丁重に招き入れた。


「まあ」

引手茶屋の二階座敷に通されるなり、幸と菊栄は思わず吐息を揃えた。

二部屋ある座敷を繋（つな）げた室内、横長に設けられた窓一面に、桜色が溢（あふ）れる。みっしりと咲く桜の花枝が、遮るものもないまま、こちらへと迫っていた。

「こうやって見ると、また景色も違いますよ」

市兵衛は言って、窓辺に腰をかけて首を伸ばしてみせた。

勧められるまま、ふたりは窓近くに座り、枠に手を掛けて周囲を覗く。

仲の町の通りを行くひとびとの様子がよくわかる。父親に肩車された幼子が、桜の枝に手を伸ばしている姿が何とも微笑ましい。夜ともなればまた別の顔を覗かせるのだろうが、今は穏やかな春の刻が流れていた。

「よいわな、よいわな」

それが口癖なのか、帯に挟んでいた扇子を抜いて、市兵衛は桜の花へと差し伸べた。左右の茶屋の二階の窓から桜を愛でていた遊女たちが、市兵衛に気づき、華やいだ声を上げる。じきに、両隣りから賑やかに三味線の音が流れてきた。

大文字屋の大かぼちゃ
その名は市兵衛と申します
よいわな、よいわな

男女の入り混じった、浮き立つ調子の唄声である。

「いやぁ、これはこれは」

己を歌った戯れ歌に、市兵衛は満面に笑みを浮かべて、手にした扇子を開いた。窓から半身を乗りだし、左右に扇子を大きく振って「よいわな、よいわな」と節をつけて唄いだす。

突然降ってきた戯れ歌に、花見客は足を止めた。扇子を手にした南瓜頭の男こそが、大文字屋市兵衛本人だと知って、わっと歓声が上がる。

その光景を間近に眺めて、幸は何とも不思議な思いに駆られる。

遊郭は、遊女が金銀で男と情を交わす場所に違いなかった。吉原は「女が売られていく」先であり、淫靡さゆえ、廓の外にいる女は大抵、自ら関わることを望まない。幸自身も、四代目徳兵衛の新町廓での放蕩、そして死、という呪縛があり、遊里というものを遠ざけておきたい気持ちが強くあった。だが、今、目にしている情景は、男と女の色や欲に塗れたものとは趣を異にしていた。

吉原がひとの心を捉まえて放さないのは、思いがけない顔を幾つも持っているからかも知れない。

「市兵衛さま」

戯れ歌の切れ間に、襖の向こうから声がかかった。

すーっと襖が横に滑り、茶屋の女将と思しき女が顔を覗かせる。

「御酒のご用意ができました」

「おお、待ちかねた、待ちかねた」

子どものようにはしゃぎ声を上げて、市兵衛は扇子を閉じた。

女将の指図で、奉公人たちが膳を運び入れ、客人らの間に据える。

銘々膳ではなく、大皿に盛りつけた料理をひとつの台にまとめるのが吉原の習いなのだろう。杉の葉を敷き詰めた上に並ぶのは、鯛の塩焼き、玉子焼き、蒲鉾等々。取り分け易いように包丁目が入っているが、随分と素っ気ない盛り付けだった。脚付き膳には朱塗りの銚子と三つ重ねの盃。

宴の仕度を整えると、全員が速やかに去った。

予め話を通してあるのか、遊女や幇間はおろか、世話をする者も現れない。広々とした座敷に、三人きりである。

「吉原の料理はすこぶる評判が悪いのですよ。味の方はまあ、期待しないことだ。さあ、盃をお取りなさい」

市兵衛に言われて、ふたりは盃を手に取る。

酒で満たされた盃に、形ばかり唇をつけただけの幸に比して、菊栄はまずひと口味わう。仄かに笑んで頷くと、少しずつ盃を傾けてゆっくりと中身を干した。

ほほう、と市兵衛は嬉しそうに声を上げる。

「伊丹の諸白も、それほどまでに旨そうに飲んでもらえたならば、本望でしょう」

「おおきに」

嫋やかに応じて、菊栄は「ほな、今度は私が」と、銚子の柄に手を伸ばした。

周囲の引手茶屋から三味や唄の宴の賑わい、下からは花見客のざわめきが届いて、三人きりの座敷を埋める。市兵衛と菊栄は和やかに酒を酌み交わし、幸は幸で遠慮なく料理を口に運んだ。

四方山話に花が咲く頃、仲の町の通りから、ひときわ華やいだ歓声が沸く。どれ、と盃を置いて窓から下を見下ろした市兵衛が、

「常は火灯し頃に行われるものですが、花魁道中が始まりました」

御覧なさい、とふたりを促した。

眼下、先に箱型の提灯、末に長柄傘を手にした男衆に守られた一群が、ゆるりゆるりとこちらへ向かって来る。幼い禿、新造、それに遣手を従え、光り輝くような立ち姿を見せるのが、花魁であった。

たっぷりと綿の詰まった表着は赤紅、大胆に刺繍されているのは孔雀の羽だ。金襴の唐帯は前で結ばれ、下重ねの縮緬は桜色、緋色、そして純白の三枚。髪は兵庫髷と呼ばれるものを横に倒した形で、二枚櫛、笄、それに末広がりに挿された簪は、いずれも揃いの斑入り鼈甲であった。

「何とまあ、豪奢な形だすやろか」

ほろりと菊栄が洩らす。

大坂(おおさか)に居た頃、鉄漿粉(おはぐろこ)商いで新町廓にも出入りしていたはずの菊栄でさえ、息を飲む華やかさだった。

装束の艶(あで)やかさに魅(み)せられるのは勿論(もちろん)なのだが、幸には先刻より気になってならないことがあった。衣裳(いしょう)だけでも相当に重いだろうが、花魁は六寸（約十八センチメートル）ほどの黒塗りの下駄(げた)を履いている。その足を外側へ弧を描きつつ前へと進める、独特の歩き方だった。

「あの足運びで、裾(すそ)が乱れないのは何故(なぜ)でしょうか」

必ずや裾が割れてしまうはずなのに、それがないのが、幸には不思議でならない。

「気になるのは、そこですか」

素(す)っ頓狂(とんきょう)な声を上げたあと、市兵衛は呵々大笑(かかたいしょう)した。

「花魁の裾が乱れぬのを残念に思う男は多いが、『何故か』と気にかけた者は、今まで居ませんでしたよ」

笑い過ぎたせいなのだろう、大文字屋の主(あるじ)は片手で脇腹(わきばら)を押さえている。

「花魁の鍛錬(たんれん)、と言いたいところだが、実はそうではない」

肌近くに巻いた緋色の二布(ふたの)に、鉛の重りを付けてあるのだ、と楼主は種を明かす。

幸は「ああ、それで」と、両の掌(てのひら)を打ち合わせる。

「なるほど、知恵ですね」

何事にも工夫があるものだ、と感心する幸の横で、菊栄が懸命に笑いを堪え、両の肩を震わせた。

ふたりの様子を好ましげに眺めていた市兵衛だが、ふと、真顔になる。

「少し前まで、吉原には太夫と言う名があり、お客をもてなすのは揚屋と決まっていたんですよ。花魁道中は本来、客が待つ揚屋に出かける時の、太夫一行の華やかな様子を示すものだったはずが、今やその太夫も揚屋も消えてしまった」

遊女の中でも最高位とされる「太夫」は、見た目の美しさだけでなく、高い教養も求められた。三浦屋で代々襲名されていた高尾太夫はその一例であった。しかし、三浦屋も既に廃業している。また、揚屋は「揚屋町」という町名に名を留めるのみで、その役目を引手茶屋に取って代わられてしまった。

「仲の町の桜の美しさ、花魁道中の華やかさは変わらずとも、かつての仕来りや格式は破られ、吉原そのものが、どんどん変わっていく。誰も止められないのですよ」

僅かに寂寥が滲むのを悟ったのか、市兵衛は軽く咳払いをして、声を整えた。

「最早、身分の高い武家やら江戸屈指の豪商やらを相手にするだけで遊里が成り立つ時代ではない。変わらなければ滅んでしまうのです」

楼主の話に黙って耳を傾けていた幸と菊栄は、密かに視線を絡め合う。お客あっての商い、という意味では、幸も菊栄も市兵衛と同じ立場であり、楼主の台詞は胸に強く響いた。

五鈴屋さん、と市兵衛は幸の方へ向き直る。

「吉原での衣裳競べの話、受けて下さったことを改めて感謝します。花魁ではなく、歌扇に白羽の矢を立てたことからして、面白い。金銀に飽かしたものではない、五鈴屋さんならではの装束で風穴を開けてください」

期待しています、と市兵衛は南瓜頭を下げた。

吉原での遊びのひとつも教えずに、衣裳競べに加わらせることに躊躇いはないのか、市兵衛は最後まで座敷に遊女たちを呼ぶことをしない。大文字屋の大南瓜は、客人ふたりに存分に桜を見せ、ともに酒や料理を愉しんだあと、余韻を残しつつ宴を閉じた。

切手を懐に、幸と菊栄は、市兵衛に送られて大門へと向かう。八つ半（午後三時）を過ぎた頃か、家族連れや女の姿は減り、代わりに旅装束の男たちが目立っていた。

大門に向かって左側には、先ほどの茶屋よりも間口の大きな店が並ぶ。市兵衛は重そうな頭を持ち上げ、耳の後ろに手を当てがった。

何だろう、と幸も耳を欹てる。花見客の賑わいに混じって、長閑やかな三味の音が聞こえていた。

　仇(あだ)なりと
　名にこそ立てれ　櫻木(さくらぎ)の
　初花染の戀衣(こひごろも)

艶めいた唄に、花見客がひとり、ふたり、と足を止める。伸びやかで豊かな唄声は、傍(かたわ)らの引手茶屋の二階座敷から流れていた。

「何とも粋だねぇ」

「あれだけ唄える花魁が居るとは驚きだ」

花魁が顔を覗かせまいか、と皆、懸命に背伸びをして窓を見上げる。

違う、花魁ではない。あれは歌扇の唄声だ。

――浴衣のほかは絹だけです

初めて聞いた、歌扇の声がまだ耳に残っていた。良い声だとは思っていたが、唄うとさらに濃密な色香が滴るようだ。

息を詰めて唄に聞き入る幸に、市兵衛は声低く囁(ささや)く。

「身を売るのではなく、芸を売る――歌扇の志は勇ましい。しかし、今のままでは花魁からも芸者衆からも疎まれて、潰(つぶ)されるでしょう」

春景にそぐわない不吉な台詞に、幸は首を捩じって相手の顔をまじまじと見た。老練な楼主はその眼差しを受け止めて、

「五鈴屋さんがどのような手立てで衣裳競べに臨まれるか、楽しみでなりません」

と、大様に告げた。

吉原から田原町三丁目の五鈴屋まで、女の足で小半刻（約三十分）ほどか。五鈴屋から浅草御門まで歩くのと大差がない。

麗らかな春陽のもと、山谷堀沿いの日本堤をふたり並んで歩く。大門を出た時から、それぞれ思案に暮れて、殆ど言葉を交わしていなかった。

市兵衛の「今のままでは潰される」という歌扇評が、幸の胸を去らない。

五鈴屋の望みに応じ、衣裳競べに出ることを決めた歌扇は、その後、幾度も店を訪れて、手持ちの衣裳を全て見せてくれた。遊女だった頃に仕立てた長着は、紅、緋色、紅梅、真朱といった華やかな赤い色が多い。質の良い絹織ではあるが、お世辞にも似合うとは言いかねた。帯もまた然り。ただ、それが「疎まれて潰される」理由になるだろうか。

妬み嫉みは世の常。吉原での年季奉公を終えた歌扇ならば、そうしたものに屈する

こともないだろうに。

「幸、あれを見てみなはれ」

日本堤から浅草寺裏に抜ける脇道に入った時、菊栄がそこに並んだ茶屋の方を指さした。

いずれも簡素な造りなのだが、軒先に長い竿を吊り、そこに編笠をずらりと並べていた。どの茶屋にも客の気配はなく、暇を持て余した奉公人が、さいはらいで笠の埃を落としながら、欠伸を噛み殺す。

少し先には門前町があり、ちょっと戻れば日本堤に葦簀張りの茶屋や屋台見世がある。何もここで休む必要などなく、閑散としているのも無理はなかった。

「編笠が並んでますやろ。昔の吉原はお武家さまが多かったよって、あそこで借りた笠で顔を隠して、廓へ乗り込むひとが仰山いてはったんと違いますやろか」

菊栄の言葉に、なるほど、と幸は頷く。

だが、どの茶屋の編笠もみっしりと並んで、借りられた様子もない。吉原の花見客の様子を思い返しても、編笠姿の侍はついぞ見ていない。

「笠で顔を隠すようなお客が居なくなった……。吉原が人目を憚る場所では無うなった、それに、お客の層が大きく変わった、いうことだすやろ。さっき、座敷で聞いた市兵衛さんの台詞は、ほんにその通りやと思います」

――最早、身分の高い武家やら江戸屈指の豪商やらを相手にするだけで遊里が成り立つ時代ではない。変わらなければ滅んでしまう

菊栄の言葉に市兵衛の台詞が重なり、幸はぐっと唇を嚙み締める。

贅を尽くした金銀小鈴の揺れる簪から、慎ましい木製の笄へ、商う品を変えようとしている菊栄。

限られた顧客を相手にする従来の遣り方から、より幅広い層の客を取り込む方へと舵を切る吉原。

では、五鈴屋はどうか。

手の届く頃合いの品から、贅を尽くした品へ。菊栄や吉原とは逆になりつつある。呉服太物商として、どのような要望にも応えることも大事、時代の変化を見誤らぬことも大事。

息を詰めて考え込む幸の袖を、菊栄がそっと引っ張る。

「幸、そろそろ行きまひょ」

我に返って顔を上げれば、茶屋の奉公人たちが、こちらを訝しげに眺めていた。

焼き上げた甘い生地を、熱いうちにくるりと巻いた「巻煎餅」。

薄く伸ばした餅生地を丸く切って焼き、中秋の名月に見立てて、仕上げにたっぷりと砂糖をまぶした「最中の月」。

手土産に、と市兵衛が幸と菊栄に持たせてくれたのは、吉原で売り出して間もない、珍しい菓子だった。夕餉のあとに皆で食べよう、と取っておいたのだ。

重箱には、仲の町の桜がひと枝、添えてある。蓋が取られて、二種の菓子が現れると、五鈴屋江戸本店の奉公人たちは、そわそわと腰を浮かせた。

「ええ匂いだすなぁ」

豆七が、鼻から息を吸い込んで、うっとりと眼を細める。

「花魁も、こないな甘い匂いなんだすやろか」

「これ、豆七どん、余計なことは言わんで宜し」

お茶を淹れる手を止めて、小頭役のお竹が手代を窘めた。

幸は巻煎餅をひとつ取って、

「沢山頂戴したから、力造さんたちの分もお梅どんに持たせて、まだこんなにあります。皆も遠慮なくお食べなさい」

と、奉公人らに勧めた。

中が空洞の巻煎餅は、さくさくと軽やかな噛み心地で、優しい甘さ。最中の月は、まぶされた砂糖がしっかりと甘く、食べ応えがある。美味に舌鼓を打ちつつ、皆は幸と菊栄の吉原での話に、熱心に耳を傾けた。

二万坪を超える広さであることや、中で暮らす者のために、呉服から青物、落とし紙に至るまで商う店があること、女は大門を出る時に切手が要ること、等々。何となく知ってはいても、実際に足を運んだ者から話を聞くのは、皆、初めてだった。

「せっかく植えた桜を花の散る前に全部抜いてしまうて、何と贅沢なことやろか」

「けど、えらい罰当たりな気ぃがしますなぁ」

さくさくと良い音をさせて、手代の壮太と長次が代わる代わる感想を口にすれば、支配人の佐助が「それよりも」と首を傾げた。

「小さい子ぉを連れて遊里に花見に行くて、大坂ではあり得んことだす。子連れで行くのに一番向かん場所やと思いますけんどなぁ」

「私も初めは、佐助どんと同じように思うてました」

最中の月を食べ終えて、お茶を啜っていた菊栄が湯飲みを放した。

「けど、昼日中、大勢の花見客のうちの一組なら、躊躇う気持ちは薄うになりますやろ。片や『悪所には違いないだろうが、一生縁のない場所で綺麗な桜が見られる』、片や『もっと気安く大門を潜ってほしい』――両方の欲を満たすのに、時期を限った花見ほど好都合なものはおまへん」

　花見をきっかけに廓へ足を運ぶひとかて出てきますよってに、と菊栄は結んだ。

　黙々と最中の月を食していた賢輔が、

「ひとりのお客から十両受け取るのではなく、一両ずつ十人のお客から取る道を、吉原は選んだ、いうことだすのやなぁ」

　と、呟いた。

　手代のひと言に、他の奉公人たちは、目立たぬよう互いの視線を交える。

　呉服商いを断たれた時、五鈴屋を支えたのは、太物の藍染め浴衣地。手頃な値で、利は薄いが飛ぶように売れたため、店は息を吹き返せた。吉原の目論見は、以前の五鈴屋に重なる。だが、今の五鈴屋は極上の絹織を扱うに至り、吉原とは逆の向きに歩き始めている。

　皆の逡巡が己の迷いと重なって、幸はほろりと笑む。

「手頃な品と値の張る品、両方を揃えることで、幅広い要望に応じられます。ただ」

　幸は一旦、言葉を区切って、佐助、お竹、壮太、長次、賢輔、豆七、大吉の順に視線を巡らせた。

「五鈴屋に足を運んでくださるかたが『術無(ずつな)い』思いをせずに、買い物を楽しめる――その工夫を探らねばなりません」

心に期するところはあれど、今少し、幸自身で考えを詰めておきたかった。視線を柱暦(はしらごよみ)に移して、幸は明瞭(めいりょう)な口調で続ける。

「皐月(さつき)の末には、大坂本店から奉公人が五人、江戸本店へ移って来ます。人手が増えて、融通も利くようになる。この件については、改めて話し合いましょう」

店主の言葉に、一同は各自知恵を絞ることを約して、憩(いこ)いのひと時は終わった。空になった重箱に蓋が戻されて、添えられていた桜の枝が、お竹の手で一輪挿しに飾られる。

吉原所縁(ゆかり)の桜花は、誰も居なくなった板の間で、なおも芳(かんば)しい香りを放っていた。

第二章　新たな時代へ

「では、今回の寄合（よりあい）は、これにてお開きとさせて頂きます」

夏至（げし）を迎えて、むんと熱気の籠（こも）る会所の室内、浅草呉服太物仲間（ごふくふとものなかま）の月行事（がちぎょうじ）は、額から汗が滴り落ちるまま、そう結んで一礼した。

思えば、今年の春場所はあいにく穀雨（こくう）と重なり、なかなか厳しいものだった。ただ、そうした経験は二度目だったため、何とかやり過ごすことが出来た。両国（りょうごく）の川開きを六日後に控え、巻き返しを図るべく、新たな浴衣地（ゆかたじ）商いについての話し合いも無事に済んだ。皆の表情も緩み、思い思いに帰り仕度を始める。

仲間うちで最年長の河内屋（かわちや）が、「五鈴屋さん」と幸に声を掛けた。

「吉原の衣裳競（いしょうくら）べまで、あと三月（みつき）と少し。用意は捗（はかど）っておられますか」

河内屋の問いかけに、座敷を去りかけていた店主らが、きちんと座り直した。皆、興味深そうに、幸の返事を待っている。

長月朔日に、吉原で衣裳競べが行われること、大文字屋から声が掛かり、店として誘いを受けると決めたことは、弥生のうちに仲間に知らせてあった。

「あれこれ思案している最中です」

言葉少なに応じる幸に、若い恵比寿屋の店主が前のめりになった。

「日本橋の大店でなく、我ら浅草呉服太物仲間の五鈴屋さんが、吉原の衣裳競べを制する。思い描いただけで、胸が弾んでなりません」

高揚した語勢で、恵比寿屋は続ける。

「我々にできることは、何なりと申し付けてください。勝ち戦になるよう、どんな手助けもさせて頂きます」

周囲の店主らも、恵比寿屋を後押しするかの如く、幾度も頷いてみせる。その気持ちがありがたく、幸は一礼で謝意を伝えた。

次回の寄合の日程を再度、皆に告知して、月行事はふと、

「噂通りなら、来月には元号が変わる。今回の寄合が宝暦最後、ということになるやも知れない」

と、切なげに洩らす。

先の桃園帝の異母姉、智子内親王が践祚し、昨年霜月に即位の礼を済ませた。これ

を受けて、水無月のうちに元号が変わる、というのが専らの噂であった。

「今月は小の月ですから、ひぃ、ふぅ、みぃ……七日しか残っていない」

指を折って数え、和泉屋が悩ましげに、

「さて、どんな元号になることやら。この齢になると、新しいものに馴染むのに刻がかかるのですよ」

と、嘆いた。

和泉屋の愚痴に、店主たちが一斉に「私も同じです」「よくわかりますとも」と相槌を打つ。

「その前の『寛延』は、四年使っただけでしたからねぇ」

「百二十年ぶりの女帝とはいえ中継ぎですし、新元号もそう長命ではないでしょう」

店の主として証文を書く機会も多く、元号には皆、気を使う。元号違いで偽文書と見なされれば、大きな問題になりかねないのだ。何より十四年もの間、慣れ親しんだ「宝暦」を手放す寂しさもある。

座敷の雰囲気が翳るのを察して、「まぁまぁ」と河内屋が大らかに皆を宥める。

「言霊というのがありますからね、あまり気弱なことを言うのは止しましょう。嘘か真か、新元号には『和』の一字が入るそうな。和が尊ばれる、穏やかな良い時代になりますよ」

きっとそうなりますとも、と最年長の店主は断じた。

十四年続いた宝暦年間には、麻疹の流行に大火、という悲惨な凶事が重なった。前者では多くの子どもが命を落とし、後者では江戸の街の三分の一近くが焼失している。せめて新しい世は穏やかであってほしい――河内屋の言霊を信じよう、と幸もまた、強く思った。

五鈴屋は、貞享元年（一六八四年）に、伊勢出身の初代徳兵衛が、大坂天満の裏店に暖簾を掲げたのを創業とする。

初代は古手を商い、二代目で呉服商に転身、天満菅原町に店を構えて今に至る。今年、五鈴屋は創業から丸八十年を迎えた。

その大事な節目の年に、手代三人と丁稚二人が、八代目徳兵衛こと周助の命により、大坂から江戸へ移されることになっていた。

「まだやろか、皐月は昨日で終いやったのに、何でまだ着かんのだすやろ」

昼餉時、お梅が杓文字を手にして、先刻から土間を行ったり来たりしている。皐月の末までに江戸に着くはずの一行は、まだ姿を現さない。

「これ、何だすのや、お梅どん」

表座敷から、小頭役の叱責が飛ぶ。

「何ぼお客さんが居てはらへんかて、そないな格好で、店の中をうろうろするもんやない。店の恥になりますで」

まぁまぁ、と支配人が間に割って入り、

「八代目からの文で、七日には大坂を発ったことがわかってますのや。途中、川止めに遭うたりして予定が狂うこともおますやろ」

と、心配性の女衆を慰めた。

長旅の道中、何が起こるかわからない。鉄助らの身を案じるのは皆、同じで、お梅の不安は全員の不安でもあった。

「佐助どんの言う通りですよ」

手にした帳面を閉じて、幸はお梅の方へと向き直る。

「たとえ道中、難儀することがあったとしても、旅慣れた鉄助どんも一緒なのだから、大丈夫。過ぎた心配は無用です」

きっぱり言って、主は温かに笑ってみせた。

翌、水無月二日。

川開きの数日前から晴天続きだったが、早朝からあいにくの雨となった。鉢植えの鉄線花、賢輔が図案を描くために育てていた最後のひと花が、軒下でひっそりと咲いている。凛とした美しい花を、しかし、立ち止まって愛でる者は居ない。雨脚は強くなったり、弱くなったりするものの、なかなか遠のきそうになく、誰もが外出を控えていた。

暖簾を出して一刻（約二時間）が過ぎても、五鈴屋の表座敷にお客の姿はない。盛夏に向けて売り出し中の藍染め浴衣地を並べて、奉公人らが溜息を堪えていた。

新しい手拭いを手に、大吉はしきりに暖簾の間から外を覗くが、人通りは殆どなく、水溜りに雨粒が水紋を刻むばかりだ。

諦めて戻ろうとした大吉の視野の隅に、何やら塊が動くのが映る。何だろうか、と目を凝らせば、笠に合羽、手甲に脚絆の旅姿の一群だった。中には子どもも混じる。

もしや、と大吉は暖簾を捲り上げる。

笠に翳した手を外して、先頭の旅人がこちらを見た。濁った雨音に混じって、「大吉」とその名を呼ぶ声がはっきりと耳に届く。

「ご寮さん、支配人」

大吉は首を捩(ね)じり、座敷に向かって叫ぶ。

「番頭さんたちが、今」

最初に店主と支配人、残る奉公人が座敷を下り、一斉に戸口へと駆け寄った。

全身、濡れ鼠(ねずみ)の男たちの頭数は六人。誰(だれ)も欠けていないことを確かめて、幸は雨の中へと飛び出す。

「ご寮さん、えらい遅うなりまして」

店主を認めて、鉄助は腰を屈(かが)めた。それを制し、幸は相手の腕を引っ張る。

「挨拶(あいさつ)はあとです。皆、ともかく上がって、着替えをなさい。お梅どん、子どもたちをお願い。風邪(かぜ)を引かせないように」

幸に命じられて、お梅が小柄な二人へと駆け寄る。残りの者も、江戸店(えどだな)の手代らに導かれて、店内へと入った。

大坂から江戸への旅は、順調に行けば半月ほど。しかし、鉄助ら一行は長く川止めに遭(あ)い、到着が遅れに遅れたという。

「こないにして頂いて、ほんに、おおきにありがとうさんでございます」

身体(からだ)を乾かし、真新しい単衣(ひとえ)に着替えて、人心地着いた鉄助は、改めて幸に礼を言う。番頭に倣い、残る五人も神妙な面持ちで深々と頭を下げた。

雨でお客の姿もないため、全員揃っての対面が叶った。今後を共にする身内を迎えて、期待と緊張の混じりあう中、豆七と大吉は先刻からにこにこと嬉しそうに笑っている。

「手前から順に、手代の鶴七、亀七、松七、それに丁稚の天吉、神吉だす。鶴七と亀七は大坂本店から、残りの者は高島店から移って参りました」

ご寮さんにご挨拶しなはれ、と促されて、五人は手代から順に名を名乗り、「どうぞ宜しゅうにお願い申します」と、折り目正しく一礼する。

手代は二十歳を三つ四つ過ぎ、丁稚はともに十三歳。各々、周助や鉄助のもとでよく仕込まれていることが窺えた。

「豆七どん、大吉どん、お前はんらは、手代三人と奉公の時期が重なってましたな。一層、親身になったりなはれ」

鉄助に言われて、豆七と大吉は「へぇ」と声を揃えた。

鶴七、亀七、松七、と繰り返して、お梅が、

「鶴、亀、松、と覚え易いし、ほんに縁起のええ名前だすなぁ」

と、感心してみせる。

名前で選んだわけやないのだすが、と鉄助がほろ苦く笑って、

「丁稚の方は『天吉』と『神吉』で、合わせて『天神』だす。五人とも、八代目がその働きぶりを認めはった奉公人だすよって、きっと、江戸本店のお役に立たせて頂けますやろ」

と、言った。自信に溢(あふ)れた声だった。

「ああ、あかん、あかん、味噌汁(みそしる)はそないぐつぐつ煮たらあきまへんで」

台所から、味噌の香りとともにお梅の大きな声が、奥座敷に届く。

「煮炊きくらい、早(はよ)う覚えなはれや。江戸の商家では、女衆を使わんと、男ばっかりで台所仕事するとこも多いんだすで」

新入りの丁稚二人に台所仕事を仕込んでいるらしく、何処(どこ)となく威張った語勢だった。鉄助も同じように思ったのか、ふっと笑いを含んだ息が洩(も)れる。

「大坂本店、高島店、そして京の仕入店の巴屋(ともえや)。合わせて百人を超える大所帯になったのねえ」

行灯(あんどん)の傍(そば)に座り、周助からの文を読み終えて、幸はほっと緩んだ息を吐いた。

京の巴屋を買い上げて仕入店とし、長年の得意先の他にも商いを広げて、大坂屈指

の大店の仲間入りを果たした。五鈴屋の養子となり、幸の跡を継いで八代目に収まった周助は、その手腕を存分に発揮したのだ。

「お陰さんで、創業八十年を方々から祝うてもろてます。ありがたいことだす」

しみじみと言って、鉄助は「ああ、せや」と膝頭をぽん、と叩く。

「今津の文次郎さんから、言伝を頼まれてました」

「まあ、文次郎さんから？」

懐かしい名前に、幸の声は弾む。

文次郎は、遠い日、五鈴屋に奉公に出ることになった幼い幸に同行してくれた綿買いだ。その後も折りに触れて助言をくれ、呉服商いを断たれた江戸本店のために、泉州木綿や河内木綿の織元と繋いでくれた恩人でもある。高齢を理由に隠居したが、今も産地のひとびとと行き来がある、と聞いていた。

「四年前の江戸の大火のあと、摂津国であからさまな繰綿の買い占めがあったこと、覚えておられますか」

二人きりの座敷なのに、大坂本店の番頭は声を低める。

勿論です、と幸も小声で応えた。

綿の産地で不当な買い占めが行われた結果、江戸では木綿の値が高騰して大変なことになった。あの苦い経験を忘れようはずもない。

「買い占めはあの年限りで、未払い分もなかったよって有耶無耶になってますが、買い手は偽名を使うてたそうだす。文次郎さんは、ひょんなことから、当時の証文を見せてもらわはったそうで……」

偽名として用いられていたのが「伊勢屋吉兵衛」、伊勢屋も吉兵衛もよくある名だった。売った方には実害がなく、後ろ暗さもあって公にはしていない。こうした例は数多あるだろうし、この先も繰り返されるに違いない。しかし、謀書謀判の罪は重く、巻き込まれたら大変な目に遭う。

「五鈴屋の商いがさらに大きいになれば、そうした危ない目ぇに遭うかも知れん。充分に気を付けるように、いうんが文次郎さんからの言伝でおました」

五鈴屋は商道を外れるような振舞いはしない。しかし、悪意を持って五鈴屋の名を騙る者が現れるやも知れず、思いがけず火の粉が降りかかる危険もあるだろう。

幸は胸に開いた掌をあてがい、「ここに刻んでおきます」と、鉄助に告げた。

積もる話は沢山あったが、今夜は東下りの六人を早めに休ませたい。夕餉の仕度を急がせるべく立ちかけた幸を、鉄助が呼び止めた。

「ご寮さん、ご報告が今になりましたが、お陰様で昨年暮れ、所帯を持たせて頂きました」

些か畏まった口調で言って、番頭は畳に両の手をつく。

「その節は過分なご祝儀を賜りました。おおきにありがとうさんでございます」

丁重に礼を言われて、幸も座り直した。鉄助どん、と懇篤に名を呼んで、相手をしげしげと見る。

目尻に皺が、そして髪には白いものが増えて、老いを思わせる。しかし、全身に纏う雰囲気は若々しく、何よりとても温かい。忠義の番頭に訪れた幸せが、幸の胸に染みた。

「良い連れ合いに恵まれて、本当に良かった」

珍しく顔を赤くした番頭に、おめでとう、と幸は心から寿いだ。

炊き立てのご飯に、南瓜の煮付け、胡瓜と青紫蘇の塩揉み。

膳に並んだ料理が、気持ちよく皆の腹に収まっていく。

「朝餉は大事だすで。温いご飯をもりもり食べて、今日も盛大に気張って働いておくれやす」

お代わりの分も仰山おますで、とお梅が上機嫌でお櫃を持ち上げてみせた。

一行が江戸に着いて三日目、長旅の疲れも抜け、江戸本店の枕にも慣れて、五人の新入りは旺盛な食欲を示す。その健やかな姿に、幸はひとまず胸を撫で下ろした。

「ご寮さん、今日から鶴七、亀七、松七の三人を賢輔につけて屋敷回りをさせます」

幸に断ったあと、佐助は鶴七らに「しっかり頼みますで」と念を押す。

大坂本店、高島店で、三人とも呉服の屋敷売りをみっちり仕込まれている。江戸本店の屋敷売りを任せたい、というのが店主の意向であった。支配人の言葉に、三人は「へぇ」と真摯に応じる。

朝餉のあと、幸は佐助と鉄助、お竹、それに大吉を奥座敷に呼んだ。

「ご寮さん、これを」

お竹が風呂敷に包んだものを、幸の方へと滑らせる。

手前に引き寄せて、幸は包みを開いた。

中身は、木綿の単衣と帯、足袋。紺地の細縞の長着は、お竹が地直しして反物を断ち、刻を見つけて幸が縫い上げたものだ。

「大吉どん、これに着替えて、今日から店前に立ちなさい」

大吉は息を飲み、身を固くする。

「前々から話してあった通り、お前はんは丁稚から手代になりますのや。これからはもう『大吉』やのうて『大七』だすで」

しっかり頼みましたで、と佐助は重々しく告げた。傍らから鉄助が温かに、

「柳井先生は、亡うなる間際まで、あんさんのことを気にかけてはった。手代になった、と知ったら、どれほど喜びなはったやろか」

と、言い添えた。

柳井の名が出た途端、大七の双眸が潤む。

「大七どん、早う着替えてきなはれ」

お竹に小声で命じられて、大七は拳で涙を拭うと、店主らに深々と頭を下げた。

大七が去ったあと、幸は三人に向き直り、すっと姿勢を正した。

「鉄助どんが江戸に居る間に、あなたたちに話しておきたい、と思っていたことがあります。この江戸本店の、今後の商いのことです」

鉄助と佐助、そしてお竹は、顔つきを改め、傾聴の構えを示した。

きょっきょっきょっ

きょっきょっきょっきょ

夜鷹のけたたましい鳴き声に浅い眠りを破られて、幸は床の中ではっと半身を起こ

した。眠れない、眠れない、と思いながら、何時の間にか寝入っていたらしい。

衝立越しに、仄かな橙色の光が洩れている。

「菊栄さま、まだ起きておられるのですか」

小声で問えば、

「明かりが眩しおますか、堪忍だすで。何や寝付かれへんよって」

と、返事があった。

寝床を出て衝立の奥を覗けば、文机の前の菊栄が幸に手招きをしてみせた。

「幸も寝返りばっかり打ってはりましたなぁ」

仄明るい行灯の火が、菊栄の目尻の皺を浮き上がらせる。

「衣裳競べのことで、悩んではるんやろか」

問われて、幸は頭を振る。話すべきか否か逡巡の末、腹を据えて友を見た。

「新店を持とうと思っています。こことは別に、屋敷売りを専らとする店を持つべく動くことを、今日、鉄助どんたちに伝えました」

日食のあと、武家の客が増えて高額な品を扱うようになったため、従来の顧客に術無い思いをかけている。これを解消するべく店を分けようと思う、と幸は話した。

何とまぁ、と菊栄が呻いた。両の眼が、零れ落ちそうなほど大きく見開かれている。

「実は、私が悩んでるんも、新店のことだすのや」

　かねてより菊栄は、今年一杯でここを出て新たに自分の店を持つことを公言していた。本両替商の井筒屋や蔵前屋を始め、あちこちに声を掛け、間口が五間ほどの手頃な売家がないか、ずっと探していた。

「今日、菊次郎さんから使いをもらって、会いに行ったんだす。そしたら、呉服町にええ出物がある、という話だした」

　呉服町は呉服橋御門外、日本橋通りから一本西寄りの通りに面する。酒問屋が多く、街を歩けば杉樽の芳香が漂う、趣のある土地だった。四年前の大火で、店の入れ替わりが多かったと聞く。

「末広屋いう白粉屋で、芝居とも縁が深いよって、菊次郎さんの昔馴染みやそうだす。四年前の火事で焼けた店を建て直さはったけれど、商いが思うようにならんで、手放すことを考えてはるそうだすのや」

　菊次郎が言うには、家屋敷、家財、それに奉公人を付けての引受手を探しているとのこと。

「奉公人を含めての居抜きですか」

　悪い話ではない。むしろ、「菊栄」で小間物を扱う際、そうした奉公人が揃うのはどれほど心強いだろう。何より、菊次郎の紹介ならば確かだ。

「大きさはどのくらいで、奉公人は何人でしょうか」

幸の問いかけに、菊栄は唇を結び、観念した体で、

「間口十間、奉公人は全部で十人だす」

と、答えた。

それは、と幸はその先を言い淀む。

菊栄が大坂の久宝寺橋近くに構えた鉄漿粉の店は、間口五間。五鈴屋の大坂本店の間口も五間だ。菊栄自身も、間口五間を目安に探していたはずだった。倍の大きさ、しかも、いきなり十人の奉公人を引き受けるとなると、菊栄にとって、あまりに荷が重い。

幸の考えを見越したのだろう、「そうだすのや」と菊栄は吐息交じりに言う。

「買い上げにかかる費用も、私が思うてる倍以上。到底、手ぇが届きません」

菊次郎宅からの帰り道、遠回りして店を見て、とても好ましく思った。しかし、この話、受けられるはずもない、と菊栄は声を落とした。

「いつもの私やったら、菊次郎さんから話を聞いた時に、その場で断ってたはずだす。けれど、今日は、今日だけは、それが出来んかった」

傍らに置いた袱紗を、菊栄は手に取って開く。中から現れたのは、棒状の細工物がひとつ。

「今朝、和三郎さんから、これを受け取ったとこだした」

このところずっと、指物師の和三郎と組んで、笄の試作に挑み続けている菊栄であった。

「菊栄さま、もしや……」

ふん、と甘やかに頷いて、菊栄はそれを幸に差しだした。

滑らかな柘植の木肌、緩やかに広がった両端に、南天の実と葉が大胆に彫られている。美しい細工物だが、一見しただけでは、その正体が何かはわからない。幸にしても、菊栄の取組を知らなければ、わからないままだったに違いない。

「笄は髪を結うための道具だす。その本来の目的を損なわず、なおかつ、簪のように髪を美しく飾ることの出来るものを、と試案を重ねて、この形になりました」

菊栄の細かい注文に応えて、和三郎が苦労の末に完成させたものだという。

左右の端を握ってみれば、広がりのある分、握り易く、力を入れ易い。

また、髪を結い上げた時に、両端から南天の彫り物が覗くのは、何とも心憎い。幸は思わず唸った。

「笄は、簪よりも長く髪に留まります。『難を転じる』に繋がる南天を身守りのように付けておけるのは、何よりだと思います。今までにない笄、きっと多くのひとに喜ばれ、求められるに違いありません」

率直で力強い感想に、菊栄は少し俯き、「おおきに」とくぐもった声で応じた。

後ろ挿しの簪は落ち易い、というところから始まって、この笄に辿り着くまで約二年、図案を考える菊栄にとっても、それを受けて試作を繰り返した和三郎にとっても、手ごわい道のりに違いなかった。

これが手もとに届いたのと同じ日に、菊次郎から話が持ち込まれた。なるほど、これからの商いに夢を抱いて当然で、即座に断れなかったのも仕方がない。

しかし、今は哀傷に浸っている場合ではない。真に大事なのはここからだ。

菊栄さま、と幸は友を呼んだ。

「この笄に、幾らの値をつけられるのですか」

「銀三匁だす。それ以上、高うにも安うにもせぇへんつもりだす」

菊栄はきっぱりと答えた。

銀三匁、と繰り返して、幸は手の中の笄に目を落とした。

蛇の目傘の半値、革緒の下駄一足分。思い描いていたよりも、かなり手頃な価だった。材料の柘植、それに職人の手間賃を考えれば、利をぎりぎりまで抑えていることが窺(うかが)える。

　これほどの品、洒落(しゃれ)ていて丈夫で、長く使えるものが銀三匁なら、売れない道理がない。幸は菊栄ににじり寄り、さらに尋ねる。

「売り出しは、何時頃でしょうか」

「神無月(かんなづき)だす」

　笑みを湛(たた)えて、菊栄はこう続けた。

「勧進大相撲の初日から、売り出そうと決めてますのや」

　勧進大相撲の、と繰り返して、幸は小首を傾(かし)げる。

　相撲と笄、まるで関(かか)わりの無いもののように思うのだが、何故、冬場所の初日に合わせて売り出すのだろう。握った拳を額にあてがい、その理由を一心に考えた。

　くっくっく、と菊栄は忍び笑いを洩らす。

「勧進大相撲の見物が許されるんは、男はんだけだすやろ？　せやさかい、女子(おなご)にも何ぞ楽しみがあったら、と思うたんだす」

　相撲見物を許されるのは男だけ、女にも楽しみを……。

――「観客あってこそ」いうんは歌舞伎(かぶき)も一緒やが、相撲の方は案外、懐(ふところ)に優しい

よってになぁ

――勧進大相撲の土間席は、銀二匁から銀三匁

歌舞伎役者の菊次郎、それに相撲好きの手代長次の台詞を、不意に思い出した。

ああ、という声が幸の口から洩れる。

銀三匁を握って、男は相撲小屋で取組を観る。女は笄を手に入れる。それぞれの楽しみができる、ということか。

何という知恵か、と幸は開いた掌を胸にあてがった。わくわくと心が躍り出すのを止めることが出来ない。

藍染め浴衣にこの笄は、さぞかし映えることだろう。けれど、初日の売り出しより先に、新しい笄の誕生を知らせて回りたい。

「菊栄さま、その前に『露払い』をされては如何でしょう」

露払い、と怪訝そうに首を傾げる菊栄に、「ええ、露払いです」と幸は身を乗りだした。

「あとから訪れる高貴なひとのために、先に草木の露を払って歩くひとのことを『露払い』と言いますよね。勧進大相撲初日の売り出しより前、一足先に披露目をされては如何でしょうか。吉原で」

吉原、と繰り返して、菊栄ははっと瞠目する。

「吉原の衣裳競べ……ああ、せや、衣裳競べで歌扇さんに使うてもらうんだすな」

音高く、菊栄は両の手を打ち鳴らして、双眸を輝かせた。


十四年の間、慣れ親しんだ「宝暦」は、かねてからの噂通り、水無月に改元された。新たな元号は水無月二日、朝廷により「明和」と定められ、幕府によって公布された。改元から公布まで数日かかる上、江戸から遠く離れた場所では皆が新元号を知るまで、さらに日にちを要する。江戸の商人たちは、月半ばには「明和」で証文を作ることに馴染んでいた。


「五鈴屋さま、せっかくご足労頂きましたのに、忙しなくて申し訳ないことです」

森田町にある蔵前屋の店の間では、奉公人たちが証文の日付に誤りがないか、目を皿のようにして検めている。

「小半刻ほどすると、うちの離れ座敷で、本両替仲間の寄合が開かれるのです」

ゆっくりお話も伺えずに、と蔵前屋の店主自ら、幸と鉄助に丁重に詫びた。

「お詫びするのは私どもの方です。お忙しい時にお手を取り、申し訳ございません」

明後日、江戸を発つ鉄助を伴い、挨拶に出向いたが、却って迷惑をかけてしまった。

間の悪さを詫びて暇を告げる主従に、店主は周囲を見回してから、

「来年、新たな貨幣が出回るため、我々本両替商はその対応に追われております」

と、小声で打ち明ける。

新たな貨幣、と低く繰り返し、幸は唇を引き結んだ。

三十年近く前、幸がまだ五鈴屋の女衆で、菊栄が四代目徳兵衛の女房だった頃、貨幣の改鋳があった。金銀が不足していることを理由とするもので、流通している貨幣の質を落としたのだ。

幸の困惑を察してか、違う違う、とばかりに男は開いた掌を左右に振ってみせる。

「改鋳ではなく、新鋳です。いちいち目方を量って使う銀貨を、小判と同じように枚数で使えるようにする、という新しい試みです」

おそらく、一枚が「五匁」の銀として発行されるでしょう、と店主は言い添えた。

まぁ、と幸は両の手を重ねて胸に置く。

——銀貨はいちいち秤で量って使うのに、何故、金貨は枚数で勘定が簡単に済むのでしょうか

遠い日、「五鈴屋の要石」の治兵衛に、そう尋ねたことを思い出す。まだ商いの仕組みも知らず、一生、鍋の底を洗って過ごすものと思っていた少女の日のことを。

よもや、金貨だけでなく、銀貨も枚数で勘定する時代が来るとは……。

「慣れるまでは戸惑いますけんど、大坂は銀建てやさかい、便利にはなりますなぁ」

主と同じく初耳だったらしく、鉄助がしきりと感心してみせた。

時代は変わる。

確かに、変わっていく。新たな時代の到来を、幸は噛み締める。

刹那、表の暖簾が捲られて、「おいでなさいまし」の声が重なった。何気なく戸口の方に目を遣れば、紋付の黒羽織姿の男たちが、蔵前屋の奉公人らに迎え入れられるところだった。寄合のために、本両替仲間が集まり始めたのだろう。

「寄合前にお邪魔をいたしました」

幸は改めて詫び、見送りを辞して、鉄助とともに座敷を下りた。土間の端に控えて、視線を落とし、両替商たちが過ぎるのを待つ。

「これはこれは、五鈴屋さん、相変わらず、お美しいことだ」

聞き覚えのある声に顔を上げれば、蛸に似た風貌の巨漢が、鼻に皺を寄せて笑っている。

「一度、拙宅にお運びください。女房も喜びます。何せ、この世でただ二人きりの姉妹、積もる話もあるでしょう」

その台詞から相手の正体を悟ったのだろう、傍らの鉄助が、固く身を強張らせる。

因縁の相手、音羽屋忠兵衛は「お待ちしてますよ」と、眼は笑わぬまま言った。その傍らを、幸と鉄助には一瞥もくれず、井筒屋三代目保晴が通り過ぎていく。

「どうぞ、離れの方へ」

本両替仲間の面々を奥へと招き入れる、蔵前屋の番頭の声が大きく響いていた。

浅草御蔵前八幡宮は、静けさの中に在る。

御蔵前の喧騒も、ましてや蔵前屋の賑わいも遠い。昨冬、この地で勧進大相撲が行われたことさえ、夢ではなかったか、と思われるほど静寂であった。

欅の枝葉が、強い陽射しを遮り、樹下を渡る風が肌に心地良い。

石垣に腰を下ろして、鉄助は手拭いで額の汗を押さえる。蔵前屋を出る時、青ざめていた顔色が、もとに戻っていた。

「本両替仲間の寄合がある、と聞いた時、もしや惣ぼんさんと会うかも知れん、とは思うたんだすが、まさか……」

音羽屋忠兵衛の名は出さず、忠義の番頭は太い息をひとつ吐く。

そうね、と幸は声を低めて応じた。

井筒屋も音羽屋も同じ本両替仲間、寄合に出る二人と鉢合わせになっても不思議ではない。

「惣ぼんさんは、五鈴屋を陥れた相手のことを、どない思うてはるんだすやろか」

惣次(そうじ)の折々の助言でどれほど救われたか知れない。しかし、本人ではない身、鉄助の問いは、幸には答えようがなかった。

黙り込む幸を慮(おもんぱか)ってか、鉄助は「そうそう、大事なことを忘れてました」と、唐突に話題を変える。

「ご寮さんのお考えの新店のことだす。神田川(かんだがわ)より南側で、間口五間いうんは、私も頃合いやと思います。屋敷商いに絞ったかて、店があまりに小さいと、お客さんも不安だすやろ。嫁荷(よめに)を任されるなら、それなりの店構えがあった方が宜しいおます」

「そうね、間口五間というのは、大事な目安になる。京坂と江戸では、家屋敷の売り買いの仕来りも随分と違って、こちらでは口入(くちいれ)を通すことが薦められています。口入に声を掛けつつ、縁続きでも探してみようと思っています。鶴七どんたちだけで手が足りない時のことも、しっかり考えないといけないし」

蔵前屋さんや近江屋さんに色々と尋ねてみます、と幸は話を結んだ。

手拭いを懐に仕舞って、ほな、そろそろ、と鉄助は立ち上がった。

半月近く江戸に留まった大坂本店の番頭は、明後日には大坂へ向けて旅立つ。明日は黒日(くろび)で大凶日のため、今日のうちに済ませておきたいことが多くあった。

「鶴七らぁもお店に馴染み始めて、私も一安心だす。懐かしいひとらとの再会も叶い、お梅どんの幸せな様子も確かめることが出来ました。ありがたいことだす」

境内を去る時、鉄助は、もう一度、本社の方へ頭を下げた。

「江戸にいる間に元号も変わり、時代が動くんを肌で知りました。何より、ご寮さんが江戸店をどないしはるおつもりかも、ようわかりました。心残りはひとつだけ」

吉原での衣裳競べをこの目で見られんことだす、と打ち明けて、鉄助は晴れやかに笑う。江戸本店の主従の精進を信じ、見事軍配が上がるのを信じる、曇りのない笑顔だった。

第三章　秋立つ

大暑を五日ほど過ぎたが、暑さは未だ峠を越えない。

陽が落ちても室内に籠った熱気は去らず、五鈴屋の主従が揃う板の間は、ことさら熱を帯びている。

広げた敷布に、深藍、黒、老緑の無地の縮緬の反物が順に巻きを解かれる。店主、支配人、小頭役が敷布の上に、手代たちがその周りを取り囲むように座り、丁稚二人は板の間の隅に控えていた。

衣裳競べで歌扇にどんな衣裳を着てもらうのか。参加を表明して以後、日夜、検討を続けてきたが、大詰めを迎えていた。

「花魁の衣裳と重ならず、悪目立ちして座敷の和ぁを乱すことがない色。あれこれ篩にかけた結果、この三色になりました」

支配人は一同を見回してから、「お竹どん、頼みます」と小頭役に水を向けた。

お竹は、手にしていた長浜の白羽二重を、それぞれの反物にずらして重ねる。
「下に着るんは浜羽二重だす。白襟と合わせて綺麗なんは深藍、落ち着きが出るんは老緑、風格があるんは黒だす」

確かに、と壮太と長次が言い、他の奉公人らもこっくりと頷く。
「肝になるんは『歌扇さんらしくあるための衣裳』いうことだす」

花魁や芸者衆から疎まれて潰される、という事態を避けるには、芸一本で生きていくに相応しい、と周囲が納得する装いでなければならない。その理を実際に形にするのは、なかなかの難題であった。

鶴七と亀七、松七の三人が目交ぜしているのに気づいて、幸は、
「思う所があるなら、遠慮なく言いなさい」

と、促した。

眼差しで譲り合っていたが、意を決した風に鶴七が口を開く。
「三色とも歌扇さんによう似合わはると思います。ただ、どれも無地いうんは……」

晴れやかな色、華やかな柄を好む大坂。地味な色合い、縞や小紋など大人しい柄を好む江戸。賢輔について屋敷売りの経験を重ね、漸く、江戸好みにも馴染めるようになった。

しかし、衣裳競べ、それも場所が吉原であるなら、地味を通したものかどうか。

「もちろん、合わせる帯にも拠りますが、この色目で無地いうんは、何や寂しいように思います」

金襴の帯を締めるわけではない。無地を選ぶ難しさ、というのは確かにある。

一同が考え込む中で、それやったら、と沈黙を破ったのは賢輔であった。

「紋を付けたらどないだすやろか。三味線の撥とか、扇とか、芸に通じる紋を考えて、背と袖と前、白抜きの五つ紋をつけては」

町人の礼装は黒地に紋付の小袖。それに倣ってはどうか、という賢輔の提案に、佐助が音高く小膝を打つ。

襟から覗く浜羽二重は純白、黒の長着の五つ紋は白抜き。思っただけでぞくぞくする。お竹が幸を見て、大きくひとつ頷いた。


八分ほど開いた扇。

親骨と要、中骨は四本。

賢輔の描いた図案を前に、「なるほどねぇ」と力造が唸った。

「扇ってなぁ末広がりの吉兆紋だし、八分で留めているのも粋だ。歌扇ってひとの名前にも、芸事にも繋がる」

よくもまあ、考え付いたものだ、と型付師は感心しつつ、下絵を梅松と誠二に示す。

「こないな紋を型に彫るんは初めてやなあ」

「扇の形だけ型にして、あとは手描きにしたら味が出るんと違いますやろか」

老若ふたりの型彫師が双眸を輝かせて、図案を覗き込む。その間に、力造はお才に暦を持って来させた。

「衣裳競べは長月朔日。するてぇと……」

暦の日数を指で押さえて確かめて、

「葉月朔日、八朔にはお渡しできますぜ」

と、明言した。

地直し、仕立て、手直し等々、ひと月かけられる。幸は畳に両手をついて、「助かります」と型付師に額ずいた。

「女将さん、そこまで送らせてくださいな」

暇を告げる幸に、お才は前掛けを外して、くるくると丸めた。

よーい、よーい、よーい、よーい。

暑さで萎れた船頭の声が、風に乗って河岸に届く。大川の水面に無数の小さな波が立ち、強い陽射しを受けて、眩く輝いていた。

　何か話があるのだろうが、お才はなかなか切りださない。促すこともせず、幸はお才と並んでゆっくりと歩く。

「うちのひとは、『確かかどうかわからない話を、五鈴屋さんの耳に入れるわけにはいかない』って、そう言うんです。でも、私はお喋りなんで、女将さんに話しちまおうと思って」

　迷いの残る声音だった。

　五鈴屋の商いに関わることなら、力造自身が話すはずだ。それ以外で、しかも快くはない話。幸は立ち止まり、お才の方へ向き直る。

　型付師の女房は、腹を据えた体で幸を見た。

「田所屋、って覚えておられますか？」

「日本橋の呉服商ですね。音羽屋に店を貸金の形に取られた」

　忘れるわけがない。

　五鈴屋の小紋染めを真っ先に模倣して派手に売り出した店。江戸の型付師を根こそぎ引き抜こうとした挙句、音羽屋忠兵衛に乗っ取られた、あの田所屋だ。

　そうです、とお才は頷いてみせる。

「話の出処は、その田所屋のもとの店主なんですよ」

力造の染物師仲間に、田所屋に出入りしていた男がいた。先般、もと店主に偶然、再会した際、音羽屋忠兵衛に対する恨みつらみをぶちまけられたのだという。

「田所屋が小紋染めを売りだしたのは、音羽屋忠兵衛に唆されたからだそうなんです。白子の型商を田所屋に繋いだのも、値付けやら型彫師の囲い込みやらの助言をしたのも、全部、音羽屋だったと」

内情の苦しい店に法外な金銀を貸し付けたのも、端から乗っ取るつもりだったに違いない。最初から仕組まれていたのに気付かなかった、と田所屋のもと店主は、大層恨んでいたという。

商人貸しを専らとする音羽屋が、店を形に取ることは珍しくはないだろう。しかし、自ら小紋染め商いを持ちかけてまで、というのが、幸にはどうにも腑に落ちない。田所屋に何か恨みでもあるのか、それとも……。

幸の疑念を酌んだのか、お才は眉を曇らせて気弱に頭を振る。

「音羽屋の狙いが何処にあったのか、本当のところはわかりません。ただ、音羽屋が田所屋の店主に洩らした台詞が引っ掛かっていて……。私には、五鈴屋さんに対する音羽屋の捩じ曲がった怨念が、何もかもの発端のように思えてならないんですよ」

咄嗟に、幸は相手の腕をぎゅっと摑んだ。

結への執着。手を替え品を替えての、商いへの妨害の数々。

ずっと、五鈴屋江戸本店が勢いのある店だから標的にされるのだ、と思っていた。

だが、音羽屋の執拗さはそれのみでは説明のつかないものだ。その薄気味悪さの正体を、知りたかった。

「音羽屋は、音羽屋忠兵衛は、田所屋さんに何を言ったのでしょうか」

幸の緊迫を受け止めて、お才は相手の手に己の掌を重ねた。

「力造は荒唐無稽な言いがかりだ、と怒っていましたが、音羽屋は当時、田所屋の店主に、こう洩らしたそうなんです。町人のための小紋染めを最初に考え付いたのは、五鈴屋ではない。五鈴屋への称賛は、本来は自分が受けるはずのものだった、と」

思いもよらない話に、幸はすっと両の肩を引く。

町人のための小紋染め。

それは確かに五鈴屋が考え付いたものだ。近江屋の久助の言葉を手掛かりに、五鈴屋の主従で知恵の糸を紡ぎ、力造や梅松の尽力により、世に送り出すことが出来た。誰かの考えを模倣したものでも、奪い取ったものでも、断じてない。ただ……。

「忠兵衛は呉服商の奉公人だった、と聞いています。確かかどうかはわかりませんが、手代の時に店主の不興を買って店を追い出された、と。もしや、その頃に小紋染めを思いついたのかも知れませんよ」

お才の言葉に、幸は唇を真一文字に引き結んだ。

そう、自分たちが考え付いたことは、おそらく他の誰かも考え付く。それが若い日の忠兵衛だったとしても、不思議ではないのだ。

思いつきを形にする途中で、頓挫したとしたら。

それが発端で、奉公先を追われることになっていたとしたら。

待て、冷静になれ、と幸は自身に言い聞かせる。

暗い怨念を抱いた過去があったとしても、両替商の婿養子となり、あれほどの成功を収めている忠兵衛が、今さら……。

「自分が辿り着けるはずだった場所に、あとから来た別の誰かが立っている。それが男ならともかく女、しかも自分より遥かに若い女——その一事を以て、引きずりおろす理由になるのかも知れない。己の人生がどれほど上手く行っていようと、消えることのない恨みというのはあるんですよ。恨み骨髄って言葉があるくらいですから」

私にはそんな気持ちはわかりませんし、わかりたくもないですけど、とお才は吐き捨てる。

真実が何処にあるのか、今はまだわからない。

しかし、もしもお才の言う通りだったとして、音羽屋が田所屋の乗っ取りに成功した時には、まだ、結はその手中に落ちてはいない。十二支の文字散らしの型紙を手に五鈴屋を飛びだした結が、我を頼ってきた時、忠兵衛はさぞかし「してやったり」とほくそ笑んだことだろう。

やりきれなさに胸を蝕まれ、幸は暗い目を大川へと向ける。

よーい、よーい、よーい。

橋のない川を、一艘の渡し船がこちらへ向かってくる。流れに負けまい、と差された棹が、思いきりよく撓っていた。

睦月朔日と、文月十三日。吉原が終日大門を閉ざし、全ての廓を休みとするのは、一年のうちでこの二日限りだ。

「砥川さま、ご足労をおかけしますが、宜しゅうにお頼み申します」

店開け前、店主と相撲年寄を見送って、佐助は丁重に頭を下げた。

いやいや、と砥川額之介は大らかに笑う。

「衣裳競べの話を五鈴屋さんに持ち込んだのは私です。安心してお任せください」

盂蘭盆会の入りの日、幸は砥川に連れられて、吉原へ出向くことになった。廓の休みを利用して、衣裳競べの打ち合わせを行う約束を、市兵衛と交わしていたのだ。

「なぁ、お梅どん、廓が休みやったら、衣裳競べに出る他の呉服商も、打ち合わせに来はるんだすやろか」

「競い合いやさかい、なるべく鉢合わせせんように、廓側も気ぃつけはりますやろ」

小声で囁き合う豆七とお梅を、お竹が、

「あんさんら、無駄口を叩きなはんな」

と、短く叱責した。

「では、あとはお願いしますよ」

奉公人らを順に見回して言うと、幸は賢輔に目を留めた。表情に僅かに翳りがある。大丈夫、との気持ちを込めて軽く笑むと、幸は「参りましょう」と砥川を促した。

四日前に立秋を迎えたはずが肌を焼く陽射しは変わらない。葦簀張りの茶屋の影を選んで、二人は日本堤をゆっくりと歩く。

「五鈴屋さん、何か屈託がおありですか」

談笑の途中で、ふと、額之介が幸に問うた。

常と変わらぬつもりが、相手の勘の鋭さに、幸は当惑する。いえ、と頭を振って、

「思いもよらない理由で、人様の恨みを買ってしまうことがある——そんな、よしなし事を考えておりました」

とだけ、告げた。

もと力士は「ああ」と空を仰ぎ見る。

「こちらは思いもよらなくとも、向こうには相応の理由がある。まあ、大抵は恐ろしく身勝手な理由でしょうが」

穏やかに笑って、さらりと話題を変えた。

衣紋坂を下り、五十間道へ。途中、何挺もの駕籠や荷車が二人を追い抜いていく。

「御覧なさい」

先を歩いていた砥川が、幸を振り返って大門の方を指さす。閉ざされた大門の前には駕籠が並び、その脇の小さな門から、南瓜頭の男がこちらを覗いていた。

「お待ちしておりました。どうぞこちらから」

市兵衛に導かれて袖門を潜った幸は、仲の町を見て、ああ、と低く声を洩らす。

あれほど見事だった桜が、何処にも見当たらない。花が散る前に一本残らず抜き去る、というのは偽りではなかった。

廓は全て休みのはずだが、通りに並んだ床几や、引手茶屋の座敷に、客らしき男たちの姿が在った。

「衣裳競べには、三十軒ほどの呉服商が名乗りを上げました。今日はその殆どの店が、衣裳や手順の打ち合わせに来ているのですよ。大門の外へ出られぬ遊女のために、反物やら何やら持ち込んで、皆さん、結構な大荷物だ」

どの呉服商も手の内を明かしたくないだろうから、店主同士が顔を合わさぬようにしている、と大文字屋の楼主は声を潜めた。

小さな巾着袋ひとつを手にした幸のことを、改めてじっと眺めて、砥川は、

「とうに年季の明けている歌扇は、自在に大門の外に出られる。採寸や色合わせなども、五鈴屋で存分に出来る。五鈴屋さんが身軽なわけがわかりました」

と、しきりと感心してみせた。

仲の町を歩けば、あちこちから市兵衛に声が掛かる。邪魔をせぬよう、砥川と幸は少し離れて待った。

からころと下駄を軽やかに鳴らして、単衣姿の女たちがお喋りに興じながら、傍らを過ぎていく。結髪を解き、無造作に束ねている者も目立った。その後ろ姿を、砥川は何とも優しい眼で追っている。

「化粧を落とし、髪を解いて、一日中あの姿で過ごせるのは、どれほど嬉しいことだ

ろうか」

随分と、実の籠った物言いだった。

自分でもそう思ったのか、額之介は苦く笑い、視線を転じる。ああ、御覧なさい、と身を屈めて、

「今、市兵衛さまと話しているのが、扇屋の楼主、その後ろに居るのが花扇です」

と、囁いた。

五十がらみ、小千谷縮を纏った禿頭の男と、綸子縮緬に扇面散らしの裾模様、髪は島田で二枚櫛、薄化粧を施した美しい女。女の方は唇に手を添え、小さく欠伸を嚙み殺していた。

――店の看板になる妓は、花に扇で「花扇」って名を代々、引き継いでます
三味線の師匠、お勢の台詞を幸は思い返す。

折しも、市兵衛がこちらを振り返り、幸を手招きした。

「扇屋宗右衛門です」

市兵衛から紹介されて太い声で名乗ると、扇屋は満面の笑みを五鈴屋店主に向ける。

「衣裳競べでは扇屋をご指名くださり、ありがとうございます」

「五鈴屋江戸本店店主、幸と申します」

この度は私どもの方こそお世話になります、と幸は相手に懇篤に辞儀を返した。

二人の遣り取りで事情を察したのだろう、若い女は唇から手を外し、まじまじと幸を見た。その口から微かに洩れた声を、幸の耳が捉える。

物好きな——確かにそう聞き取れた。

市兵衛は軽く咳払いをして「では、これにて」と、口早に扇屋に暇を告げる。

「お待たせして申し訳ない、参りましょう」

二人を促して、市兵衛が足を向けたのは、通りを挟んだ向こう側の引手茶屋、花見の宴と同じ店だった。


衣裳競べは長月朔日。灯点し頃、篝火が焚かれるのを合図とする。

幅二丈の緋毛氈を、仲の町の端から端まで敷き詰めて、呉服商の用意した衣裳を身につけた遊女らを、順に歩かせる。

見物客には予め白扇を配っておいて、「良い」と思った遊女に投じてもらう。

「どの遊女の衣裳が一番か、その白扇の数で決める、という寸法です。細かい決め事はこの刷り物にまとめてあります」

お持ち帰りください、と市兵衛は引き札を思わせる一枚刷りを幸に渡した。

「ひとつ、お伺いしても宜しいでしょうか。緋毛氈の上をただ歩くだけですか。唄や踊りを披露することを、お許し頂けませんか」

幸の問いに、楼主はほろりと笑う。

「歌扇の芸を見せたい、というお気持ちは重々。しかし、『衣裳競べ』ですから、それでは逃げになる」

もとより予測のつく答えだった。幸はすかさず畳み込む。

「では、三味線や扇を手に持たせることは、御許し頂けますね」

「それは……まぁ、それくらいは構わない」

諾の返答を受けて、幸は「ありがとうございます」と笑みを湛える。

刹那、廊下から「御免なさいまし」と声が掛かり、歌扇が顔を覗かせた。

「呼ばれても居ないのに、済みません。でも、五鈴屋さんがお見えになってる、と伺ったものですから」

市兵衛に招き入れられた芸者は、紺色の木綿の単衣に淡黄の帯。幸にとっては見慣れた姿なのだが、覇気がなく萎れていた。

何か、あったのだろうか。

案じる幸に、歌扇は両の手をついて、額を畳に擦り付ける。

「五鈴屋さん、この通りです。衣裳競べに出るのを、堪忍してください」

息を止めて、幸は歌扇の震える肩を見つめている。不穏な気配の中、市兵衛が長閑(のど)やかに、砥川さま、と呼び掛けた。

「表で涼みがてら、冷酒など如何(いかが)かな」

「結構ですなぁ」

平らかに応じて、額之介は腰を上げる。

二人が去り、静寂が座敷を包んだ。幸は首を捩(ね)じって、窓の外に眼を遣る。歌扇を問い質(ただ)すことも、説得することもせず、ただ相手が動くのを、根気強く待った。

沈黙が耐え切れないのか、歌扇は顔を上げた。初めて、幸は「歌扇さん」と名を呼んだ。

「何があったか、話してくださいませんか」

咎(とが)める意思のない、穏やかな語調だった。

歌扇は浅く息を吸い、切なげに顔を歪(ゆが)める。

「見てしまったんです、同じ扇屋の花扇の、衣裳選びの様子を」

今朝早く、扇屋に幾棹もの長持が運び込まれ、奥座敷に呉服商の主従が詰めて、花扇のための衣裳選びが行われた。事情を知らない歌扇に、その様子を見せつけた者がいたのだという。

「金糸銀糸の絹織を肩にあてがって、反物選びをする花扇の綺麗なことといったら……。衣裳競べというのは、美しい者に任せるものなんですよ。私みたいなご面相の女じゃ駄目です。五鈴屋さんに恥をかかせてしまう」

言い終えると、歌扇は両の手で顔を覆う。

断りの理由がわかって、幸はほっと緩んだ息を吐いた。相手の落ち着くのを待ち、じりじりと膝を詰める。

「芸者とは『三味線と唄、それに踊りの修練を重ねて、座敷を華やかに盛り立てる役回り』だと、以前、歌扇さんは仰っていました」

美しさ、華やかさを競い合うのが花魁で、芸の腕を磨き、精進を尽くすのが芸者。花魁が廓の花ならば、その花の美しさに芸で彩を添えるのが芸者。求められるものも担う役割も異なるのではなかろうか。

どう歌扇に伝えたものか、と幸は思案しつつ告げる。

「例えば、勧進大相撲。女には見物が許されませんから、この眼で見たことはないのですが。相撲に欠かせないのは力士と行司、それに『名乗り上げ』と呼ばれるひとだそうです」

白扇を開いて力士の名を呼びあげ、音高く柝を打って土俵入りを知らせるひと。白扇と柝で取組に花を添える役割を担う。「呼び出し」という名でよばれることも多いと聞く。

「例えるならば、花魁同士は東西に分かれて戦う力士のようなもの。けれど、芸者は違う。私には、白扇と柝を手に、取組を支える『名乗り上げ』が、あなたに重なって仕方ないのです」

「白扇と柝を手に、取組を支える……」

幸の台詞を繰り返して、歌扇はじっと考え込んだ。

「そうです、あなたは取組を脇で支えるひとであって、ひとつ土俵で花魁と相撲を取ってはなりません。力士ではない身、忽ち潰されてしまう」

大文字屋の市兵衛が案じたのも、おそらくそれだろう。

相手の双眸を覗き込んで、幸は続ける。

「歌扇さんは、吉原最初の女芸者。道程は険しくとも、必ず花を咲かせるでしょう。五鈴屋は、芸一筋に生きるあなたに相応しい衣裳を、ご用意させて頂きたいと願っています」

五鈴屋店主の話に、芸者の双眸から次第に脅えが消え、替わりに強い意志が宿っていた。

歌扇と連れ立って表へ出ると、陽は丁度、真上にあった。

ぽきぽき、と良い音をさせて、若い衆が苧殻を折っている。茶屋の軒下には、お揃いの玉菊灯籠が揺れる。常は昼店で忙しない仲の町に、盂蘭盆会らしい、ゆっくりとした刻が流れていた。

幸は市兵衛たちの姿を求めて、周囲を見回す。

少し先、浴衣姿の禿たちが、ふたりの男を囲んで「よいわな、よいわな」と囃し立てている。禿たちに囲まれ、昼酒で月代まで朱に染まった市兵衛と砥川は、何とも楽しそうに朗笑していた。

「歌扇さん、少しだけお付き合い頂けませんか？」

衣裳競べでは、仲の町の通りに緋毛氈を敷き、晴れ着を纏った遊女らを歩かせて、見物客に装束を見てもらうことになっている。

「実際に、歩いてみたいのです」

歩く距離はどれくらいか。途中、左右に何が見えるか。陽はどの位置にあるのか。この場所に立たなければわからないことを、確かめておきたかった。

そこまでするのかと思ったのか、歌扇は驚いた顔つきのまま、こくりと頷いた。

中にいるとわからなくなってしまうが、大門は北東に位置し、南西に水道尻、遊里を貫く形で仲の町がある。

水道尻に向かって整った道を進めば、右側に江戸町一丁目、揚屋町、京町一丁目、左側に江戸町二丁目、角町、京町二丁目。町ごとに木戸門がある。夜にはまた別の顔を見せるのだろうが、明るい陽射しのもとでは、小綺麗で手入れの行き届いた街並みだった。

水道尻の少し手前で折り返し、来た道を戻る。不意に、女たちの弾けるような笑い声が耳に届いた。

賽の目が五つで、あちきは上がりでありんすよ。

あれ悔し、あちきは振り出しに戻りやした。

廓の遊女らが、双六遊びに興じているのだろう。二人はどちらからともなく足を止めた。

「衣裳競べとは関わらないのでご案内しませんが、ここには色んな場所があって、色んな身の上の女が住んでいるんです。売るものが己の身体だけ、というのは皆一緒なんですが」

声を落としたあと、歌扇は顔を上げて天を仰ぐ。

「禿の頃からの吉原育ち。外の暮らしを知らないので、年季が明けた今も正直、大門を出るのが恐いんですよ。でも、さっきの『名乗り上げ』の話、あれで少し気持ちが変わりました」

芸者として土俵に立ち、芸で生きることを認められたなら。

この吉原で、身を売る以外に生きる道があることを示せたなら。

「そしたら私は、苦界に射す光になれるかも知れません」

そう言って、歌扇は幸に笑みを向けた。薄桃色の桜花が次々に開いていく、そんな幻が重なる笑みであった。

揚屋町を過ぎたところで歌扇と別れ、幸はひとり、往路よりも慎重に歩く。

衣裳競べが始まる時、夕陽は背中にある。着物は黒、他を吸い込んでしまう色だ。そこに扇の紋が入る。どんな風に見せれば、ひとびとの心に強く残すことが出来るだろう。

ふと、強く見つめられているような、妙な気配を覚えて、幸は視線を移した。

大門の方からこちらへ向かって歩いて来る女が二人。

見覚えのある綸子縮緬、二枚櫛の若い女は、扇屋花扇だった。今ひとりは……。

長着と帯は濃淡の蘇芳(すおう)、笄(こうがい)と簪(かんざし)と櫛は揃いの白鼈甲(しろべっこう)、年相応の落ち着きを備えた女が、幸を凝視していた。

日本橋音羽屋の店主、音羽屋忠兵衛の女房、そして、幸の実妹、結であった。

およそ四年ぶりの再会だが、互いに動揺はない。衣裳競べで使われる場所を、実際に歩いて確かめる。結ならばそうするだろう、と幸は思っていた。結もまた、同じだったのではないか。

ひと言、ふた言、結に耳打ちされた花扇は、踵(きびす)を返して江戸町の方へと逸(そ)れた。

一本の道を、幸は大門へ向かい、結は大門の方から歩いている。双方ともに歩調を緩め、姉妹の距離は、じれったいほどの刻をかけて縮まっていく。

互いに前を向いたまま、袖と袖が触れるほどの近さですれ違おうとした。

「浅草でも吉原でも、ええひとらに囲まれて、ほんに幸せなこと」

何とも軽やかな、甘い口調だった。

幸は立ち止まり、相手の方に身体ごと向き直る。結は首だけを捩じって、姉に視線を投げた。

「けど、世の中、そない簡単に信用してええ相手ばっかりと違いますで」

晴れやかに、誇らしげに、妹は顎(あご)を持ち上げて微笑(ほほえ)んでいる。

手のうちにお宝を隠し持っていることを、匂わさずにはいられない。そんな素振りだった。

今までも、これからも、結が五鈴屋に対してした仕打ちを超えるものはない――身近な者の裏切りを示唆する相手に、そう告げるべきなのかも知れない。しかし、幸はただ静かに結を見つめるだけだった。

洗い髪を笄で巻き上げた姿の遊女たちが、笑いさざめきながら過ぎていく。女たちの眼には、姉妹の邂逅は至って穏やかで和やかに映るのか、誰も気に留めたりはしない。

「せいぜい、足を掬われんように」

鉄漿の口もとを綻ばせて、日本橋音羽屋の店主は、五鈴屋江戸本店の主に一礼すると、そのまま水道尻に向かって歩いていった。

幸もまた、顔を上げ、背筋を伸ばして歩きだす。

互いに後ろを振り返るつもりもなく、相手が振り返らぬことも知っていた。

第四章　華いくさ

坂本町の出物は更地。

北鞘町は炭屋、御蔵前片町は銭両替商。

「近江屋の久助さんの口利きが一軒、あとは蔵前屋さんお薦めの分です」

町名を書き込んだ絵図を前に、佐助が萎れた語勢で続ける。

「賢輔と見て回りましたが、更地は二百坪、家屋敷の方は間口が八間と十間だす」

それは、と短く言って、幸は口を噤んだ。

処暑を迎えたが、陽が落ちても暑さの去らない板の間。佐助とお竹、それに賢輔の額には、残暑のせいばかりとは言えない汗が浮かんでいる。

お客の「術無い」を避けるべく、屋敷売りを専らとする新店を持つことを決めた。だが、白雲屋や三嶋屋の時のように向こうから話が持ち込まれるわけではない。また、京坂と江戸とでは、家屋敷の売り方にも違いがあり、戸惑うことが多い。周囲に声を掛け、口入にも頼っているが、新店探しは難航するばかりだった。

「江戸の町家敷は、土地と建物と別々に売られることも多おますが、家屋敷まとめて買い上げる方が厄介事に巻き込まれずに済みます。方々の口入にも、そない伝えて探してもろてますのやが、間口五間というのがなかなか……」

いずれも大きいとこばかりで、と支配人は申し訳なさそうに言い添えた。

神田川より南側で間口五間、という条件がそれほど難しいとは思いも掛けない。どうしたものか、と幸は絵図を眺めて考え込む。

「鶴七どんたちの話では、穂積さまを始め、高家のお客さまから『なぜ、日本橋に店を持たないのか』と尋ねられることが重なってるようだす」

絵図の日本橋界隈を、賢輔が指し示す。

五鈴屋の屋敷商いをゆくゆく担うのは鶴七、亀七、松七の三人なのだが、今は賢輔が指導する立場にあり、新店の店探しにも賢輔を関わらせていた。

「ただ、日本橋はやはり地価が高く、思うような売家が見当たりません」

相済みません、と詫びる賢輔に、幸は「仕方ないことです」と応じる。

日本橋、ことに日本橋通は、大坂で言えば高麗橋。人気も値も段違いに高い。おかみにより公に示されるよりも遥かに高い値で売り買いされていた。

「日本橋通は、一間あたり千両の値ぇがつくそうだすよってに。菊栄さまは『菊栄』に相応しい店を、と日本橋を中心に探し回ってはりますが、難儀なようで。今日もえらい浮かん顔で帰ってきはりました。惣ぼん、もとい、井筒屋さんが動いてはると思いますが、それでも見つけられん。よっぽどだすなぁ」

佐助はくよくよと首を振る。

「焦ってみても、こればかりは仕方のないことです。吉原での衣裳競べを控えています。今はそちらに専心しましょう」

自身に言い聞かせるように、幸は話を結んだ。

帯を身体に巻きつけ、片側にだけ輪を作って結ぶ。造作ないようだが、きちんと締めようとすればするほど難しくなる結び方だ。

今年八度目の帯結び指南、次の間に集まったおかみさんたちは、帯を相手に四苦八苦していた。

「帯の丈が長過ぎても短過ぎても、綺麗に結ばれへんのだす。端が目障りな時は、間に挟んで見栄のええように整えておくれやす」

幸の帯を手本用に幾度も結んでみせて、お竹は皆に根気よくこつを伝授する。

「女将(おかみ)さん、お竹さん、今月もありがとうございました」

八つ半（午後三時）過ぎ、綺麗な片輪を背負って、おかみさんたちは礼を言い、土間伝いに外へと向かう。

「夏頃(ごろ)から、五鈴屋さんのお客の中に、ご大層なお武家さまの姿をあまり見なくなったねぇ。表に駕籠(かご)が並ぶことも少なくなったし」

「衣裳競べとかで、あの吉原と関わりが出来るんで、御身分のあるかたからは、避けられてるんじゃないかねぇ。こっちは気を使わなくて済むから助かるけど」

「五鈴屋さんの痛手になるのは気の毒だよ。勝手な言い草なんだけどさ」

おかみさんたちはお喋(しゃべ)りしつつ、店の表で散っていった。

幸は土間に立ち、店の間をぐるりと見回す。

女たちが話していた通り、懐(ふところ)具合の違いはあれど大半が町民で、武家は目立たない。下級武士や家禄の少ない武家の妻女がちらほら混じる程度だった。

「おかみさんらは、よう見ておいでだすなぁ」

座敷を見回して、お竹はほろりと笑った。

「吉原で衣裳競べが開かれることが、おかみさんらの耳にまで届いているのには驚きましたけんど」

そうね、と幸も相槌を打つ。

「読売にもなったようだから、こちらが思う以上に広まっているのかも知れないわ」

吉原の衣裳競べには、日本橋の名だたる呉服商が名乗りを上げており、当然、高家の御用商人も混じっている。吉原と縁が出来たからといって、当然のように遠ざけられるわけでは決してない。武家が減り、町人のお客が増える。お客の割合に変化が現れたのには、ほかに理由があった。

汗の季節には、絹織よりも太物の方がよく求められる。また水無月以後は奉公人を二手に分けて、店前現銀売りと屋敷売り、それぞれに専心させるようにした。それに伴い、店前には豪奢な呉服は置かず、屋敷売りと見世物商いで対応するようにしている。そうした工夫が功を奏し、買い物客の「術無い」を減らせていることには、少しほっとする。ただ、今のままでは、まだ充分とは言えない。

衣裳競べが終われば新店探しに本腰を入れないと、と考えていた時に、「おいでやす」とお客を迎える神吉の声がした。お客の姿を認めて、幸は笑みを零す。

「久しいのぉ、七代目」

歌舞伎役者の菊次郎が、にこやかに笑っていた。

真っ白な敷布に、背縫いまで済ませた着物が広げられている。

漆黒の縮緬地、白抜きの扇紋は五つ。

「これはまた、何と……」

まだ仕上げ前の長着を手に取ってしげしげと眺めて、「何と美しい」と、女形は感嘆の音を洩らした。

何か話があって訪れたはずの菊次郎だが、店主と小頭役に誘われるまま、二階座敷で衣裳競べのための装束を見ることになった。

襟ぐけに衽とじ、手直しをして、残り五日ほどか。衣裳競べで歌扇が纏う袷の仕立ても、いよいよ大詰めであった。目利きの歌舞伎役者の言葉に、幸は密かに胸を撫で下ろす。

歳を重ねて黒い色の生地を縫えなくなったお竹の代わりに、今回は幸が運針を引き受けていたのだ。

「帯は何色を持ってくるつもりや」

「銀鼠を、前帯ではなく後ろで結びます」

幸の返答に、菊次郎は「ほう」と頷き、お竹の方を向いて「どないな形に結びますのや」と尋ねた。

それが、と帯指南役は眉尻を下げる。

「片わなに結んだあと縦にする『平十郎結び』か、帯を垂らす『ひとつ結び』か、迷うてるとこだす」

洒落て粋か、動き易さか。どっちが宜しおますやろか、と教えを請われて、せやなぁ、と女形は思案する。

「この目で見たことはないけんど、吉原の大門に至る坂には、枝垂れ柳があるそうな。遊客が名残を惜しんでその柳の辺りで振り返るよって『見返柳』て名ぁがついてる、と聞く。ひとつ結びは、踊るとゆらゆら揺れるさかい、柳の枝を思わせますなぁ」

いっそのこと「柳結び」いう名ぁにしたらどやろか、と菊次郎は澄まし顔で言い添えた。

一階の奥座敷に場所を移して、菊次郎にお茶を用意する。

「ほな、今度はこっちの話をさせてもらいまひょ」

お竹の運んできたお茶を美味しそうに飲んで、菊次郎は湯飲みを置いた。

「只の世話焼きやさかい、まぁ、軽い気持ちで聞き流してほしいのやが」

そう断った上で、菊次郎は次のように話した。

曰く、昔馴染みの白粉商の末広屋が、呉服町の店を居抜きで譲りたい、と願っている。役に立てればと思い、菊栄に話したが、店が大き過ぎることを理由に、断られている。間口十間、奉公人十人は、確かに負担であろうと思い、その旨を末広屋にも伝えて、この件は終わりになるはずだった。

「ところが、その末広屋が方々の口入から『五鈴屋も新店を探してる』と聞いたそうで、今度は五鈴屋に話を通してくれへんか、と泣きついてきましたのや。何せ、末広屋が店を構える呉服町は、呉服師の後藤縫殿助の屋敷も在るし、その名の通り、呉服との縁も深いよって、何とかならんやろか、と」

話の先を読んで、幸は「菊次郎さま、それは」と躊躇いがちに声を発した。間口十間の売家は、五鈴屋にとっても大き過ぎる。

まぁまぁ、と菊次郎は幸に皆まで言わせずに、こう続けた。

「末広屋の話を聞いて、私の『世話焼き』の虫が騒ぎましてなぁ。菊栄さんの探してる売家は、間口五間で日本橋界隈。五鈴屋の希望は間口五間で神田川から南側。末広屋は日本橋通から一本西にあって、間口は十間。どやろか『菊栄』と五鈴屋とで半分ずつにする、いうんは」

奉公人十人にしても、二店で分ければ良い。口入屋を使って、新たに雇い入れるよりも、遥かに安心できるのではないか。自分と末広屋の付き合いは長く、店主も奉公人も間違いがない、と菊次郎は説く。

世話焼きの話を聞き終えて、幸は浅く息を吸い、お竹を見た。

「今、佐助どんを呼んで来ますよって」

上ずった声で言って、お竹は奥座敷を足早に出ていく。

呉服町のその店を実際に見ないことには何も出来ない。すぐさま佐助を交えて話をし、吉原の衣裳競べの終わったあとで考えてみよう、という流れになった。

菊次郎を送って表に出れば、街は夕映えの中にあった。明日の十五夜を前に、今宵、月見の宴を開く家も多い。「芋名月」を愛でるべく、通りには天秤棒の前後に里芋を載せた振り売りや、衣被にして売り歩く老婆の姿があった。

「ああ、五鈴屋さん」

広小路に向かって歩いていると「あと半月ほどだねぇ」「調子はどうだい」と、表店から声が掛かり、都度、幸はにこやかに一礼を重ねた。

「えらい人気やなぁ」

感心する菊次郎に、どう応えたものか、と五鈴屋店主は僅かに躊躇う。

「同じ町内なので行き来はありますし、町会で馴染んだかたも多いのです。ただ、衣裳競べが話題になってから、ああしてよくお声がけ頂くようになりました」

ひと月ほど前に読売が取り上げて以後、噂が広がり、日を追うにつれ騒がれるようになった。正直、戸惑いの方が大きい。

「吉原遊女と歌舞伎。江戸では、流行りのもとを糺すとそこに辿り着く、と言われますが、よもや、ここまで衣裳競べが取沙汰されるとは、思いもしませんでした」

ああ、それは、と歌舞伎役者は甘く鼻を鳴らした。

「賭け事はご法度やが、何の何の。吉原の衣裳競べは、格好の賭けのねたになりますのや。それになあ、噂が広まるように手ぇ回した者が居てる。衣裳競べが評判になって得する輩に、あんさん、充分心当たりがおますやろ」

確かに、と幸は苦く笑った。

――世の中、そない簡単に信用してええ相手ばっかりと違いますで

身近に信を置ける相手が居ないからこそ、読売に頼り、噂に縋るのだろう。

「絞る知恵を持っているはずが、まともな勝負をしない。勿体ないことです」

「ほう、勿体ないとは、まぁ豪気な物言いや」

背を反らして、からからと菊次郎は笑う。存分に笑ったあと、すっと真顔になり、幸に視線を投げた。

「贔屓筋から聞いた話やが、この度の衣裳競べが一層華やかな競い合いになるよう、

陰で煽りに煽ってる輩が居る。嘘か真か、ご公儀の覚えもええ大店やそうな」

何のために、と幸は眉根を寄せる。

音羽屋忠兵衛や日本橋音羽屋以外に、噂を煽って何の得があるのか。

五鈴屋店主の疑念を察してか、

「まぁ、五鈴屋は勝ち負けには拘らんやろし、そうした騒動とは無縁やろが、火の粉は何処から飛んでくるかわからんよってにな。用心するに越したことはない」

と、菊次郎は話を結んだ。

広小路に差し掛かり、雷門が迫ると、菊次郎は「もうここで。お参りして帰るよって」と、見送りを辞した。幸は暫くその場に佇んで、仲見世通りを行く歌舞伎役者を見守った。

観音さまへの願い事の中身は、おそらく、愛弟子吉次のことだろう。

平十郎結び、市松紋様、小六染め。帯結びや紋様、染めなどには、歌舞伎役者の名を留めたものがある。菊次郎は染物師の力造に、二代目吉之丞として精進を重ねる吉次の「色」を作るよう頼んでいた。今ある色ではない、新たな色を生みだすのは容易くない。

幸は本堂の方へ向かい、両の手を合わせる。

力造の精進が、きっと報われますように。

菊次郎の願いに添えて、幸は心から祈り、深く頭を垂れた。


見上げる空が高い。

迷いのない天色の中空に、赤蜻蛉の群れが浮かぶ。秋陽の恵みが江戸の隅々まで注ぎ、終日の上天気を約束していた。

長月朔日、去年の今日は暦にない日食が起こったことを、ふと思い出す空の色だ。

「ええ日和だすなぁ」

佐助の言葉に、ほんまだすな、と菊栄がにこやかに応じる。

「衣裳競べにはぴったりのお日和だす」

「ご寮さん、菊栄さま、どうぞお気をつけて」

かちかち、と火打石を鳴らして、お梅が切り火を切る。

「佐助どん、お竹どん、賢輔どん、私らの分までしっかり見届けておくれやっしゃ」

お梅の背後には、壮太らが緊張した面持ちで控えている。

芸一本で生きていく、歌扇のための衣裳。そのひとに相応しい装束を、と皆で知恵を寄せ合い、無事に今日の日を迎えたのだ。

勝ち負けを気にすることも、ましてや世評に囚われることもない。一人一人を順に眺めて、幸は大きくひとつ、頷いてみせた。

「皆、あとを頼みますよ」

店主の言葉に、店を任された奉公人たちは「へぇ」と声を揃える。

「ほな、行て参じます」

嵩張る風呂敷包みを背負った賢輔が、先陣を切った。包みの中身は、歌扇のための装束一式、それに髪飾りだった。

「お早うお帰り」

ひと際、大きな声で応じて、お梅がまた切り火を切る。橙色の火花がその手先で散った。

捨て鐘が三つ、続いて七つ。

上野寛永寺か、それとも浅草寺境内にあるものか、吉原でも「時の鐘」がよく聞こえる。

廓では昼見世が終わる刻限だった。格子の奥の遊女たちは、遅い昼餉にありつくためにそそくさと姿を消し、二本差しは未練たっぷりに大門を目指す。常ならば、仲の町から遊客の姿が消えるはずが、今日は様子が違った。

時の鐘の最後の一打が余韻を残す仲の町に、引手茶屋の若い衆らが、緋毛氈を敷き詰めていく。早くもその際に陣取ろうとする男たちを、「そこは上客の席だ。もっと後ろへ下がってくんな」と、強面の男衆が制していた。

「扇屋の花扇、大文字屋の初霞に、遊亀楼の富士乃、松葉屋の染路。三十人のうち、まあ、この辺りが狙い目だろうよ」

「待て待て、大文字屋は胡蝶も出すらしいぜ」

衣裳競べでは、密かに賭けが行われる。そのために、遊郭と花魁の名を書き上げて一枚刷りにした物が用意されていた。皆、それを手に、あれこれと予想を立てる。呉服商目利きの装束を纏った遊女らが姿を現すまで、まだ一刻ほどあった。待つ間も楽しみ、とばかりに、男たちは意気込んだ。

仲の町の喧騒は、湯屋の二階座敷にまで届いて、鏡を手にした歌扇の眉を曇らせる。

「大きな催しに出させてもらうのに、仕度場所がここしか用意できなくて……」

堪忍してください、と歌扇は鏡越しに幸たちに詫びた。

歌扇自身は多く語らないが、他の遊女らを差し置いて衣裳競べに出ることを疎んじられ、当日になって、どの座敷も使わせてもらえなくなったのだ。

長着を検める手を止めて、いえ、と幸は軽く頭を振る。市兵衛を頼ることも出来たが、敢えてしなかった。

「ここからなら出の場所まで近いし、あまり人目につかずに済みます。却って好都合です」

人目につかずに、と繰り返して、歌扇は首を傾げる。衣裳競べなのだから、少しでも目立つ方が良いのでは、と思ったようだった。

「動かんといておくれやす。今、一番大事なとこだすのや」

歌扇の髪を結っていたお竹が、ぴしゃりと叱る。丁度、件の菊栄の笄に、髪を巻きつけているところだった。

段梯子をみしみしと鳴らして、「堪忍、堪忍」と菊栄が詫びながら現れた。

「賢輔どんと、あれこれ段取りをつけて……」

言いさして、菊栄ははっと息を呑む。

お竹の手で髷が作られ、鬢が整えられて、仕上げに櫛と簪が髪を飾った。少し離れて髪を眺め、お竹は満足そうに頷く。

髷の付け根を貫くのは、少し広がりのある柘植の細工物だ。南天の彫り物が何とも言えず粋で、これまでの笄とはまるで違っていた。

菊栄が図案を考えた笄が、吉原初の女芸者となった歌扇の髪を飾る。

菊栄は指で目頭をきつく押さえて、

「市兵衛さんが、幸と私の場所を用意してくれはりました。着付けが済んだら、あとは賢輔どんとお竹どんに任せて、私らは他の見物客と一緒に見せてもらいまひょ」

と、くぐもった声で言った。

陽射しが淡い朱を帯びて、仲の町に仄かな色を差す。足もとの影も伸びて、落陽の気配が忍び寄る。夜見世が始まるまでまだあるはずが、大門から水道尻まで客で溢れていた。

真ん中に敷き詰められた緋毛氈の他は、立錐の余地もない。緋毛氈の両側には男衆がずらりと並び、見物客が立ち入らぬようけん制する。見上げれば、引手茶屋の二階座敷にも、みっしりと遊客が詰め込まれていた。

「ご寮さん、菊栄さま、こちらだす」

男衆らに断って、緋毛氈の端を伝い、賢輔が二人を見物場所まで誘う。

市兵衛懇意の引手茶屋の近くで、水道尻の方角から歩いて来る遊女らを、じっくりと観られる絶好の場所であった。幸たちを座らせ、辺りを入念に見回したあと、賢輔はお竹たちのもとへと戻っていく。

「こちらをどうぞ」

幸と菊栄が市兵衛の招待客であることを確かめて、男衆は白扇(はくせん)を二本、差し出した。

「扇子の数でどの衣裳が一番かを決めます。最後までお手元にお持ちください」

勧められるまま白扇を手に取る。開いてみれば、扇面に「よしわら華いくさ」とあった。

「幸、あれを」

菊栄が幸に耳打ちして、閉じた扇子で江戸町一丁目の辺りを示す。

緋毛氈を挟んだ反対側、群衆の間から、高々と掲げられる傘が見えた。

傘の下、華やかに髪を結い上げた女がゆるゆると歩く。纏う仕掛は赤地に金銀の縫(ぬい)箔(はく)。胸高に結ばれた前帯は、分厚い唐帯(からおび)。江戸町の廓で仕度を整えて、衣裳競べで定められた出の場所へと向かう花魁だった。

「道を譲ってやれよ」

「手前こそ邪魔なんだよ。立つんじゃねぇ、見えねぇじゃねぇか」

「おい、向こうからもお出ましになったぜ」

江戸町一丁目、二丁目の木戸を潜(くぐ)り、衣裳競べに出るのだろう遊女が、ひとり、またひとり、と姿を現す。緋毛氈を避け、通りの端を水道尻の方へと歩くのだが、それぞれの出で立ちの絢爛なこと、美しいこと。

まだ衣裳競べの刻限前だというのに、鈴なりの見物客が、着飾った花魁をひと目見よう、と騒ぎ始めて、血気盛んな男衆らにねじ伏せられた。それでもなお、野次馬たちの興奮は収まらない。

「緋毛氈の上を歩く前に、先に衣裳の披露目をする——それも、ひとつの手ぇかも知れませんなぁ」

下手をすると悪手になってしまうけれど、と菊栄は声を落として言い添えた。

見物客の眼に触れる機会を増やし、衣裳をよく覚えてもらう。衣裳競べで人の心を捉えるための知恵だと呼べないことはない。

けれど、初めて何かを眼にした時に抱く、瑞々しい驚き、というのは薄れてしまうのではなかろうか。日常とは違う、競い合いという特別な場では勿体ないようにも思われる。

幸たちのすぐ横の見物客が、

「玉屋に越前屋、万字屋と続いたが、扇屋の花扇がまだ出てこねぇな」

と、江戸町一丁目の方を覗き見ていた。

両手に紙張りの燭台を持った禿たちが現れ、緋毛氈の両側に並べていく。灯火はまだ、されていない。じりじりと焦れながら、客たちは待つ。

日暮れにはまだ少し早いが、屈強な男衆らが松明を手に現れた。客たちの様子を見て、競い合いの刻限を早めることにしたらしい。

水道尻側と大門側に置かれた篝籠の割り木に、松明から火が移される。ほどなく、松の脂がじじじっと鳴り、めらめらと焔が上がった。それを合図に、かーん、かーん、と音高く拍子木が打ち鳴らされる。

期待と緊張とで、見物客たちの間から、溜息ともつかぬ息が洩れた。

揃いの長着に白の襷をかけた、幇間と思しき男たちが八人、緋毛氈に躍りでる。

「松葉屋ぁ、染路花魁」

一人が声を張れば、残る者たちが「松葉屋ぁ、染路花魁」と声を揃える。

その声に応えるように、ひとりの花魁が現れ、ゆっくりと緋毛氈の上を歩く。「仕掛」と呼ばれる打掛の裾を引いて、染路は大門の方へと進む。緋色に金銀の鶴を刺繍した仕掛、松紋を織り込んだ金襴の帯が、皆の眼を奪う。後ろを若衆が、「白木屋」と墨書された木札を高々と掲げて続いた。

「玉屋ぁ、九重花魁」

「山口屋ぁ、花衣花魁」

　次々と花魁の名が呼び上げられ、贅を尽くした衣裳が披露されていく。地色は緋色や朱、赤が多く、染め柄は宝船や孔雀、鳳凰など華麗で豪奢なものばかりだ。

　見物客の歓声を受け、花魁たちは端まで歩き通すと、優雅な仕草で仕掛の裾を翻し、再び水道尻の方へと戻っていく。緋毛氈の上で花魁同士がすれ違うさまは、歌舞伎の舞台を観ているようであった。

「あの衣裳は岩城升屋か、流石だな」

「待て待て、越後屋がまだだ」

　衣裳比べも半数近くが済んで、見物客たちの眼も次第に豪華な装いに慣れる頃、夕映えが仲の町を赤く染めていた。落陽が力を振り絞り、緋毛氈を歩く遊女らを照らす。

　ふと、観客のざわめきが途切れた。

「何だすやろか」

　菊栄が呟き、身を乗りだして奥の方を見る。幸もじっと目を凝らした。

　緋毛氈の上を、光り輝くものがこちらへ向かって来る。

　ああ、あれは、と幸は低く唸った。

　両の腕を広げ、仕掛に風を孕ませ、嫣然として見物客を眺める花魁。

「扇屋ぁ、花扇花魁」

ひと際声高く、幇間が呼ぶ。高く掲げられた木札には「日本橋音羽屋」の店名が太く大きな文字で墨書されていた。

仕掛は羽二重、金銀の箔押しを施されているが地は白で、夕映えを受けて朱に染められる。裾と袖に細工があるらしく、花扇が動く度に煌びやかに光った。

「あれは水精だす。湯島の物産会で、よう見ました」

花魁が目の前を過ぎる時、幸の方へ身を寄せて菊栄が囁く。水精と呼ばれる石を、丁寧に研磨して珠とし、それを裾と袖に糸で留めたものだという。珠の数は控えめで、仕掛が風を受けて軽やかに翻る余裕を残していた。

二枚櫛と笄と簪は白銀。黄金の軸に、水精珠を房状に繋いだ前挿し。これまでの花魁たちの衣裳が全て霞んで見えるほどに、桁外れに金銀を掛けた装いであった。

「こいつぁ、とんでもねぇぜ」

「ああ、日本橋の大抵の店が居抜きで買える」

方々から溜息が洩れる。

いや、違う、評価すべきは贅を尽くしたことではない。

緋毛氈を歩く時、映える色は何か。夕映え時に衣裳を美しく見せるにはどうすべきか。衣裳を生かすには、髪形と髪飾りをどうするか、等々。日本橋音羽屋の装束は、全てを入念に考え尽くされたものだ。

「あれだけのことが出来るのなら、もうちょっと生きようがあるはずだすのに」

哀しげに、菊栄が独り言を洩らした。

観衆の心を射抜いて、花扇は華やかに退き、全ての燭台の蠟燭に火が点される。

「大文字屋ぁ、胡蝶」

「遊亀楼ぅ、富士乃」

その後も、衣裳競べの勝星と目されていた花魁の登場が続くものの、今ひとつ盛り上がらない。誰がどんな衣裳を纏って現れても、花扇に優る者はないと思われるがゆえであった。

日もとっぷりと暮れて、左右の引手茶屋の提灯全てに火が入った。緋毛氈に置かれた燭台と合わせて、衣裳競べの舞台は、意外なほど明るく見えた。

しかし、最後の花魁が緋毛氈を外れてから、待てど暮らせど、次が現れない。

「出尽くした、ってことか」

明かりを頼りに一枚刷りを検めて、

「いや、まだ一人残ってるはずだ」

「芸者歌扇？　芸者？　幇間か？」

「そんなもん見たかねぇぜ」

と、口々に不平を洩らす。衣裳競べに飽いていた男たちは、結果が出るまで刻を潰そうと、中座を決め込んだ。

名前や店名を呼びあげるのは、幇間たちだ。歌扇を快く思わないがゆえに、出を邪魔しているのかも知れない。

案ずるあまり立ち上がりかけた幸の腕を、菊栄はぐっと摑んで引き留める。

かーん、かーん

観客の気を引き戻すかのように、拍子木の澄んだ音が響き渡った。

「芸者ぁ、歌扇」

聞き覚えのある、よく通る声。

五鈴屋の屋号入りの半纏を纏った賢輔が、拍子木を打ち鳴らし、歌扇の名を呼びながら、ゆっくりと緋毛氈を歩いてくる。

幇間ではない。呉服太物商五鈴屋の店の者が、と離れかけていたお客たちも「何だい、あれは」と、興味を引かれたようだった。

拍子木に導かれるように現れた芸者は、紛れもなく女だ。

縮緬の小袖は、全ての色を呑み込む漆黒。生地のしぼが、燭台や提灯の光を集めて、装いの味わいを深める。襟から覗く純白が、とりわけ清らかだ。銀鼠の帯は、後ろでひとつ結び。変わり島田に結い上げた髪には、慎ましい柘植の髪飾り。三味線と撥を手にしている。

金銀に飽かした装束を延々と見せつけられてきた男たちは、その潔い装いに意表を突かれた。

「芸者ぁ、歌扇。歌に扇ぃ、歌に扇の歌扇」

声高らかに名を呼び、賢輔は振り返って芸者を見る。

歌扇は小さく頷くと、深く息を吸う。竿を左手に持ち、撥を握る右手で三味線の胴を抱えて、顔を上げた。凜とした所作だった。

吉原で最初の女芸者は、背筋を伸ばし、美しい裾捌きで緋毛氈を歩く。後ろでひとつに結んだ帯が左右に優しく揺れて、何処となく見返柳を思わせる。

歌扇の姿が近づくにつれて、皆の口から「ああ」とも「おお」ともつかない、詠嘆の声が洩れた。

取り立てて、若くも美しくもない女。しかし、その佇まいが心を捉えて放さない。

あれは扇の紋付だ、と誰かが呟き、五つ紋だ、と誰かが唸る。芸者の心意気を形にした装束こそ、江戸っ子の好む「粋」そのものであった。

そうか、あれが女芸者なのか——見物客たちの大いなる得心が、さざ波のように広がっていく。

——そしたら私は、苦界に射す光になれるかも知れません
歌扇の言葉を、幸は思い返していた。

緋毛氈の端まで進むと、歌扇は舞うように身を翻し、再び幸たちの前を過ぎていく。

菊栄は前に身を乗りだして、夢中で歌扇の姿を眼で追う。幸は観客の様子が気になって、辺りを見回した、ふと、視界の端に何かが映る。

引手茶屋の二階から、大柄な男が二人、こちらを眺めていた。軒に吊るされた提灯の明かりが、男たちの姿を浮き上がらせている。

一人は、音羽屋忠兵衛。その隣りに居る人物に気づいて、幸ははっと刮目する。

井筒屋三代目保晴こと、惣次。

見間違いではないのか、と思えども、紛れもなく惣次そのひとだった。

音羽屋が惣次に親しげに耳打ちし、惣次が背を反らして笑っている。

菊栄は歌扇の後ろ姿に夢中の様子で、惣次に気づく気配もない。

喉の奥にざらりと苦い味がして、幸はそっと首に手をあてがう。本両替仲間の寄合

ならともかく、こんなところで、との戸惑いが先に立つ。

――惣ぼんさんは、五鈴屋を陥れた相手のことを、どない思うてはるんだすやろか

――世の中、そない簡単に信用してええ相手ばっかりと違いますで

鉄助と結の台詞が、耳の奥で交互に響く。

否、そんなはずはない。

本両替商の仲間たちで衣裳競べの見物に来ているだけだ、と幸は自身に言い聞かせ、無理にも動揺を封じる。

全ての衣裳の披露目が終わり、籠を手にした男衆たちが「白扇を頂戴(ちょうだい)します」と群衆の間を縫っていく。

「歌扇の籠はどれだ、『歌に扇』の歌扇の方だ」

芸者の名を呼ぶ声が、あちこちから上がっていた。

第五章　時運

「女将(おかみ)さん、皆さん、この通りです」

五鈴屋の表座敷に通されるなり、「どうぞ堪忍してください」と、お勢は畳に額を擦(こす)りつけた。

衣裳競(いしょうくら)べから四日のち、店開(たなあ)け前のことである。

「お勢さん、どうかもう」

三味線(しゃみせん)の師匠の傍(そば)に移って、幸は宥(なだ)める。

「月が替われば騒ぎも落ち着くでしょうし、何より、私どもは変わりませんので、どうぞ、お気になさらず」

店主の慰めに、お勢はおずおずと顔を上げる。両の眉尻(まゆじり)は下がったままだった。

吉原の衣裳競べは、扇屋の花扇と芸者歌扇の一騎打ちとなり、僅差(きんさ)で花扇に軍配が上がった。前評判の高かった花魁(おいらん)が勝ったので、吉原の外では「まあ、そうだろう」

と受け止められた。だが、あの「華いくさ」を間近に目にした者たちが黙っていなかった。

当初、白扇を数え終えた時には同点だった。だが、引手茶屋の座敷の客二人が、白扇を出しそびれていた、という理由で、あとから二点が加えられ、花扇の勝ちが決まったのだ。見物客からは不満の声が上がったが、肝心の歌扇が抗わなかったため、結果は覆らなかった。

　こうした経緯が翌日、早速と読売で面白おかしく書き立てられて、今は江戸中がちょっとした騒ぎになっている。

「あのあと、歌扇を座敷に呼ぶお客が引きも切らないんですよ。このまま行けば、望み通りに芸の道で生きていけそうで、どう御礼を申し上げて良いものか」

　師匠のお勢の言葉に、五鈴屋の主従は安逸の色を滲ませる。歌扇が吉原で最初の女芸者として認められ、活躍できることは、一同にとって何より嬉しいことだった。

　主従の気持ちを知り、お勢は一層、切なげに小さく吐息をついた。

「勝星を上げた日本橋音羽屋は、望み通り、大見世のお抱えになりました。歌扇は『五鈴屋さんの顔を潰してしまった。お詫びの言葉もない』と悔やんでばかりです」

「それやったら、心配要りませんよって」

お茶を運んできたお梅が、話に割って入る。

「何ぼ『勝星を上げた』いうたかて、面目丸潰れは、日本橋音羽屋の方だす。何せ、追加の白扇は亭主の蛸、もとい、音羽屋忠兵衛とその招待客のものやった、いう噂やさかい、ほんに野暮の極み」

「お梅どん、ええ加減にしなはれ」

話を途中で遮り、お竹がお梅に般若の形相を向けた。おお恐っ、と女衆は首を竦めて台所へ逃げ帰る。

　お勢は気まずそうに二、三度、咳払いをしたあと、ふっと視線を座敷の端へと移した。間仕切りの向こう側、菊栄の小間物を扱う店に、職人や人足と思しき、大勢の出入りがある。夏に団扇を商うほかは、屋敷売りに重きを置いているため、ああして賑やかなのは珍しい。

「来月、新しい品を売り出されるので、それに備えて荷入れをされているのです」

何処まで話したものか、と思案しつつ答える幸に、お勢は深く頷き、声を落とす。

「衣裳競べで歌扇の髪を飾った、あれ。あれを売り出されるんですね。粋で洒落てて、歌扇も随分と色んなひとから聞かれたようですよ。あれなら、繁盛間違いなしです」

私に出来ることがあるなら、恩返しに何でもさせてくださいな、とお勢は意気込むのだった。

「ご寮さん、お仕度、お手伝いしまひょ」

お勢を見送ったあと、さり気なく、お竹が幸を促す。今日は佐助と賢輔を連れて、件の売家を見に行くことになっていた。

菊栄に気づかれぬよう店を出て、三人は呉服町を目指す。

寒露を六日後に控えて、袷姿でも肌寒い。かんかんかん、という音に驚いて天を仰げば、真雁が楔の形に群れを組んでいた。

「初雁だすな」

「今年はいつもより少し早いわね」

江戸店を開いて十三年、さらに一店舗増やすという選択をした主従は、知らず知らず緊張していた。何気ない遣り取りに、ほっと息をつく。

吉原での衣裳競べで敗れたことが、寧ろ功を奏したのか、お旗本から嫁荷の打診が二件、続けてあった。実を結べば、名誉なだけでなく、屋敷商いではこれまでにないほどの売り上げを弾き出すことになるだろう。新店の確保は「待ったなし」であった。

鎧の渡しを左に見て、川に沿って歩けば、じきに日本橋だ。その橋を渡れば、日本橋通、結の日本橋音羽屋もそこにある。

日本橋をやり過ごし、西側に架けられた一石橋（いちこくばし）を渡る。渡ったところに蔵屋敷、次いで西河岸町（にしがしちょう）。その先が呉服橋御門外、目指す呉服町はすぐそこだった。菊次郎も話していた通り、町名は、幕府お抱えの呉服師、後藤縫殿助の屋敷があることに因（ちな）む。

田原町から片道半刻ほど、充分に通える距離ではあった。

「ご寮さん、あそこだす」

先に行って店の名を確かめた賢輔が、ふたりの傍へと駆け戻る。

賢輔の示す方を見れば、確かに暖簾（のれん）に「末広」の屋号、立看板に「白粉（おしろい）」の文字が読み取れる。広く大きな間口、瓦葺（かわらぶ）き、白壁に漆喰（しっくい）を塗り籠めた土蔵造りだ。店の表は勿論（もちろん）、脇（わき）の路地も掃除が行き届いていた。

場所も、それに店の醸しだす雰囲気もとても良い。間口十間では大き過ぎるが、五間ずつなら頃合（ころあ）いである。

幸は佐助と賢輔に頷（うなず）いてみせた。

店主の想いを受けて、支配人と手代は深く一礼する。奉公人らの高揚が伝わる仕草だった。

「えっ」

その夜、五鈴屋店主から話を持ち掛けられて、菊栄は絶句した。

上手く言葉が出ないのか、幾度か息を呑み込んだあと、あかん、と掠れた声を発する。

「そないなこと、あかん。私のためを思うてくれるんは、ありがたいことだす。けど、五鈴屋の大事な新店を情に負けて決めたら、あきまへんのや」

取り乱す「菊栄」の店主の双眸を、幸は覗き込み、「それは違います」と、きっぱりとした口調で言明する。

「情に負けて決めたわけでは、決してありません」

世話焼き、と自らを評した菊次郎から端を発したが、主従でよくよく話し合い、何より五鈴屋の商いのために欠かせない、という判断に至ったことを、懇切に説く。

始めのうちは青ざめていた菊栄の頬に、次第に赤みが差していく。

「胸中に成竹あり――菊栄さまが三嶋屋買い上げを決められた時、そう仰いました。私も、今、同じことを思います。手頃な呉服と太物を店前現銀売りする本店と、選りすぐりの呉服を屋敷売りする新店。店を分けることで、術無い思いをすることなしに、お客さまに買い物を楽しんで頂けます。それに」

すっと手をあげて、幸は髪の笄（こうがい）に触れる。

「こちらにも勝算あり、と確信しています」

何かに耐えるように、菊栄は双眸（そうぼう）を閉じた。そして、「幸」と声低く呼ぶと、

「おおきに、ありがとうさんだす」

と、畳に手をついて深々と首を垂（こうべ）れた。

次の天赦日（てんしゃにち）は霜月十七日で、そこまで待つわけにはいかない。長月十日の黒日（くろび）までに目途をつけるべく、明朝、佐助を伴って、菊次郎のもとへ出向くこととした。

話し合いのあと、気持ちが高ぶって、ふたりともなかなか寝付けない。

星明りで障子が仄明（ほのあか）るく、奏者を増やした虫の音が美しい。

るるるる、るるるるる、とひと際、麗（うるわ）しい音色、あれは邯鄲（かんたん）だろうか。

「明日は菊次郎さんのところで話したあと、私は井筒屋さんに挨拶（あいさつ）に行ってきます」

衝立（ついたて）越し、菊栄がふと洩（も）らした。

「惣ぼんさんに店を探してもろてますよって、ちゃんと断らんと」

不意に惣次の名が出て、幸は思わず半身を起こした。衣裳競べの夜に見た光景を思い出したのだ。

「幸、どないしました？」

妙な気配を察したのか、菊栄が案じて幸を呼ぶ。

話すべきかどうか、少し迷ったものの、幸は寝床を抜けだして、菊栄のもとへと移った。菊栄も布団の傍らに座って、幸を迎える。

「菊栄さま、実は衣裳競べの時に、惣ぼんさんと音羽屋忠兵衛が一緒に居るところを見ました」

「何だすて」

その夜の二人の様子を幸から聞きだして、「なるほどなぁ」と菊栄は呟いた。

「競い合いの翌日、私は惣ぼんさんに会うてます。惣ぼんさんは衣裳の目利きだすよって、吉原の衣裳競べには絶対に興味があるはずなんだす。せやのに、私との間ではその話題を避けてはった。不思議に思うてたんだすが、なるほど、音羽屋忠兵衛と一緒だしたか」

結から投げられた台詞と重なって、どうにも菊栄に話せなかった。今になって伝えたことを詫びる幸に、「謝ることと違います」と友は柔らかく応じる。

「惣ぼんさんと私は同門のようなもの——以前、幸にそない話しましたやろ。お家さんの薫陶を受けた者が、姑息な悪手を使うはずがない。ただ、惣ぼんはお家さんと違うて、商いに関しては冷徹なところがおます。せやさかい、姑息な悪手でなければ、音羽屋と絡むことも考えられます」

お互い、それは心に留めておきまひょなぁ、と菊栄は言って、幸の膝をぽん、と優しく叩いた。

秋の籬に咲いたは小萩ぃ
露の浅茅生露白露　濡れた濡れたぁ

三味線の音とともに、弟子の艶やかな唄声が二階から一階座敷にまで流れてくる。

だが、その師匠の方は弟子の唄を聞くどころではない。

幸と菊栄、それに佐助を前に、両の手を打って笑いに笑い、ついには涙まで零して笑い続ける。

「衣裳競べで負けたさかい、さぞや沈んでることやろ、と遠慮してましたのや。よもや、こないに早よぅ返事があるとは思いませなんだ」

世話焼きの甲斐があった、と菊次郎はまだ笑っている。

女形の笑いが収まるのを辛抱強く待って、幸は、

「菊次郎さま、何とぞ、先さまへお口添えを頂けませんでしょうか」

と、平伏した。菊栄と佐助も幸に倣う。

「任せなはれ。この度の話は、末広屋の方から『何としても五鈴屋に』と持ち込んできたもんやさかいにな。それに、五鈴屋ばかりか、金銀小鈴の揺れる簪で天下を取った『菊栄』も加わるなら、信用も倍になる。向こうに否やはおまへんやろ」

目尻の涙を指で拭うと、菊次郎は文机に手を伸ばし、そこに置かれていた暦を取り上げた。

「十日は黒日やよって、それまでに話をまとめた方が宜しいな。善は急げ、今日、これから皆で末広屋へ行きまひょ。すぐに仕度するよって」

吉次、吉次、ちょっと出かけますで、と菊次郎は二階へ向けて声を張った。

仲人役の菊次郎、それに買い上げを望む者たちの訪問を受け、店主の末広屋喜太郎は小躍りせんばかりの喜びようで、早速と屋敷の中を案内する。

間口十間だけあって、店の間も大きく、奥座敷も二階も広々としていた。庭には大きな蔵がふたつ。

かつて五鈴屋は、菊栄の買い上げた三嶋屋を譲り受けて、隣り合う二軒を一軒に改築した。今度は一軒を二軒に分けることになるが、店の間の中ほどに仕切り壁を設けることで済みそうだ。大工も末広屋に口をきいてもらえるとのことで、菊栄も幸も安堵の胸を撫で下ろす。

そののちは奥座敷に場所を移して、細かな決め事をした。

末広屋の家屋敷を「菊栄」と五鈴屋とで買い上げ、代金を折半とする。ただし、分筆をするとなると、手続きが煩雑になるため、沽券状は菊栄名義とする。町人地の家屋敷の売買では、沽券状に五人組と名主の判が必要になる。さらに町会の承認を得なければならないが、全ての手筈は末広屋が整えるというので、甘えることにした。

問題は奉公人の処遇だが、店前現銀売りの「菊栄」では小僧二人を含む八人、屋敷商いの五鈴屋で小僧と手代を一名ずつ、各々、引き受けることになった。

「これで安心して隠居が叶います。菊次郎さん、この通りですよ」

店主の喜太郎は、両の手を合わせ、菊次郎を拝んでみせた。

子は居らず、麻疹禍の時に女房を亡くしたため江戸に未練はない。店を売り渡したのちは、生国の信濃に帰るという。

「奉公人のことばかりが気がかりでしたが、おふたりのところで引き受けて頂けるとは、ありがたい限りです。竜蔵、お前からも礼を言いなさい」

主に命じられて、番頭の竜蔵が「お礼の言葉も見つかりません」と白髪交じりの頭を畳に付けた。店主の喜太郎は些か影が薄いが、番頭は何処となく治兵衛を思わせる。

「こちらこそ、宜しいにお頼み申します」

竜蔵の新たな主(あるじ)となる菊栄が、温かに声を掛けた。

「来月二十日、勧進大相撲(かんじんおおずもう)の初日に、『菊栄』で新しい品を売り出します。手ぇが足りんよって、何人か助っ人をお願いできませんやろか」

「末広屋はもう商いを止(や)める心積もりで近々、仲間も抜けます。仕事を覚えるのに、丁度よい機会です。竜蔵と手代五人をそちらへ通わせますよ。扱ってきたのは白粉(おしろい)ですが、呑み込みのよい者たちばかりですから」

末広屋はそう言って、菊栄の願いを快諾(かいだく)した。

聞くところによれば、江戸市中の町家敷を売り買いする場合、町名主宅で、売主と買主、家守、五人組、それに町名主が一堂に会し、代金支払いや売渡(うりわたし)証文への加判(かはん)、交付などを行うことが多いという。しかし、事前の調整にかなりの時を要するため、末広屋の申し出に甘えて、ひとまずは「菊栄」と五鈴屋、末広屋の間で、神無月十五日に証文を交わすことにした。

五鈴屋は蔵前屋から、「菊栄」は井筒屋から、その日までに各々代金を支払うが、実際に引き移りをするのは年の瀬になる見通しだった。奇(く)しくも、当初から菊栄が決めていた期限であった。

随分と難航した新店探しだったが、菊次郎の「世話焼き」のお陰で、すんなりと事

が運んだことは間違いない。帰り道、菊栄は菊次郎に、

「何もかも、菊次郎さん在ってのこと。こないに信用の置ける仲人も居てませんよって、ほんに安心して大きな買い物をすることが出来ました」

と、謝意を口にする。

このあと、「菊栄」は小間物商仲間、五鈴屋は呉服太物仲間から各々新店を持つことの許しを得たり、披露目をしたり、と忙しくなるが、無事に買い上げが決まったことは本当にありがたい。

「菊栄さまの仰る通りです。五鈴屋も、これで憂いなく屋敷商いに邁進できます」

幸もまた、感謝して菊次郎に頭を下げた。

何の何の、と菊次郎は、

「口入を間に入れたら、えらい礼金を支払わなならん。浮いた分を、これからの商いに生かしなはれや」

と、大らかに笑う。そして、ふと顔つきを改めると、ふたりの女を眺めた。

「あんさんらを見てると、『時運』いうんを思いますなぁ。巡り合わせ、と言い換えてもええ。良いことばかりと違う、悪いことにも出会うやろが、志の似通う者が集まれば、どないな道も開けるもんや」

せいぜい気張りなはれや、と歌舞伎役者は厳かに言い添えた。

押尾川にはぁ、文字関ぃ
磯碇にはぁ、御所ヶ浦ぁ

高らかに取組力士の名、合間に、どんどどーん、どどどんどーん、と太鼓が独特の節を刻む。明日から晴天のみ八日間の、勧進大相撲開催を告げる触太鼓である。春と冬、年に二度の楽しみがまた巡ってきて、江戸中が喜びに沸き立つ。

神無月十九日、浅草呉服太物仲間の会所座敷にも、太鼓の音とひとびとの歓声とが混じりあって届いていた。

先刻から仲間の間を盆が回されて、各自、盆の上に載せられたものをひとつずつ手に取る。両端に少し広がりのある、件の笄だった。

最後の一本を手に取ると、月行事は、

「確かに、お預りしました」

と、幸と菊栄に示した。

菊栄は幸と目交ぜしたあと、他の店主らを見回して、深く額ずく。

「皆さまには、身勝手なお願い事を、ほんに快うお引き受け頂き、感謝の言葉もございません」

明日の藍染め浴衣地の売り出し時、それぞれの店の女房や娘に、この笄を用いて髪を結わせ、店前に立たせる——菊栄は幸を通じて、浅草呉服太物仲間の面々に、そうした約束を取り付けていたのだ。

「吉原の衣裳競べで、歌扇という芸者の髪を飾った、あの笄ですな」

「湯屋で温もった肌に藍染め浴衣を纏い、この笄で髪を結う。男の私でもぞくぞくします。江戸中の女を虜にするに違いありませんよ」

明日からの商いにも弾みがつく、と浅草呉服太物仲間の店主らは笄を手拭いに挟んで、大事そうに懐へと仕舞う。

それにしても、と和泉屋が笄をしげしげと眺めて、ほっと太い息を吐く。

「今まで誰も考え付かなかった品が銀三匁とは……。私ならば、その倍、いえ、三倍の値を付けるところですよ」

勧進大相撲の木戸銭と合わせるとは、と和泉屋は感嘆の声を洩らした。他の店主らも同じ思いなのだろう、幾度も頷いている。

衣裳競べで勝星を上げた日本橋音羽屋は、吉原の大見世を相手に、一反銀二貫目、三貫目の値を付け、随分と派手な商いをしている、と専らの噂であった。衣裳競べであれほど評判を取った笄ならば、との思いは誰もが持って当然だった。

「銀三匁でも、慎ましい暮らし向きのおかみさんには、悩ましい値ぇやと思います。お砂糖は一斤、下り酒なら二升半、お味噌は二貫、お米やったら五升半は買えますよって」

台の柘植、職人の手間賃を確保し、利をぎりぎりまで削っての銀三匁。あだや疎かな商いにはしまい、との菊栄の決意が言葉に滲む。

「贅を尽くした金銀小鈴の揺れる簪で、一世を風靡した店主の口から、よもや味噌の値が出るとは思わなんだ」

最も年嵩の河内屋がほろりと笑いを零したあと、口調を違える。

「物を商う者として、忘れてはならぬ心がけですよ。我々の店で売ることは敵わぬが、藍染め浴衣に似合う笄として、盛大に広めましょう」

老店主の言葉に、残る仲間が一斉に首肯してみせた。


翌、二十日。

まだ明けぬ空のもと、どーん、と音高く一打、続いて、どんがどが、と独特な節回しで連打。闇を破って響くのは、勧進大相撲の開催を伝える櫓太鼓だった。この櫓太鼓を皮切りに、深川八幡宮の相撲小屋へ、相撲小屋へ、と江戸中の熱気が向かう。

力士の名入りの藍染め浴衣地は、今回十八種。浅草呉服太物仲間たちの店前には、その浴衣地見本が幟として飾られている。

それを尻目に、男たちはいそいそと相撲小屋へ出かける。代わりに暖簾を潜るのは、亭主から贔屓の力士のものを買うように頼まれたおかみさんたちである。これも、例年通りの光景であった。

だが今回、明らかに異なる遣り取りが、五鈴屋の土間で繰り広げられていた。

「嘘だよ、嘘に決まってる」

「そうとも、私たちを担ごうってんだろ。ひとが悪いよ、全く」

お梅を取り囲んで、おかみさんたちが小声で詰め寄る。

「ほんまだす、ほんまに銀三匁なんだすて」

藍染め浴衣を下着にしたお梅が、頭の笄を示して、やはり小声で訴える。

「奥が小間物屋になってますやろ、あそこで売ってますのや。これと同じもんだす。確かに銀三匁、間違いおまへん」

おかみさんたちが疑わしげに店の奥へと目を向ければ、間仕切り越し、奉公人と思しき男たちの甲斐甲斐しく働く姿が見え隠れしていた。

「あそこで団扇（うちわ）を買ったことがあるけれど、あんなに奉公人は居なかったはずだよ」

「ひぃ、ふぅ、みぃ……六人くらい居る。給銀分も上乗せするだろうから、そんなに安いはずはないよ」

銀三匁というと、今朝、出かけた亭主が、相撲小屋に支払う木戸銭と同じ価（あたい）。亭主に頼まれて買う藍染め浴衣地の十分の一の値だ。

本当のはずがない、担がれているに決まってる、と思いつつ、おかみさんたちは視線を表座敷に向ける。

力士の名入りの藍染め浴衣地を求めて、店の間は賑わう。接客をしているこの店の女店主、それに小頭役（こがしらやく）とかいう女の奉公人も、同じ笄で髪を飾っていた。

折よく、買い物客が奥から座敷を抜けて、土間へと下り立った。上気した頬（ほお）に片手をあて、もう片手に紙袋。「菊栄」と墨書された細長い紙袋から、柘植の細工物が覗（のぞ）いている。

「ちょいと、それを見せておくれでないか」

「銀三匁ってのは確かかねぇ」

真相を確かめるべく、おかみさんたちが女に群がった時だ。

座敷奥から、如何（いか）にも忠義の番頭といった風情の初老の奉公人が姿を現した。

「今日から売り出しの、『菊栄』の笄でございます。お代は銀三匁、間違いございません。どうぞ、奥へおいでになって、手に取ってご覧くださいまし」

口上を述べて、丁重に腰を折る。

だが、その姿を見ても、おかみさんたちは、まだ尻込みしていた。事情を読みとったのだろう、奥から今ひとり、今度は、四十五、六と思しき女が現れて、よく通る澄んだ声を張った。

「しっかりと髪を結い上げられて、飾りにもなる笄だす。今までにない笄、お代は確かに銀三匁に違いおまへん」

どうぞお越しやす、と招く女に、見覚えのあるおかみさんは多い。夏になれば、藍染め浴衣地を用いた団扇を売っていたひと。その記憶が、おかみさんたちの背中を押す。

五鈴屋の店主までが、にこやかに「どうぞ奥へ」と、優しい仕草で間仕切りの向こう側を示した。

「嘘じゃない、本当みたいだ」

「本当に銀三匁なんだよ」

口々に言って、女たちは我先に奥の小間物屋へ駆け急ぐ。

「おいでなさいませ、順にお伺いいたします」

「全て同じ品ですが、一本、一本、彫手によって味わいが違います」

番頭の竜蔵、末広屋から借り受けた手代らの接客も確かで、次々と押しかける買い物客に手際よく応じる。

浅草太物仲間の他の店でもお客に勧めたことや、吉原廓で密かに使われ始めていたこと。何より、それを手に入れた女たちが触れ回ったことで、新しい簪は、読売に取り上げられるまでもなく、瞬く間に江戸中に広まった。

誰の髪にも似合う、慎ましい柘植の簪。髪を結い上げるだけでなく、好ましく装える品。銀三匁、という懐に優しい値。江戸の女を夢中にさせるには充分だった。

今場所は二日、雨で休場があり、晦日まで興行が延びた。五鈴屋の店前には藍染めの浴衣地と「菊栄」の簪を求める客が押し寄せ、絶えることがない。

ついには「男は深川　女は田原町　走らせる銀三匁」と謳われるほどであった。

第六章　幕開き

染物師の座敷の畳に、大きな布が二枚、広げられている。

一枚は、青みがかった緑色。五つの鈴に、「五鈴屋　呉服町店」の文字が白抜きにされている。

もう一枚は、菊花を思わせる承和色。屋号の「菊栄」は江戸紫、どっしりとした親和文字だ。

いずれも、力造が自ら染めた、新店のための暖簾である。先刻から、力造とお才が、幸と菊栄の様子を不安そうに見守っていた。

その出来ばえに満足し、幸は夫婦に一礼して見せた。傍らの菊栄は、承和色の暖簾に手を置いて、愛おしげに撫で続ける。

「こないに綺麗に染めて頂いて」

おおきにありがとうさんだす、と謝意を告げる菊栄の声が揺れている。

大坂船場「紅屋」のこいさん（末娘）として何不自由なく育ち、五鈴屋四代目徳兵衛に嫁いだが、二年で離縁。生家に戻ってからは、傾いた家業を兄に替わって立て直したものの、兄夫婦に疎まれた。自らの志を貫くべく、大坂から江戸に移ったのが七年前のこと。金銀の揺れる小鈴の簪、そして笄、という二つの大きな流行りを生みだしての今である。

「ほんに、ようございましたねぇ」

その苦労を知る皆の気持ちを代わりに言って、お才は目頭を押さえた。

「お前が言うと、どうにも湿っぽくなっていけねぇ」

湿り気を帯びた座敷の雰囲気を変えるように、力造は両手でぽん、と腿を打つ。

「呉服町に移られるのは年の暮れってことですが、今年は閏十二月がある。ひと月余裕ができて何よりですぜ」

年末の気忙しさが繰り返されるようで、閏十二月はあまり嬉しくないが、今年に限ってはありがたい、と力造はからりと笑った。

「これまでの蓄えを随分と費やしましたさかい、これから一層、精進せななりません。ひと月分、盛大に働かんと」

なぁ、幸、と菊栄は傍らの幸に笑みを向ける。

末広屋と売買の証文を交わしたのが神無月十五日、月末から大工が入って、明け渡しの日限は大晦日である。常ならば、ひと月半を切るところが、閏月があるため、菊栄と、鶴七、亀七、松七の引き移りまで、一か月の余裕が生まれた。

五鈴屋呉服町店は、来年睦月二日の初荷から暖簾を掲げる。「菊栄」は品物を持ってお客のもとを回る屋敷売りではなく、店前現銀売りのため、店での品ぞろえを充実させる必要がある。余裕を見て、縁起の良い初午に店を開けることに決めていた。

「幾ら呑み込みが早いとはいえ、これまで白粉一筋だった奉公人だ。育てるのにはやっぱり歳月はかかる。菊栄さまも、何かと気骨が折れることでしょう」

亭主の言葉に、そうだよねぇ、とお才は相槌を打つ。

「五鈴屋さんにしても、末広屋の手代と小僧をひとりずつ新店に引き受けたからといって、やっぱり手が足りないこともあるでしょうよ。私らで良ければ、何なりと言いつけてくださいな」

染物師夫婦の温かな言葉に送られて、菊栄と幸は花川戸を後にする。胸にひしと抱えるのは、それぞれの新店の暖簾であった。

大雪を過ぎて、大川を渡る風に、肌身が斬りつけられる。だが、女名前禁止という枷を外されたふたりは、店主であること、新店を持てることの喜びを嚙み締め、寒風の中、顔を上げて歩いていく。

師走十四日、五鈴屋は創業から丸十三年を迎えた。

年に一度の創業記念の日にだけ、反物を買ったお客には、特製の鼻緒が贈られる。慎ましい品だが、楽しみに待つお客は多い。

今年はどんな鼻緒だろうか、と胸を弾ませるものの、買い物時に二本差しやら豪商やらと鉢合わせになっては堪らない。店の少し手前で立ち止まり、用心深く表の様子を窺う。

去年は店の表にずらりと並んでいた駕籠や乗物が、今年は二挺だけ。人待ち顔のお付きの者たちの姿も見えない。

「おいでやす」

「おおきに、ありがとうさんでございます」

小僧らの声とともに暖簾を出入りする者を眺めても、見るからに格の違う客というのは、去年に比して遥かに少ない。

馴染み客たちは、ほっと胸を撫で下ろし、漸く「今年の鼻緒はどんなだい？」と、小僧に声を掛けつつ、暖簾を潜っていった。

「何だか五鈴屋さんが手の届かない店になっちまうようで、ちょいと足が遠のいてたのさ」

「御身分のあるひとだって、五鈴屋の反物が欲しいと思う気持ちは変わらないだろうから、私らの身勝手なんだけどね」

お客は口々に言って、買い物を楽しむ。

呉服町に、屋敷商いを専らとする新店を持つこと。

小間物屋「菊栄」が初午に、その隣りで新店を開くこと。

もとの「菊栄」、つまりこの店の間仕切りの向こう側で、呉服太物の別誂えなどの相談に応じること。

「今後も、良い品を、お手に取り易い値ぇでお届けさせて頂きますよって。どうぞ楽しいに買い物しておくれやす」

奉公人たちはそのように説いて、変わらぬ愛顧を乞うた。

「市兵衛さまに頼まれて、間を取り持った身ではあるが」

砥川額之介は、表座敷をじっくり見回して、しんみりと洩らす。

「吉原の衣裳競べに五鈴屋が敗れてくれて、本当に良かった。日本橋音羽屋のように廓出入りとなれば、せっかくこれまで五鈴屋を贔屓にしていた客も怯んでしまうところだった」

古い触れではあるが、反物の値段の上限が銀二百匁と定められたことがあった。当時から、およそ守られていたとは思えない。しかし、公方さまのお膝もとゆえ、江戸で店を構える呉服商にとって、二百匁というのは表向き守るべき一線ではあった。二百匁は、金に直せば三両と少し。

ところが、日本橋音羽屋では、その十倍に当たる銀二貫目を底値として、法外な値付けをした品を廓に納めている、とのこと。全ては遊女の借銀となるため、随分と酷いことだと反感を抱くものも少なくない、という。

「極上の品には違いないが、大名家や大奥に納めていたものと異なり、あまりに華美に過ぎる。日本橋音羽屋は創意工夫を忘れて、ただ儲けることしか考えていないのではないか――他の呉服商たちが、そんな風に話していました」

おまけに、と砥川は吐息交じりに続ける。

「以前は女将自ら店前に立ち、朔日には帯結び指南を行ったり、長着と帯の取り合わせの相談に乗っていたはずが、そうしたこともなくなった。今では、倹しい身形の者は門前払いを喰わされる、と散々な不評ですよ」

それは、と言い淀んで、幸は口を噤む。

姉の知る妹は、端切れを縫い合わせて袋物を作ったり、鼻緒を作ったり、ちょっとした工夫を楽しむ娘だった。お竹の帯結び指南の日、生き生きと手伝う姿も、よく覚えている。

遊女相手に、やみくもに高い品を売りつけることが、結の望む商いなのか。結自身の成し遂げたかったことなのだろうか。

「五鈴屋さんならば、たとえ廓出入りが叶（かな）ったとしても、そんなことにはなりませんよ」

黙り込む幸を気遣ってか、女房の雅江（まさえ）が柔らかに口を開いた。

「お客の方が肩身の狭い思いをせぬよう、工夫を欠かさぬ店だ、というのは皆、よく知ってますし。私は五鈴屋さんに、日本橋音羽屋を打ち負かして頂きたかった」

ただ、と思案しつつ、雅江は言葉を繋（つな）ぐ。

「気持ちが吉原に向いてしまうのは、勿体（もったい）ないとは思います。藍染（あいぞ）め浴衣地（ゆかたじ）のような品、老若男女に好まれる品が生まれなくなってしまうのではないか」

「何だ、結局、お前も五鈴屋が負けて良かった、と思っているのではないか」

夫婦の遣（や）り取りに、他の客も笑っている。

子ども向けの唐子（からこ）紋様の友禅（ゆうぜん）染めを半反、それに御納戸（おなんど）色の木綿を一反。女房の買い物が済み、懐に桟留革の紙入れをねじ込むと、額之介は「そう言えば」と幸の方へ向き直った。

「来月は閏十二月、五鈴屋では来月の十四日も、何か考えているそうな」

相撲年寄の耳聡さに、幸は唇を綻ばせる。

「閏十二月というのは、実に十九年ぶりだそうです。せっかくの巡り合わせですから、当日は、暖簾を潜ってくださった皆さまに、心ばかりの品をお渡ししようと思っています」

屋号に因んだ小鈴の根付を用意してある、という店主の返答に、額之介は「それは楽しみだ」と鷹揚に頷いた。

表まで夫婦を送ったあと、幸はそこに佇んで、師走の賑わいの風景の中に紛れていく二人の背中を眺めた。

お家さんだった富久が亡くなったのは、十九年前の師走だ。閏十二月があったため、四十九日の法要も年内に済ませた。如何にも律儀者の富久らしい最期に違いなかった。

次に閏十二月が廻ってくる時、五鈴屋はどうなっているだろうか。

幸は、空を振り仰ぐ。

五鈴屋の商いで、橋を架けたい。

ひとひととの縁を繋いで、川に橋を架けるように、商いの世界に橋を架けたい。

——幸、頼みましたで

耳もとに、富久の声が蘇(よみがえ)る。

はい、お家さん、必ず。

胸のうちで、幸は応(こた)えていた。

山谷堀沿い、日本堤の南側に浅草田町(たまち)がある。吉原通いの客には馴染(なじ)みのこの場所から、閏十二月十七日、火が出た。浅草寺境内の時の鐘が、まだ明け六つを知らせる前のことだ。火は東へ向かったが、大川端(おおかわばた)　聖天町(しょうでんちょう)まで焼いたところで食い止められた。丁度、三日ほど前の雪が溶け残っていたことも幸いした。

「五鈴屋さん、大事ないか」

浅草田町と浅草田原町とが似通う地名のため、気にかけて訪ねてくれる者が続く。

「花川戸からも火が見えましたから、生きた心地がしませんでしたよ」

夕暮れ時には、お才も五鈴屋に顔を見せた。

「二日前に立春が過ぎたってのに、軒には氷柱(つらら)、道の端には霜柱、こんな寒さの中を身一つで焼け出されるなんて、本当に酷いことですよ」

せめて、焼け出されたひとに温かいものを届けよう、とお才も加わって、皆で炊き立てのご飯で握り飯を拵える。

「綿入り半纏とか、掻巻とか、そういうのを差し入れられたら良いんだけどねぇ。特に夜は寒いから」

お才の言葉に、ああ、それやったら、とお梅が得意げに答える。

「猫だすで、猫。私は冷え性なんだすけど、右腕に小梅、左腕に小春、足もとに小夏と小冬で、ぽかぽかの冷え知らずだす。宜しおますで、猫まみれは」

お梅の台詞に、菊栄が背を反らして笑う。

「お梅どんは、ほんまにどないな時もお梅どんだすなぁ」

五鈴屋を出る日が迫っている中での火事に、不安や心細さを覚えないはずがない。けれど、からからと笑う菊栄の姿に、一同はほっとする。

「女は大抵、冷え性だもの。肌着や襦袢を重ねて、藍染め浴衣を下着にすれば、随分と暖かいけれど」

身体が重くなるのが難点だわ、と幸は言い添えた。

手に塩をつけて、お結びを作っていたお竹が、そない言うたら、顔を上げる。

「長浜の茂作さん、孫の健作さんを連れて、江戸に最後の挨拶に来やはりましたなぁ。

こうつと（ええと）、せや、三年前だす。あの時、茂作さんが履いてはった足袋、あの足袋がほんに温そうで、忘れられません」

お竹の台詞に、そうそう、そうだった、と幸も頷いた。

裏を返した、色足袋。

洗う前の、汚れた色足袋だが、ふわりと毛羽立っていた、あの手触りが蘇る。

「確か、二階座敷で宴を開いた時に、その話が出たのを聞いた覚えがありますよ。何とか織、とか仰ってましたねぇ」

思い出せないお才に代わって、菊栄が、

「孫六織だすやろ。五鈴屋の親旦那さんと同じ名やったさかい、よう覚えてます」

と、応えた。

ほかに呼び名があったはずだ、と幸は記憶の引き出しを探る。

――孫六織いうて、紀州で盛んに織られるようになった織物だすのや。近頃は紋羽、紋様の「紋」に「羽」いう字をあてるんだすが、そない呼ぶ者もいてます

そうそう、「紋羽」だった。

天鵞絨に似た肌触りが、何とも心地よかった。今日のような寒い日、あの足袋は、年寄りだけでなく、冷え性の女にも助かる。紀州の他では織られていないのだろうか。

隠居した文次郎に、御機嫌伺を兼ねて文を送り、尋ねてみようか、と幸は思った。

「寒い、寒いと思ったら、また雪ですよ」

台所の明かり取りに目を向けて、お才が物憂げに言う。真綿を千切ったような牡丹雪が、音もなく降り続いていた。


かーん、かーん、と拍子木の鳴る音が風に紛れて届く。

あれは火の用心の拍子木だ、と幸は耳を澄ませた。師走の気忙しさに加えて、先達ての田町の火事で大わらわになったが、今年も明日一日を残すのみとなっていた。

末広屋の店主はひっそりと信濃に旅立ち、一軒を間で仕切って二軒に分ける改築も、無事に終わっている。当初に決めていた通り、菊栄、それに五鈴屋の三人の手代は明日、ここ田原町から呉服町へと引き移る。

鶴七たちとはよくよく話をしたし、今日の夕餉では、主従揃って、けじめの挨拶を交わした。だが、菊栄とは、忙しさに紛れてゆっくり話もしていない。

名残惜しい気持ちで、襖を開ける。廊下の瓦灯、それに室内の行灯が、奥座敷を仄かに照らしていた。

「あら」

常ならば、互いの寝間を仕切るための衝立（ついたて）が目に飛び込んでくるはずが、畳んで座敷の隅に立てかけられていた。

「ああ、幸」

横になっていた菊栄が、身を起こして布団を這（は）って出る。

「ここを改築する前は、狭い部屋で、こないして、お布団を並べて休んでましたやろ。懐かしいよって、今夜は衝立を片してもらいました」

膝頭がくっつくほど身を寄せて、菊栄は笑ってみせた。

そう、七年の間、ひとつ屋根で暮らし、夜になれば色々な話ができた。また、揺れる簪や新しい笄など、生みだし、売り広める苦労を具（つぶさ）に見させてもらった。何より、実の妹に纏（まつ）わるあれこれも、菊栄が傍（そば）にいてくれたからこそ、乗り越えられたのだ。

改めて謝意を伝えたい、と思うものの、色々な思いが込み上げて果たせない。

かーん、かーん

かーん、かーん

火の用心の拍子木は、徐々に遠のいていく。

すでに粗方の荷物を呉服町の店へ運んでいて、菊栄の寝間も広々としていた。友と向き合って座っていた幸は、拍子木の音を聞く素振りで、そっと視線を外す。

田原町と呉服町、徒歩で半刻（約一時間）ほど離れているだけだ、何時でも会える、と自身に言い聞かせるのだが、やはり寂しくてならなかった。

「幸、これを」

敷布団の上に置いていた袱紗を手に取ると、ゆっくりと開いて、幸に示す。

手に取って、じっくりと眺める幸の口もとが、思わず綻んだ。一本の笄、両端に鈴が彫り込まれている。

「菊栄さま、これは」

「初午の開店に合わせて売り出す、新しい笄だす。他は木彫師さんに任せたけれど、和三郎さんに無理いうて、二本だけ拵えてもらいました」

お守り代わりに使うておくれやす、と菊栄は柔らかに言い添えた。

お守り代わりに、と繰り返して、幸は頰を緩めた。同じ遣り取りを、まだ紅屋に居た頃の菊栄と交わしたことがある。

「別れの時に髪飾りを渡すんは、これで三度目だすなぁ」

菊栄も同じことを思ったのだろう、柔らかに笑みを零す。

かつて、菊栄から手渡されたのは、黒地に金銀の菊紋を施した蒔絵の櫛、そして、金銀の揺れる小鈴の簪であった。櫛は長く幸を守ったあと、江戸に着いたばかりの菊栄に戻されたが、簪の方は今も大切に取ってある。のちに富五郎と吉次が舞台で用いて江戸中の娘の垂涎の的となった、その最初の試みの品だった。

「商いの節目、節目に、幸は立ち会うてくれてます。幸が居てくれるさかい、私は胸張って、顔上げて、歩いて行ける」

おおきになぁ、と菊栄は幸の手を取り、ぽんぽん、と優しく叩いた。互いに言葉を重ねなくとも、それで充分であった。

翌、大晦日。

浅葱の空に、今年最後の朝焼けが名残りを留める。風はなく、注ぐ陽射しに慰めを得る朝だ。

節季の取り立ても今日限りとあって、切羽詰まった様子の奉公人たちが、急ぎ足で通りを行き交う。売れ残った迎春用の品々を、今日のうちに売り切ってしまおうと、捨て値で商う「捨市」があちこちに立っていた。

「宜しいな、困ったり、迷ったりしたら、必ず賢輔に相談しなはれ。末広屋から移ってきた奉公人、手代の清一に丁稚の平太のことも、味様したり」

五鈴屋の表では、今日、店を離れる手代三人に、支配人が幾度目かの念押しをする。

仕立て下ろしの藍縞木綿に、田舎絹の帯を巻いた鶴七らは、神妙な面持ちで「へえ」と声を揃えた。

「賢輔どんも、ようよう頼みましたで」

佐助に言われて、賢輔は腰を折って「へぇ」と応じる。明日からひと月ほど、新店に住み込んで、初売りからの商いに滞りがないか否か、見守る役目を任された賢輔であった。

「そろそろ行きまひょか」

呉服町から迎えに来た奉公人に風呂敷包みを託して、菊栄が賢輔たちを促す。

「ほな、皆も良いお年をなぁ」

嫋やかに一礼して、菊栄は広小路の方へと歩きだした。その後ろ髪を柘植の笄が飾る。両端に鈴の彫り物のある笄が。

そっと自分の後ろ髪に手を遣って、幸は笄に触れる。同じ鈴の彫り物の笄に。

振り向きもしない菊栄の背中を眼で追って、

「えらい冷とうおますなぁ。あないあっさり行ってしまわはって」

と、お梅が洟を啜り上げた。

捨市で手に入れたのだろう、注連縄飾りや裏白、橙などを抱えた倹しい形のひとびとが行く。大晦日の情景の中を、菊栄らは新しい場所に向かって歩いていった。

蓋を外すと、ほわほわと白い湯気が立つ。

湯気に顔を寄せ、行平の中を覗き込めば、薄らと小豆色に染まった粥。

明和二年（一七六五年）睦月十五日。

初荷に呉服町店の店開きを無事に終えて、五鈴屋江戸本店では、穏やかな小正月を迎えていた。この日、大坂では小豆粥を食するのが習いで、江戸本店でも、朝餉の膳に載せるようにしていた。

最後の仕上げを前に、お梅が、塩壺と砂糖壺を前に考え込んでいる。丁稚の天吉と神吉が固唾を呑んで、お梅の手もとを見つめた。

「やっぱり今年も塩だすな、塩」

途端、二人の丁稚の口から安堵の吐息が洩れる。傍らで眺めていた幸は、つい、笑い声を洩らした。

江戸では、粥はあまり好まれない。冬至に、邪気を払うため小豆粥を食べるが、たっぷりの砂糖を加えて、甘くしたものを食する。大坂では塩味のみなので、甘い粥に慣れないうちは難儀するだろう。

ああ、そうだ、と幸はお梅に声を掛ける。

「お梅どん、呉服町から夕方、誰かこちらへ来るから、その時にまた炊いてやってね。なるべく熱いのを持たせて帰したいの」

言い終えるか否かのうち、背後から「ご寮さん」と呼ばれた。

「田原町の町会のかたがお見えだす」

振り返れば、お竹の肩越しに、町会で長く世話役を務める男が、こちらを覗いているのが見えた。田原町三丁目で草紙を商う、褒美屋という店の主だ。

奥へ案内しようとしたが、褒美屋は「さほど手間を取らせないから」と、店の間の上り口にさっさと腰を掛ける。

「前回の町会で決まった上水道の直しのことで、知らせに回ってるんですよ」

「助かります、ありがとうございます」

案内を書きつけたものを受け取って、幸は丁寧に頭を下げる。

田原町三丁目の町会は、町内の家持ちで構成されている。白雲屋の口利きがあればこそだが、右も左もわからない幸たちを快く引き受け、こまごまと面倒を見てくれた。指物師の和三郎と繋いでくれたのも、この町会だった。

町内を安全に、暮らし易く保つため、かなりの負担を覚悟せねばならないが、それ以上に、同じ町内で横の繋がりを持てることは、何より心強い。

「暦によると、明日は月食だそうですよ。お互い、夜歩きは控えましょう」

面倒見の良い世話役は、そう言い置いて去っていった。

「浅草呉服太物仲間の皆さんもそうだすが、ここの町会も、人情に厚うて、風通しが宜しおますなぁ」

座敷に控えていた佐助が、誰に聞かせるでもなく、呟いた。

その日の夕暮れ時、半月ぶりに賢輔が帳簿を手に戻った。同行するのは丁稚の平太だ。末広屋では「小僧」だったが、五鈴屋では大坂所縁の「丁稚」の呼び名で揃えている。平太自身も漸く慣れたようだった。

呉服町店では初荷の時から毎夕、鶴七、亀七、松七の三人が交代で江戸本店に顔を出し、日々の商いの報告をする決まりだった。前店から引き継いだ手代の清一と丁稚の平太は交互に同行し、江戸本店に馴染むよう努めさせた。その際には、賢輔の覚書も届けられるので、新店のことは抜かりなく把握できている。

ただ、やはり細かいことを賢輔の口から聞きたい、と思っていたところだった。

「ほな、白綸子地に松竹梅と鶴亀紋様のあれ、巴屋の目利きの一反は、穂積さまにお買い上げ頂けたんだすな」

へぇ、と賢輔は嬉しそうに頷く。

「呉服切手は、御家中の慶事でお配りになられる、と伺いました」

　予め知らせは受けていたが、賢輔から改めて詳細を聞き、店主も支配人も小頭役も、ほっと安堵の胸を撫で下ろす。

「まだ公にはなさっておられませんが、穂積さまの末のお姫さまの輿入れが二年ほど先にあり、五鈴屋に嫁荷を頼む心づもりが在る、というお話だした」

　賢輔のひと言に、佐助の喉が「ひゅっ」と鳴った。

　名だたる呉服商を差し置いて五鈴屋に、と声を震わせる支配人に、幸は、

「落ち着きなさい。まだ『心づもり』であって、どうなるかはわかりません。今はそのお気持ちに感謝するだけに留めておきましょう」

　と、釘をさす。

「相済みません、ご寮さんの仰る通りだす。ついつい、浮かれてしもて」

　赤面して、支配人は店主に詫びた。

　鶴七どんらのことだすが、と賢輔はさり気なく話題を変える。

「前々から思うてたことでおますが、旦那さんや鉄助どんが仕込みはっただけあって、三人とも、屋敷商いに長けてます」

　鶴七は染めに明るく、亀七は織に詳しい。松七は紋様。

それぞれ得意なものが異なるため、お客からの要望を受けると知恵を寄せ合い、巴屋へも細かな注文を出す、という。

新店を開いたばかりだが、すこぶる順調なのは、八代目徳兵衛こと周助が、選りすぐりの奉公人を江戸店へ回してくれたからこそ。改めて思い、幸は心から感謝した。

呉服町店での商いの話を終えると、賢輔は懐から大事そうに畳んだ紙を取りだした。

「勧進大相撲の春場所が、弥生三日、上巳節句の日やと伺いました。実は今日、こちらへ来る途中の草紙屋で、こないなもんを見つけたんだす」

奥座敷の畳に、賢輔はその紙を広げて置く。

曲尺で縦十五寸（約四十五センチメートル）、横二十寸（約六十センチメートル）ほどだろうか。枠で区切られた中に、絵と文字が書かれている。

下の方に「振り出し」、上の中ほどに「上がり」の文字が読み取れた。

ああ、これは、と幸たちは思わず笑みを交わし合う。

「これは双六ね」

「へぇ、『相撲取組双六』いうもんだす」

振り出しには「触太鼓」の文字、大きな太鼓を抱えた男衆の姿が描かれる。上がりには、勝力士が弓取をしている絵だ。途中には「稽古」「土俵入り」「力水」「呼び出し」「立ち合い」等々、相撲に因んだ楽しい絵図が並ぶ。

「これは面白おますなあ」

「ほんに。お相撲を観たことが無うても、楽しめます」

佐助とお竹が両側から覗き込んで、浮き浮きと声を弾ませた。

確かに、双六ならば女でも楽しめる。誰が思いついたのかは知らないが、なるほど知恵だ、と幸は唸った。

「力士の名入り浴衣地の売り出しの時、店に貼って見てもらいましょう」

幸のひと言に、賢輔は口もとから純白の歯を零す。

「草紙屋で売っているのなら、町内の褒美屋さんにお願いして、仲間たちの分も持ってきてもらいましょう」

店主の提案を受けて、支配人は意気込む。

「ほな、賢輔どんを送りがてら褒美屋に行って、早速と話をつけて参りますよって」

心弾む遣り取りの続く奥座敷に、台所から、小豆粥の煮える優しい香りが漂い、辛抱強く待つ平太の腹の虫を切なく鳴かせていた。

とんとんとん、と軽やかな太鼓の音が、子どもの歓声とともに、表通りから路地を抜けていく。今年の初午は、朔日であった。

あちこちに「正一位稲荷大明神(しょういちいいなりだいみょうじん)」と独特の親和文字を染めた幟(のぼり)がはためく。

大事な日に親和文字を目にしたことが吉兆に思われて、幸は嬉しくなる。振り向くと、お竹も同じように目を細めて、幟を愛(め)でていた。

日本橋を横目に一石橋を渡り、西河岸町から呉服町へ。

評判の酒屋で、ご祝儀用の酒切手を買い求める。店を出たところで、通行人の中に、見覚えのある淡黄の帯が目に映った。

帯の主の髪を飾るのは、両端が少し広がった、艶(つや)やかな柘植の笄だ。

「歌扇さん」

その名を呼んで、幸は相手のもとへと駆け寄った。

「女将さん、お竹さん」

歌扇はぱっと顔を輝かせ、すぐに気まずそうに目を伏せた。

「衣裳競べでお世話になりながら、ご挨拶もしないままで……堪忍してください」

「お勢さんから、歌扇さんのお気持ちは重々。どうぞお気になさらず。それよりも、ご活躍の由(よし)、ほんに宜しゅうございました」

おめでとうございます、と幸は心から寿(ことほ)いだ。お竹も一礼に気持ちを込める。

衣裳競べのあと、歌扇を座敷に、と望む遊客は後を絶たない。また、芸者としての分を弁えた歌扇を、花魁たちも受け容れるようになった、と市兵衛からも聞いていた。

主従の祝福に、歌扇は漸く笑みを浮かべる。

「歌扇さん、もしや『菊栄』に？」

幸に問われて、ええ、と芸者は頷いた。

相撲年寄の砥川額之介の座敷に呼ばれた際、「菊栄」の初午の開店を聞いたという。

「衣裳競べの日の、菊栄さんというかたの様子が眼の奥に残っていて。大したご恩返しは出来ませんが、お店に伺わせて頂こうと思いました」

三人が足を向けるその先に、祝い酒が盛大に並ぶ店があった。五鈴屋呉服町店の隣り、承和色の長暖簾が風に翻っている。

末広屋から引き継いだ手代が二人、よく通る声で、

「おいでなさいませ、小間物『菊栄』、本日開店でございます」

「笄に簪、髪飾りなど色々揃えております。どうぞ、ご覧になってくださいませ」

と、呼び掛けながら引き札を配っていた。

「ああ、幸」

暖簾を捲って現れた幸を認めて、菊栄がにこやかに駆け寄る。暖簾と同じ承和色の

半纏(はんてん)がよく似合っていた。

「お竹どん、それに歌扇さんも、よう来てくれはりました」

広々とした表座敷には台が連なって置かれ、簪や笄、櫛などが見易いよう工夫して並べられている。店主の大事な客を懇篤な辞儀で迎えたあと、奉公人らは商品の手入れに余念がない。

開店から一刻ほど経(た)っているはずだが、店内にお客の姿は見えない。

今日の開店のことは、五鈴屋でも仲間のところでも広めたつもりだったのだが。

三人の切なげな表情に、菊栄はほろほろと笑う。

「『菊栄』の新店をご存じでないひとに、知って頂くには時がかかる。この場所でお客さんを迎える喜びは、これからだす」

件(くだん)の笄が大好評を博してからというもの、紛いの品が現れて、売られるようになった。だが、本物の銀三匁という値が枷となり、高い品は売れない。ならば、と五十文、百文、という安物が現れたが、お話にならないほど粗末な出来であった。

「日本橋通の小間物商でも笄は扱(あつこ)うてますが、鼈甲(べっこう)やら象牙(ぞうげ)やら硝子(ガラス)やらで、値が張りますのや。銀三匁では、とてもとても……」

日本橋通の店々を覗いて「眼の正月」とし、「菊栄」で銀三匁の笄を買う。そういう楽しみ方を、きっと見つけてもらえる。

「日本橋から呉服町へ、ひとの流れを作るために、色々と考えているところだす」

勝算があるのだろう、菊栄は嫣然と微笑んでみせた。

店には、菊栄の考案した笄の新作が並んでいる。打ち出の小槌や毬などを彫り込んだ笄は、眺めているだけでも楽しい。手代を相手に歌扇があれこれ選んでいる間に、幸は菊栄に改めて開店祝いの口上を述べて、酒切手を手渡した。

買い物を終えた歌扇が菊栄に、

「私からのご祝儀も、受け取って頂けますでしょうか」

と、申し出る。そして、菊栄の返事を待たずに、内側から暖簾を軽く開いた。

何をするのだろう、と菊栄や幸らが見守る中、芸者は深く息を吸い込んだ。

　変わり給うな　変わらじと
　結ぶ誓いの髪ならで　ただ菊栄の笄ぞ
　心移りの無きものは　ただ菊栄の笄ぞ

歌扇の言う「ご祝儀」の意を正しく酌んで、菊栄は長暖簾の端を持ち上げ、幸たちとともに外を覗き見た。

三味線も鼓もない、ただ唄のみが暖簾の間から流れて、店の前を行く者の足を止める。何も知らされていない「菊栄」の手代たちも、引き札を撒く手を止め、戸惑いの眼差しを交わし合った。

　芸一筋で身を立てるだけあって、その唄声の艶やかで美しいこと。しかも、妙に耳の底に残る詞で、皆、ついつい聞き惚れてしまう。

　頃合いを見計らうと、歌扇は帯に挿した白扇を抜き取り八分に開いて、暖簾の間から外へと差し出した。おいで、おいで、とばかりに扇いでみせて、同じ唄を繰り返す。もと末広屋の手代たちは、顧客に歌舞伎役者を持つ関わりか、呑み込みが早かった。ただ菊栄の笄ぞ、ただ菊栄の笄ぞ、と歌扇の唄に唱和して、引き札配りを再開する。

「菊栄って、田原町のあの菊栄か」

「勧進大相撲の時に、木戸銭と同じ銀三匁で笄を売り出した、あそこかい」

　さながら芝居の舞台のような情景だった。

　菊栄の願い通り、日本橋からこの店へ、ひとの流れはきっと出来る。ぞくぞくと肌が粟立ち、幸は両の腕を胸の前で交差させて、懸命に撫でた。

第七章　次なる一手

薄縹の空に、真綿を広げた如くに淡い雲がかかる。美しい声で囀る雲雀の鳥影が、遥か遠くに認められた。

長閑やかな春天のもと、紙包みやら小袋やらを手にした女たちが、浅草寺の方へと、浮き浮きと歩いていく。その中身は、おそらく、折れたり曲がったりした針だろう。今日は、淡島堂で針供養の行われる日であった。

「ご寮さん、お足もと、危のうおます」

「この辺りは、道が悪うおますよって」

参詣の女たちとは逆向きに進みながら、天吉と神吉が度々、背後の店主を振り返る。呉服町店を覗きにいく店主のお供を仰せつかった二人であった。

背格好も似通う二人は丁度、天満天神社の狛犬を思わせて、幸は何とも知れず幸せな心地になる。賢輔にも大七にも、こんな頃があった。ことに賢輔は子どもの頃、嘘をつくと首の後ろを赤くしていた、と懐かしく思い返していた。

本石町を抜け、堀沿いを進み、一石橋へ。橋を渡り切ったところで、「あ、清一どん」「平太どんも居ってだす」と、天吉たちが声を弾ませた。

青みがかった緑色の暖簾の前、風で運ばれた椿の花弁を、手代の清一と丁稚の平太が掃き寄せている。こちらに気づいたのだろう、二人は手にした箒を置いた。

呉服町店に住み込んでいるのは、手代四人に丁稚一人。男だけで身の回りのことも全て賄っている。清一のあとについて、蔵、奥座敷、台所、二階と見て回ったあと、表座敷に向かう。丁度、屋敷回りに出ていた鶴七ら三人も戻ったところだった。

「相変わらず、行き届いていますね」

安心しました、と幸は温かに伝えた。

新店を開いてひと月と少し。ここに寝泊まりして商いを見守った賢輔も、先月末には江戸本店に戻っている。

賢輔を欠いても、呉服町店からは毎日、二人ずつが本店に顔を出しているので、商いの数字や品物の動きなどは把握できている。しかし、やはり実際に店の中を見、全員揃った上で話すことを大事に思う店主であった。

「ひと月でここまで売り上げたのは、大したものですよ」

改めて帳面に目を通し、幸は皆を労う。

顧客も二軒増えて、商いは極めて順調だ。嫁荷など大口の注文が重なれば、いずれは、江戸本店の売り上げを軽やかに超えることが予測される。

「穂積さまの奥方さまが、ご寮さんに折を見て屋敷に出向くように、と仰っておいでだした。紋様のことや、呉服切手の工夫の話をもう一度聞きたい、て」

松七の言葉に、「近いうちに伺いましょう。奥方さまには、よしなにお伝えして頂戴な」と応えた。

「ほかに、何か聞いておくべきことはありませんか」

最後に幸が問いかけると、手代のうち清一を除く三人が、逡巡の眼差しを交わし合う。怪訝に思いつつ根気強く待つ店主に、意を決した体で、鶴七が「実は」と重い口を開いた。

「開店から間もない、七種の頃やったと思います。男はんが二人、店にお見えでした。賢輔どんもほかの者も屋敷売りに出たあとでしたよって、私が対応しました」

ひとりは風格のある大柄な男、今ひとりはその伴という雰囲気であった。

大柄な男の羽織が、極上の染めであることに、鶴七はひと目で気づいた。黒という染め色は、染物師の腕の違いがはっきりと表れる。艶々とした漆黒の美しさは息を呑むほどだった。

浜羽二重を見せてくれ、という男たちに、呉服町店は屋敷売りを専らとするため、田原町の本店を薦めた。伴と思しき男は「それなら、屋敷売りというのをしてほしい」と粘った。

屋敷売りは掛け売りであるため、本店を通すか、あるいは馴染み客の紹介があるか、いずれかでないと受けられない。その旨を伝えて、引き取ってもらったという。

「そう、それで宜しい。対応に間違いはありませんよ」

ひと月ほど前のことをどうして今頃に、と内心怪訝に思いつつ、幸は応じた。

店主の言葉に、鶴七は迷いつつも話を続ける。

「男ふたり、どうも妙だした。端から買い物をする気ぃも、屋敷を教える気ぃもないような……。店の様子を探ってただけのように思われてならへんかったんだす」

ただ、そうした経験は初めてではない。開店当初から、明らかに同業者と思しき者たちが、探りを入れにきていた。店にとって何より大事な時期でもあり、いちいち気にかけていては商いに障る。手代四人で話し合い、賢輔にも本店にも報告するまでもないこととして、済ませていたのだという。

「ところが、昨日の夕方のことだす。本店からの帰り、二人連れの片割れを、伊勢町の通りで見かけたんだす。あの時と同じ、極上の黒羽織姿だした」

まだ充分に明るく、見誤りではない。あの日、ひと言も発さず、じっくりと店の中を眺めていた大柄の男。男は本町通から左に折れて、駿河町へと向かう。

「駿河町」

声を低める店主に「そうだす、駿河町だす」と同じく低い声で手代は応じ、

「奉公人らに出迎えられて、本両替商の『井筒屋』いう店に入っていかはりました」

と、口早に言った。

呉服町店の手代四人のうち、清一を除く三人は、大坂の五鈴屋から移ってきた身。時期がずれているため、五鈴屋五代目徳兵衛だった頃の惣次を知らず、面識もない。しかし、井筒屋三代目保晴こそがその五代目だということは聞き及んでいた。

鶴七の話を受けて、亀七が幸に訴える。

「五鈴屋の五代目やったお方が、何で、何のために……。考えれば考えるほど、訳が分からんようになってしもたんだす」

亀七の台詞に、松七らもこくこくと頷いている。

千五百両の上納金、呉服仲間外れ、大火。江戸本店の危機の都度、的確な助言をくれたひと。こちらの動向に詳しい惣次だが、店に姿を現したことは今まで一度もない。

何故、呉服町店を訪れる気になったのか。しかも、正体を明かさずに。

水に墨汁を落としたように、薄気味悪さが心に滲んで、じわじわと広がっていく。

「この話、私が預かります。あなたたちはこのことで思い煩う必要はありません」

ただし、と幸は手代らを順に見回して、

「何か動きがあれば、すぐに使いを寄越しなさい」

と、命じた。折しも、幸、幸、と戸口の方で名を呼ぶ声がする。

「表に神吉と天吉が居てたさかい、幸、こっちに来てますのやろ」

光が射すような、明るく弾んだ菊栄の声であった。

呉服町から芝居小屋のある堺町までは、橋尽くしの道行きである。

中村座に用のある菊栄と一緒に、一石橋を渡り、日本橋、江戸橋を右に見て、荒布橋を渡る。ふたりの遣り取りの邪魔をせぬよう、丁稚たちは少し先を歩いていた。

「妙な話だすなぁ」

幸の話を聞き終えて、菊栄が首を傾げた。

「『菊栄』開業前とはいえ、隣りには私が居てますのやで。鉢合わせでもしたら、ややこしいことになる。あの惣ぼんさんが、そない面倒な橋を渡りはるやろか」

「面倒な橋を渡らざるを得ない、何か理由があったのかも知れません」

ただ、その理由に見当もつかない幸である。

惣次の思惑が何ひとつ見えないため、打つ手も見当たらない。

惣次と菊栄と幸、それぞれに五鈴屋という縁で繋がれている。惣次がその五鈴屋を陥れるはずがない、という思いを、菊栄と幸は、ともに抱いていた。だからこそ、どうにも言い表せない気持ちの悪さを、ふたりはじっと嚙み殺す。

親父橋を渡れば、堺町はすぐ目の前だった。中村座へ向かう菊栄とそこで別れようとした時だ。

「ご寮さん」

かなり先を歩いていた天吉と神吉が、幸のもとへ駆け戻った。

「あれ、力造さんと違いますやろか」

天吉の指し示す方に目を遣れば、頑丈な体軀の男がひとり、堀留川に架かる和國橋の中ほどに佇んで、ぼんやりと空を眺めていた。まどやかな春景の中で、男の周辺だけが沈んで見える。

確かに、染物師の力造であった。

常の力造には似つかわしくない、随分と萎れた様子だ。

ここからなら、菊次郎の住まいは近い。そして、力造は菊次郎から依頼を受けて、長い間、難しい色作りに励んでいる。染物師を萎れさせている理由が透けて見えて、幸と菊栄は互いの視線を絡め合った。

空を仰いでいた力造が、ふと、首を捩じって、こちらに目を向ける。その口が「あ」の形に開かれたのを認めて、幸は傍らの丁稚ふたりを小声で呼んだ。

「天吉どん、神吉どん、この先の稲荷社で待っていなさい」

丁稚らを先にやって、幸は菊栄とともに、川沿いを和國橋へと歩いていった。

「七代目、菊栄さんも、すっかりご無沙汰しちまって」

橋の袂で二人を迎えて、力造は力ない笑みを向ける。

「こちらこそご無沙汰だす。今日は気持ちのええ、上天気だすなぁ」

温かに微笑んで、菊栄が一歩前へと足を踏みだした。

「幸は呉服町店を覗いての帰り、私は中村座へ用足しだす。力造さんは、菊次郎さんのとこに行ってはったんだすか」

柔らかに問われて、染物師は何とも切なげな顔つきになる。少し躊躇ったあと、ふたりから視線を外して、

「やっとの思いで仕上げた色見本だったんですがね、今度も気に入ってもらえず終い

だったんでさぁ。いやもう、不甲斐ねぇことで、参っちまう」

と、やけに明るい口調で言った。

幸のもとを訪ねてきた菊次郎に、力造を紹介してほしい、と請われたのは白露の頃。暦にない日食があった年だから、今から一年半ほど前になる。

二代目吉之丞に相応しい色、吉次のための新しい色を作ってほしい――そんな愛弟子思いの師匠の気持ちに応えよう、と試行錯誤の一年半だったはずだ。

染物師には、型付に秀でる者もあれば、染め色を工夫するのを得意とする者もある。藍染め浴衣地のための両面糊置きという技法を生みだした力造は、前者だった。これまでに在る色を染めるのではない、新たな色を生みだすのは、力造にとってどれほど難儀か。

力造の胸中を慮り、幸は唇を一文字に結んで俯いた。

「七代目、そんな顔、しねぇでおくんなさい。茶色に寄せていく、ってのは決まってるんで、あと一息なんですよ。もう一息なんだ」

あとの方を己に言い聞かせるように呟いて、染物師は懐に手をあてがう。おそらくそこに色見本が納まっているのだろう。

「歳を経るにつれて、演技に深みを増す。そんな二代目菊瀬吉之丞に相応しい色に辿り着けるまで、あと一息なんだ」

菊栄と幸はともに口を結んだまま、ただ深い首肯のみで、染物師に応じた。

ぴぃちく、ぴぃちく、ぴゅるる、ぴゅるる、と三人の頭上で、雲雀の囀りが続いている。瑞兆でありますように、と幸は祈る思いで空を仰いだ。

浅草呉服太物仲間の会所の表を、酔客だろうか、調子外れな声で唄いながら過ぎていく。

　ただ菊栄のぉ　笄ぞぉ
　心移りのぉ　無きものはぁ

夏至を数日後に控え、室内は湿気でむんと息苦しい。おまけに先刻より真剣な話が続いたため、緊迫した雰囲気に包まれていた座敷が、唄声にふと和んだ。

「呉服町の菊栄も、あの唄で江戸中に知れ渡りましたなあ」

五鈴屋さんも安心でしょう、と水を向けられて、幸は笑みを返す。

「開店から三月、客足も途切れることがないそうです。昨年の勧進大相撲の冬場所で、仲間の皆さまに後押しをして頂いたことが弾みになりました」

ありがとうございます、と謝意を口にする幸に、何の何の、とばかりに、月行事が軽く頭を振った。

「例の相撲双六、あのお陰でどれほど春場所の商いが盛り上がったことか。礼を言うなら我らの方ですよ。うちは子連れの母親の客が増えて、贔屓屋という店に、何枚も追加を頼んだほどです」

月行事のひと言をきっかけに、「うちも」「うちの店もですよ」との声が幾つも上がった。

ごほん、と恵比寿屋が軽く咳払いをして、皆の注意を喚起する。

恵比寿屋は下野国への旅を終えて、昨夜、戻ったばかりであった。

「先ほどの話の続きをいたしますが、宜しいでしょうか」

浅草呉服太物仲間では、四年前より、木綿の生産地として育てるための支援を、下野国の地域に対して行っていた。もとより年月がかかるのは覚悟の上のこと。「子どもを育てるように」というのが、仲間の共有する思いであった。

「先ほど申し上げた通り、質の良い木綿にするためには、優れた晒の技と、晒に相応しい水とが必要です」

綿を育てて、繰って、紡いで、布に織る。洗って糊を落とし、砧で叩いてさらに水に晒し、強い陽射しに晒す。

あとの晒作業が上手くいかないばかりに、せっかく織りあげた布も、さほど白くできず、手触りも悪い。地元では試行錯誤を繰り返したが、無駄に年月を喰うだけだった。しかし、近頃、実綿を栽培して布に織るまでと、それを晒す作業の地を分ける、という試みがなされ始めたのだという。

「ひとに得手不得手、向き不向きがあるのと同じで、実綿を育てるに相応しい場所もあれば、晒を行うに適した場所もある。作業を分けることで、互いを補う、という遣り方に、今後は変えていくとのことでした」

今、あちこちで実綿が育てられ、木綿に織られるものの、摂津や河内、三河のように市場を凌駕する出来ばえの物は少ない。他よりも抜きんでるために、下野国では晒作業により力を注ぐ、とのこと。

「ああ、それは良いですなぁ」

河内屋が大きく頷いた。

「地色の白さを極める、というのは面白い。以前から奈良晒というのがあるが、あれは麻。おまけに値も張り、どちらかといえばお武家さまのためのものですからね」

古老の言葉に、和泉屋が「確かに」と相槌を打つ。

「木綿には縮もありますが、まぁ、平織のものが殆どです。ほかと違いを出すには、染めに工夫を凝らすしかないように、ついつい思いがちですからなぁ。しかしそれ以前に、白に濁りが無ければ、染めがより以上に美しく仕上がります」

二人の長老の意見に、仲間の誰もが得心し、引き続き支援を続けることを了承した。

寄合の終わり間際に、松見屋が、ふと思い出したように洩らした。

「そう言えば、少し前から、大和白絣という、白地の一部だけ紺や茶に染めた絣が出回るようになりましたね。うちでは藍染めの人気が高くて、霞むばかりなのですが」

絣なので紋様は少なく、白々と如何にも涼しげだ。しかし、江戸では白よりも藍色の方が好まれる向きがあり、藍染めの浴衣地が出て以後、それがさらに顕著になっていた。

「呉服にせよ、太物にせよ、年々に知恵や工夫が重なっていく。我々小売も、見聞を広めておかねばなりませんな」

月行事の言葉に、幸はふと、孫六織のことを思い起こした。

今年の初めに、今津の文次郎宛てに、御機嫌伺を兼ねて孫六織のことを尋ねる文を書き送った。調べてみる、との返事を受け取ったが、刻がかかりそうだった。

仲間内では、丸屋と五鈴屋を除き、長く太物一筋だったから、何かわかるかも知れない。

少し宜しいでしょうか、と断った上で、

「どなたか、孫六織というのをご存じでしょうか。紀州の織物だそうなのですが」

と、問いかけた。

はて孫六織とは、と仲間の多くが首を捻(ひね)る中で、和泉屋が額に手を置いて、もしや、と口を開いた。

「孫六織という呼び名は最近とんと聞きませんが、それはもしや、紋羽織(もんぱおり)のことではあるまいか。紋所の『紋』に『羽』と書く」

「そうです、その紋羽織です」

和泉屋店主の方へ身を傾けて、幸は、近江からの客人の足袋(たび)で見たこと、ふんわりと毛羽立った風合いが忘れ難いことを告げる。

「毛羽立つ？　天鵞絨(びろーど)ではないのですか？」

興味を覚えたのか、恵比寿屋が幸と和泉屋を交互に眺めた。

海を渡って運ばれた天鵞絨は、百年ほど前から西陣(にしじん)で盛んに織られている。戦国武将の愛用が伝えられるが、今は帯地として人気があった。製法は謎(なぞ)だが、生地の表をよく見れば、極めて短い糸の集まりが、あの独特の贅沢(ぜいたく)な手触りを作り出していることがわかる。

いや、と和泉屋は軽く首を振った。

「天鵞絨は絹織だが、紋羽織は木綿ですよ」

何と、と座敷がざわついた。長く太物商いを専らとしていた者たちも、初めて知る織物なのだろう。

「知らないのも無理はありません。紋羽は紀州のみで作られ、広く市場に出回ってはいない。紀州と泉州を結ぶ孝子越街道を伝って、和泉国には入ってはいますが」

「いや、しかし、絹は擦れれば容易く毛羽立ちますが、木綿が毛羽立つとは面妖な」

何か織り方に秘訣でもあるのでしょうか、と恵比寿屋は食い下がる。

それは、と和泉屋は困惑気味に、

「私も詳しく知っているわけではないが、織り自体は、平織のはずです。粗く平織にした布の表を、松の葉を束ねて擦るのだそうな。その技を泉州でも真似ようとして、苦心している話を聞いたことがあります」

と、答えたのだった。

「えらい立派な松の枝だすなぁ。けど、こないなもん、ご寮さんはどないしはるんやろか」

「松の葉ぁは、薬になるんだす。昔、柳井先生のお手伝いで笊（ざる）一杯に集めて、天日で干してました。懐かしおます」

台所から、お梅と大七の声が聞こえている。

奥座敷で着替えていた幸は、ほろりと笑う。

子どもの頃は、枝川の土手に松林が延々と続いて、松葉の採取にもさほど苦労はなかった。この辺りの松は武家地や寺社地に植えられていることが多く、菩提寺（ぼだいじ）の松福寺（しょうふくじ）に無理を言って、枝を分けてもらったのだ。

「ああ、ほな、葉ぁ外して笊に広げて干しまひょか。天吉、神吉、ちょっとこっちへ来なはれ」

お梅が丁稚の名を大きな声で呼ぶのを聞いて、幸は慌てて襖（ふすま）を開け、「干してはなりません」と声を張った。

尖（とが）った葉先を揃えて三百組ほどまとめ、太い糸を何重にも巻いて束ねる。それが正しい方法なのか、幸にもわからない。しかし、松葉を束ねて布を擦るとなると、他の形があるとも思われなかった。

夕餉（ゆうげ）を終えたあと、板の間で、奉公人たちはじっと店主の手もとを見守っている。

出来上がった松葉の束で、木綿の布を強く擦ってみた。

「駄目ね、少しも毛羽立たない」

「男の手ぇの方がええかも知れませんよって」

幸から松葉の束を受け取って、佐助が試すものの、やはり布は毛羽立たない。壮太や長次らが順に挑むも駄目だった。

面白いことに、どれほど力を込めて布を擦っても、松葉の先は鋭さを保っている。だが、布を毛羽立たせることは出来なかった。

「赤松に黒松、五葉松、と松にも色々おますよって、これとは違うかも知れません。紀州にある松は、特別なのと違いますやろか」

控えめに言う賢輔に、そうかも知れない、と幸は頷いた。

もとより、そう簡単にあの紋羽織に辿り着けるとは思っていない。技を容易く真似ることが出来るなら、泉州でも苦労してはいないだろう。ただ、遣り方を聞けば、試してみたくなる。これはもう性だ、と幸は苦く笑う。

「餅は餅屋、紋羽織については文次郎さんの返事を待つほか、鉄助どんに頼んで、泉州の織元に尋ねてもらいましょう」

梅雨が過ぎれば、厳しい暑さへと向かう。毛羽立った織物のありがたみを身近に思うのは先だが、手探りでも道を探ってみたい。

店主の想（おも）いを聞いて、なるほど、と佐助は頷く。

「天鵞絨は絹織だすよって、手入れも難しいおます。けど、木綿なら丈夫で、何ぼでも洗えるよって、汚れにも強い。足袋にはもってこいだす」

「浴衣の次は足袋だすか、楽しみだすなぁ」

豆七が浮き浮きと声を弾ませる。

茂作と店主との足袋の遣り取りを覚えている手代らも、次の一手への夢を募（つの）らせる。

「足袋だけやと勿体（もったい）ないいんと違いますやろか」

それまで黙って控えていたお竹が、徐（おもむろ）に口を開いた。

「男はんには、ましてや若いおかたには、わからんと思いますけんど、女は、ことに齢（とし）を重ねた女は寒がりだすのや。あの柔らかい肌触りのもんを、足だけや無（の）うて、肌着として纏（まと）いたい、と心から思います」

小頭役（こがしらやく）の台詞（せりふ）に、幸は内心、「流石（さすが）、お竹どんだわ」と舌を巻く。それはまさに、幸が思い描いていたことであった。

けんど、と豆七は眉尻（まゆじり）を下げて、小頭役に訴える。

「浴衣は、湯屋の行き帰りや夕涼みに着歩いて頂けます。足袋かて、自然に目ぇが行きますやろ。けんど、肌着では、ひとの目に触れることがおまへんよって、それこそ

『勿体ない』て思います」

「確かにそうね、肌着は人目に触れない。けれど、紋羽織のような地質の肌着なら、寒さからひとを守ってくれる。寒がりのひとばかりではない、例えば極寒の冬を健やかに過ごすために、身体を冷やさないことはとても大事です。ならば、そのひとらしくあるために欠くことが出来ないもの、と言えるのではないかしら」

衣裳は暑さ寒さからひとを守り、そのひとらしくあるためのもの——いつぞや、市兵衛に伝えた言葉は、衣裳に対する幸の考えの基であった。

「呉服商いに戻ることが出来て、友禅染めや小紋染めなどを商えるようになりました。どうしても、華やかに身を飾ることばかりに目が行きがちだけれど、そうではないものも、日々の暮らしには必要です。そういうところに、密かに商機が隠れているように思うのです」

今すぐ動く話ではないので、頭の隅に留めておくように、と幸は一同を見回す。

店主の言葉を胸に刻み、奉公人らは「へぇ」と応じて深く頭を垂れた。

梅雨明けのあと、江戸は酷暑に見舞われた。時折り、夕立ちなどで息を抜ける時もあったが、暑さは白露を過ぎ、八朔を越えても、おさまらない。そのため、藍染めの浴衣地は、今年も多くの人々に買い求められた。

「やっぱり、何度見ても、この新柄は飛び抜けて良いねぇ」

「お使い物にしたんだけど、自分のも欲しくなって、買いにきたんですよ」

女たちが手に取っているのは、鉄線花を白抜きにした藍染めだった。

鉢植えの鉄線を賢輔が自ら育て、花の姿を写し取り、苦労して図案を仕上げた。そうして生みだされた鉄線の花紋様は、娘から老女まで女を虜にし、五鈴屋では飛び抜けてよく売れる。

意外だったのは、それまであまり藍染め浴衣地に食指を動かさなかった武家の妻女らが、鉄線花の柄を買い求めるようになったことだ。目新しさもあるだろうが、鉄線花の凜とした潔い美しさが、その心を捉えたようだった。

町家のおかみさんたち、下級武士の妻女ら、ちらほらと豪商の母娘。それぞれが同じ鉄線紋様の浴衣を身体にあてがって買い物の喜びを味わっている。

土間に佇んだ砥川額之介が、同じ店の間で繰り広げられる情景を愛でて、

「実に良い光景ですなあ」

と、緩んだ息を吐いた。

次回冬場所の力士の名入り浴衣地について、奥座敷での話し合いを終えたところだ

った。

ありがとうございます、と幸もゆるりと頬を緩める。幸自身にとっても、お客が術(ずつ)無(な)い思いをせずに買い物を楽しむ姿を見られるのは、何より嬉(うれ)しいことだった。

砥川は周囲を窺(うかが)い、すっと幸の方へ寄って、声を低める。

「吉原では、湯屋へ行った遊女たちが、鉄線紋様の藍染め浴衣に、洗い髪を『菊栄』の笄で巻き上げた姿で、仲の町を歩いていますよ」

いやぁ、愉快、愉快、と砥川は一転、呵々大笑(かかたいしょう)する。何事か、と武家の妻女らが、驚いた風に砥川を振り返っていた。

相撲年寄(すもうとしより)を見送るために、幸は連れ立って店を出る。

「三國川(みくにがわ)、鯖(さば)ヶ洞(ほら)、鰭(ふか)ヶ嶽(たけ)、洞(ほら)ヶ嶽(たけ)、と幕内の顔ぶれも随分と変わった。どんな親和文字で、どんな型が彫られるのか、どう染め上がるのか、今から楽しみで仕方がありません」

秋分の日を五日ほど過ぎてなお陽射しは容赦ないが、空がぐんと高い。砥川は上機嫌で秋天を仰いだ。

「呉服町の方の店も、繁盛との由(よし)、聞いていますよ」

「ありがとうございます」

お陰さまでございます、と幸は慎ましく応じる。

呉服町店では、穂積家の口利きもあって、高家（こうけ）や豪商など合わせて四十軒ほどを顧客に持つまでになった。大坂本店や高島店に比し、軒数としては遥かに少ないが、店の大きさや奉公人の数からすれば、頃合いであった。本店が現銀売り（げんぎんうり）、呉服町店は大（おお）節季（せっき）払いゆえ、今の時点での比較は難しいが、大した奮闘ぶりだと言える。

「吉原の衣裳競べからじきに一年、五鈴屋さんはこの一年で大きく変わられた。もちろん、好ましい方向に。だが、私の女房はまだ物足りないらしい」

額之介は視線を幸に戻して、にこにこと続ける。

「あれは『五鈴屋さんならば、もっと新しいことを考え、きっと成し遂げるに違いない』と譲らぬのですよ」

穏やかで品があり、聡明そうなひと。

もと力士の女房、雅江の面影を浮かべて、幸は「もっと新しいこと」という台詞を小さく繰り返す。

「呉服町の新店で扱うのは、極上の高価な絹織。五鈴屋さんらしい品を備えているとはいえ、日本橋の大店呉服商がそうであるように、五鈴屋さんの仕入店も京でしたね。ならば、似たような品、似たような値になるのは避けようもない。女房は、そのことを非常に惜しんでいるようです」

一旦、言葉を区切ると、額之介は少しばかり改まった口調で、

「私の女房はね、昔、吉原に身を置いていたことがあるんですよ。今は無き、三浦屋という見世でした」

と、告げた。

結髪を解いて寛いだ様子の遊女たちに注ぐ、砥川の優しい眼差しを、幸はありありと思い出す。事情を知れば「ああ、それで」と腑に落ちることばかりだった。

ひとには決して触れられたくはないだろう女房の過去を、敢えて幸に話したのは何故か。相手の眼差しをしっかりと受け止めて、幸は砥川の真意を考えた。

――気持ちが吉原に向いてしまうのは、勿体ないとは思います。藍染め浴衣地のような品、老若男女に好まれる品が生まれなくなってしまう
五鈴屋が吉原での衣裳競べに敗れたことを受けて、雅江が言った台詞だった。

あの時はさほど気にも留めずに居た。だが、吉原遊里を内側からよくよく知った上での助言だったとしたら……。

紋羽織の優しい風合いの、肌着用の木綿。

木綿ならば手頃、そして肌着ならば、老若男女を問わない――五鈴屋がこれから挑

もうとするものに、どれほど歳月がかかるかは、わからない。けれども、雅江は「五鈴屋ならば、きっと成し遂げる」と信じてくれている。

「お気持ちを何より大切に、一途（いちず）に励みます。雅江さまに、そのようにお伝えくださいませ」

心からの決意を込めて、五鈴屋店主は額之介に深く辞儀をした。

縦の長さが一寸半（約四・五センチメートル）ほど。

一見、硯箱（すずりばこ）に似る外観で、陸（おか）にあたる部分に「文字銀五匁（もんめ）」の極印（ごくいん）がある。

「これが」

掌（てのひら）に載せたものをしげしげと眺めたあと、幸は顔を上げて、本両替商からの使いを見た。

「これが新しい銀貨なのですか。これ一枚で、銀五匁という定まった額になるのですか」

「はい、左様でございます」

本両替商蔵前屋の手代は、すこぶる上機嫌で、こう続ける。

「これまで銀貨は秤（はかり）で重さを量らねばなりませんでしたが、この五匁銀でしたら、枚数を数えるだけで済むのです。本日、長月朔日より出回りましたので、五鈴屋さんにお見せしようと思い、お持ちしました」

　幸の手から佐助に渡り、佐助が皆に見え易いよう、銀貨を載せた掌をぐっと差し伸べた。

「こうつと（ええと）、銀貨一枚が銀五匁、二枚やと十匁、三枚で十五匁……ほな、十二枚で六十匁やさかい、小判一両分、いうことだすな」

　両の指を使って、お梅が悦に入っている。

　日々の営みは銭、大きな買い物は金、あるいは銀を用いる。江戸は金建て、大坂は銀建てで、江戸の支払いは金貨が主であった。ただし、呉服を始め、銀貨で支払われる物も多いため、非常に厄介だった。

　銀での支払いの場合、額が大きければ、定まった形で封をして包んだ包銀というものを用いる。あとは都度、計量せねばならない。従って、予め重さが表示されていれば、どれほど助かるかわからなかった。

「何せ、出来たばかりの銀貨ですので、相場との兼ね合いはどうなるのか、まだわからないことが多いのですが」

　正直に打ち明けて、蔵前屋の奉公人は引き上げて行った。

金一両が銀六十匁、というのは、おかみの定めたものであって、実際は、時や場所で変動する相場で交換がなされる。ここ数年の間でも、金一両が六十四匁の時もあれば、六十一匁の時もあった。五匁銀十二枚で実際に一両と交換できるのか、相場が優先されるのではないか、何とも微妙なところであった。

本両替商も、今年は正念場になるかも知れない。手の中にあった銀貨の手触りを反芻して、幸は思った。

初雁を見たあと、雨続きとなって神田明神祭礼が延びに延びた。そのためか、季節の廻りは早く、気づけば、街が紅葉で美しく彩られた。落葉が道に錦の帯を解くようになって、恒例の勧進大相撲冬場所が開催された。

関ノ戸と越ノ海、雪見山が期待通りの強さを発揮したほか、初の幕入りを果たした鰭ヶ嶽が実に良い取組を見せて、江戸中を熱狂させた。急な鰭ヶ嶽人気で右往左往して、漸く一息つけたのは、霜月の声を聞く頃であった。

「何て粋な」

型紙を明かりに翳して、幸は思わず感嘆の声を洩らす。

茶色い地紙に開けられた孔を通して、光が洩れる。錐で彫られた梅鉢に、刃物を用いて切り取られた松葉。梅と松のめでたい取り合わせは、初荷用の小紋染めの新柄であった。

「ご寮さん、こちらも素晴らしい出来ばえだす」

声を弾ませて、賢輔が今一枚の型紙を差し示した。

どれ、と取り上げて頭上に掲げてみれば、こちらは錐彫りと道具彫りを駆使した早蕨（さわらび）の紋様だ。

春になれば真っ先に芽吹く早蕨は、先端が丸くなった姿を「のし」に見立てることもあって、祝儀に通じる吉兆紋として好まれる。賢輔の言う通り、素晴らしい出来ばえであった。

型彫師の仕事場で、型彫師の梅松と誠二、型付師の力造の三人が、先刻から五鈴屋の主従の様子を、息を詰めて見守っている。満足の笑みを交わす主従に、三人は安堵（あんど）の表情で、互いを見合った。

「ほんに、安心しました」

心底、ほっとしたのだろう、梅松は胸を撫（な）でさする。

「賢輔さんの図案を台無しにせんように、と誠二と二人、そればっかり考えて。けんど、お気に召して良かった。なぁ、誠二」

師匠とも慕う梅松の言葉に、はい、と誠二は深く頷いた。

「中形には中形の、小紋には小紋の難しさがあります。せっかくの図案も、彫を間違えば死んでしまう。お気に召して、ほんまに良かった」

「梅松さんの錐彫りと、誠二さんの道具彫り。おふたりの技があればこその出来ばえです」

型紙を文箱に戻して、幸は型彫師たちに深く頭を下げる。賢輔も店主に倣った。

「良かったなぁ、梅さん、誠さん」

嬉しそうに笑って、力造は「さて」と、顔つきを改める。

「あとはこっちに任せてくんな。二人の精進を無駄にしないように、精一杯努めさせてもらうぜ」

力強く言う型付師だが、幾分痩せて見えた。吉次の色を求めて、今もなお試作を重ねているのだろう。

「力造さん、どうか宜しくお願いします」

休む暇も与えずにいる心苦しさを、幸は一礼に忍ばせた。

お邪魔しますよ、と襖の向こうから声が掛かり、お才がお茶を運んできた。

「花火や鉄線花のような、はっとする美しさではないけれど、梅鉢に松、それに早蕨、どっちも良い柄ですよねえ。こういう紋様を見ると、何だかほっとしますよ」

それぞれの前にお茶を置き終えると、型付師の女房は、お盆を胸に抱え込んで、うっとりと言う。

「じきに五鈴屋さんの創業記念の日、年が明けたら、もう初荷。呉服町店の一周年ですもの、さぞや皆さんに喜んで頂けることでしょう」

ねぇ、女将さん、とお才に笑みを向けられて、幸は微笑んでみせる。

武士の裃（かみしも）に端を発する、五鈴屋の小紋染めだが、実のところ、武家にはあまり好まれない。唯一の例外は「家内安全」の文字散らし紋様だが、それも表着としてではなく、身守りの肌着として用いられる。そのことに幸自身も一抹の寂しさを禁じえなかった。

――呉服町の新店で扱うのは、極上の高価な絹織。五鈴屋さんらしい品を備えているとはいえ、日本橋の大店呉服商がそうであるように、五鈴屋さんの仕入れ店も京でしたね。ならば、似たような品、似たような値になるのは避けようもない。女房は、そのことを非常に惜しんでいるようです
額之介の言葉を、幸は改めて思い返す。

似たような品を、似たような値で商うことについて、遠い昔、考えたことがあった。

不意に心が揺らいで、幸は、すっと背筋を伸ばす。

身分が違えば、求められる品も変わるのは、仕方のないことだ。そのひとらしい一反を提供できるよう、心を尽くすしかない――自身にそう言い聞かせる。

あっ、と小さく声を発して、誠二が俄に立ち上がった。その向かう先、閉じた障子に、何か影が映っていた。

「やっぱり雪だ」

誠二の手で開けられた障子の向こうに、真綿を千切ったような雪が風に舞う。

「さっきまで上天気だったのにねぇ」

でも綺麗だこと、とお才はうっとりと雪に見惚れる。

雪は勢いを増し、障子の外を純白に染めていく。ひとの心に宿る迷いや惑いも、その白さに埋もれてしまう。二人の型彫師、型付師、そして五鈴屋の主従も、牡丹雪に黙って見入っていた。

第八章　恋江戸染

なずな七種(ななくさ)　唐土(とうど)の鳥が
日本の土地へ　渡らぬ先に

台所から、とんとん、と軽やかな包丁の音とともに、お梅の調子外れの囃(はや)し唄(うた)が聞こえてくる。

明和三年（一七六六年）、睦月七日の早朝、近江屋久助の姿が、店開(たなあ)け前の五鈴屋の奥座敷にあった。

「本店へ使いに遣(や)っていた者が、昨夜、江戸に戻りまして。近江より土産として持ち帰った品ですが、珍しいかと思い、持参しました」

小風呂敷(こぶろしき)に包んだものを、久助は畳に置いた。

既(すで)に、つん、と酸っぱい匂(にお)いが鼻をつく。中を見る前に近江土産の正体がわかって、

「まあ」と幸は笑みを零(こぼ)す。

お茶を運んできたお竹も、「ああ」と懐かしそうな声を上げた。

「やはり、お二人ともご存じでしたか」

少し残念そうな表情で、近江屋は小風呂敷を解いた。油紙に厳重に包んだものを、小風呂敷に載せて、幸の方へと滑らせる。

「名物の鮒鮨(ふなずし)です」

「ありがとうございます。お家(え)さんの、いえ、二代目店主の女房の、好物でした。まさか、江戸で出会えるだなんて」

お家さんだった富久は、この鮒鮨をご飯に載せて、お茶漬けにして食すことを好んだ。昔はあれほど苦手だったはずの臭(にお)いも、今は妙に懐かしい。

「そうなんです、熟(な)れ鮨は好き嫌いがはっきりわかれる味ですが、お茶漬けにして食べると、実に美味(おい)しい」

いたく上機嫌で、久助は相槌(あいづち)を打った。

暫(しばら)くは鮒鮨談議に花が咲き、奥座敷は何とも和やかな雰囲気に包まれる。

「ああ、本当に良い新年です。心穏やかに新しい年が迎えられることほど、ありがたいものはありません」

久助は、美味しそうにお茶を飲み、緩んだ息を吐いた。

近江屋本店の後継者問題で、店は大揺れに揺れたことがあった。賢輔を養子に迎えたい、との話が持ち込まれたのは、その時だ。無事に解決を見て、もう随分になる。五鈴屋は呉服町店を開いて、丸一年。先月の大節季で掛け取りが済み、江戸本店に迫る売り上げを弾きだした。安堵の気持ちで迎える新年であった。

ああ、そうだ、と何か思い出した体で、久助は襖の向こうを気にしている。

「佐助さんには内緒の話なのですが」

佐助ならば表座敷で、店開けの準備を整えているはずだった。何だろう、と幸はお竹と目交ぜしてから、傾聴の姿勢を示した。

「昔、うちで佐助さんと賢輔さんをお預りしていたことがありました。その時、一緒に働いていた者が、今、近江の本店に戻っていまして。そこから洩れた話です」

以前、近江屋の一軒置いた隣りに、小間物屋があった。そこに奉公していた「さよ」という娘と、佐助は想い合う仲だったという。互いに奉公の身、色恋沙汰はご法度で、二人ともひた隠しにしていたため、周囲にその恋路が知られることはなかった。他方、小間物屋は商いが思わしくなく、主は店を閉じる決断をし、久助に買い上げの相談をしたとのこと。

一軒置いた隣りの小間物屋、と幸は口の中で繰り返す。

聞き覚えがある。否、あるどころではない。

「近江屋さん、もしやその小間物屋というのは、五鈴屋江戸本店にどうか、と最初にお薦め頂いた店ではありませんか」

幸に問われて、久助は大きく頷いた。

「そうです、よく覚えておいでです」

もしも、五鈴屋がそこを買い上げたなら、「さよ」を引き受けることも叶うのではないか。佐助がそう願ったとしても無理からぬ話だった。だが、その話は流れ、さよも江戸を離れて行方が知れない、とのこと。

「巡り合わせとはいえ、若い佐助さんには切ない結末になってしまいました。これまで佐助さんに、何度か縁談を持ち込みましたが、断られてばかりなのは、おそらく、そのひとのことを忘れられないからではないか。そう思い至った次第です」

そんなことが、と声低くお竹は呟いている。

近江屋のほかにも、蔵前屋など、佐助に持ち込まれる縁談は、幾つもあった。本人が全て断っていたのは、そうしたわけだったのか。

「よく、教えてくださいました。お話は胸に留めておきます」

まず久助に礼を言い、思案しつつ、こう続けた。

「けれど、佐助どんには、幸せになることを諦めてほしくはありません」

仰る通りです、と久助は首肯し、意を決した体で付け加える。

「同じことを、私は七代目にも思っていますが」

久助の口振りに、以前、蔵前屋から持ち込まれた話を思い出す。その先に続く道を封じるべく、幸は淡く笑みを浮かべて、

「久助さん、後添いのお話などは、どうかどうか、お許しくださいますように」

と、柔らかに告げた。

なずな、七種、囃してほとと
なずな、七種、囃してほとと

台所では、お梅の囃し唄がまだ続いている。


久助と店主との間で、そんな遣り取りが交わされた八日後のことである。

佐助の手から、筆がぽとりと落ちた。

間の悪いことに、帳簿の上、しかも筆にたっぷりと墨を含ませたところだった。

だが、支配人はそれを気にするどころではない。

「ほんまか、ほんまだすか、松七」

汚れた帳簿を撥ね除けて、支配人は、呉服町店の手代の両肩をむんずと摑んだ。

「ほんまだす、間違いおまへん」

こくこくと幾度も首を振って、松七は答えた。

日頃の佐助からは思いも寄らない振舞いに、小頭役も手代も丁稚も、皆、呆然としている。丁度、お客を見送って外に出ていた幸は、座敷の様子に驚き、佐助のもとへと駆け寄った。

「一体、どうしたのです、佐助どん」

店主に問われて、佐助は「ご寮さん」と言ったあと、水面の鯉の如く、ぱくぱくと口を動かすばかりだ。

「松七どん」

店主から促す眼差しを向けられて、呉服町店の手代は、両の膝頭をきちんと揃える。

「穂積さまより、末の姫さまの婚礼装束、それに嫁荷を五鈴屋に任せたい、とのお申し出を頂戴しました」

畳に手をついて、松七は上ずった声で続ける。

「まだ先のことだそうだすが、詳しい話をしたいので、店主と支配人とで、佳き日に一度、屋敷に参るように、とご用人さまより申し付かりました」

まあ、と幸は声を洩らし、思わず背を反らした。

――まだ公にはなさっておられませんが、穂積さまの末のお姫さまの輿入(こしい)れが二年ほど先にあり、五鈴屋に嫁荷を頼む心づもりが在(あ)る、というお話だした

そう、確かに賢輔から、その話を聞いていた。あの時、狼狽(うろた)える佐助に、落ち着くよう命じたのは幸自身だった。

事情を知らぬ奉公人らにとっては、まさに驚天動地(きょうてんどうち)。

「ご高家(こうけ)の嫁荷……」

どうして良いのかわからないのだろう、豆七がおろおろと畳を這(は)っている。

佐助は拳(こぶし)を握り締めると、

「呉服町店の開店から、たった一年で、こない大きな話が」

と、声を震わせて天井を仰いだ。

佐助自身の身の上に起きたこと、それに五鈴屋江戸本店の辿(たど)った試練の日々を思い返せば、忠義の番頭の喜びが、店主の胸に沁(し)みる。

佐助どん、と幸は支配人を呼び、

「暦を持っていらっしゃい。佳き日を調べて、穂積さまのところへ伺いましょう」

と、命じるのだった。

「美味しそうだすなぁ」

重箱にぎっしりと納められた赤飯に、お梅が歓声を上げる。

蒸したてなのだろう、蓋にまだ水滴が沢山ついていた。

「代わりばえしないもんですけどねぇ、夕餉の足しにでもしてくださいな」

板の間の上り口に腰を掛けて、お才は風呂敷を畳む。

「お才さん、ご馳走になります」

重箱を押し頂いて、幸は礼を言い、お梅に渡した。

どういたしまして、と応じるものの、何処となく上の空なお才である。付き合いが長いからか、常とは違う雰囲気が、幸は妙に引っ掛かった。

「お才さん、そこまで送らせてくださいな」

店の者に声を掛けてきますから、と幸はお才に断って、表の間へ向かう。

七つ（午後四時）、明かり取りから射し込む陽は朱を帯びて、表座敷のお客も少なくなった。

出かけることを佐助に伝えて、土間を戻れば、豆七がお梅の手の中の赤飯を覗き込んでいるところだった。

「ご馳走だすなぁ。けど、何でだすやろ？」

不思議そうに、手代は首を捻った。

「初午は六日やったし、針供養は八日、春分の日は十二日だしたやろ？　観音さまのご縁日は明日やし……お才さん、何ぞお祝いだすか？」

豆七に問われて、違う違う、とお才は手を左右に振ってみせた。

「ちょいと悪戯しただけですよ。お梅さんは赤飯が大好物だし、これがあればお菜要らずですからねぇ」

さて、お邪魔さまでした、とお才は腰を伸ばした。

染物師の女房と連れ立って外へ出れば、西の空に、早くも宵の明星が見えていた。

「今日は星の出が早いですねぇ」

「ええ、随分と暖かくなりました」

表通りから広小路を並んで歩く最中も、お才は何となくぼんやりしていて、受け答えが嚙み合わない。どうしたのか、と思いつつ、雷門の前に差し掛かった。

お才は立ち止まると、両の手を合わせる。お才に倣って、幸も本堂の方角に向かい、掌を合わせて一礼した。

長く手を合わせて熱心に祈ったあと、お才は合掌を解き、幸の方へと向き直った。

顔つきが、それまでとは違っている。

女将さん、とお才は僅かに震える声で、幸を呼んだ。

「力造がやっと……本当にやっと、吉次さんの色に辿り着けたんです」

広小路の賑わいが、忽然と幸の耳から消えた。

双眸を見張る幸に、お才は涙ぐんで、小さく頷いてみせる。

「今朝、色見本を抱いて、菊次郎さんのところへ飛んで行ってお見せしたところ、『二代目吉之丞に相応しい色や』と仰って頂けたそうなんです」

橋の中ほどに立ち、春天を仰いでいた力造の姿が、幸の眼の奥に浮かぶ。

――やっとの思いで仕上げた色見本だったんですがね、今度も気に入ってもらえず終いだったんでさぁ

――あと一息なんですよ。もう一息なんだ

力造の煩悶の声が、幸の耳に残る。「あと一息」のはずが、あれから一年が過ぎていた。

「うちのひと、私に話しながら、感極まって泣いちまってねぇ。涙脆いのは、誠さんだけじゃなかったんですよ」

そう話すお才の瞳から、大粒の涙が流れ落ちる。

声もないままに、幸は手を伸ばし、お才の腕を柔らかく摑んだ。

幸に腕を優しく揺さぶられながら、お才は、子どものように泣きじゃくる。

還暦を過ぎた女が泣くさまを、遠目に見ていた通行人たちだが、どうやらそれが嬉(うれ)し涙らしいと知って、笑みを残して去っていった。

春の陽だまりを、花売りの老女が行く。

巻いた筵(むしろ)から零(こぼ)れる、山吹の黄や桃の薄紅がひと際、目に鮮やかだ。ちょんちょん、と鋏(はさみ)が鳴るのを聞いて、花を求める者が老女を呼び止める。

花を買いに行こうとした幸だが、春らしい情景につい、見惚(みと)れていた。

「ええ季節になりましたなぁ」

傍(かたわ)らから外を覗いて、お竹がほっと緩んだ息をつく。

「春は色が溢(あふ)れて、何や気持ちが浮き浮きします」

早(はよ)う、吉次さんの色が見たいものでおます、とあとは独り言のように呟いた。

お才からの吉報を受けて十日ほどが経(た)つが、まだその色を見ることが叶わない。

まずは注文主の菊次郎に届けて、菊次郎から皆へ披露目(ひろめ)がなされることになっていたのだ。慎重な力造のこと、半月近くかかる予定だという。

「力造さんからは、以前、茶色に寄せていく、と聞いていたので、江戸好みの渋い色ではないかしら」

齢を重ね、円熟味を増してなお、似合う色。お竹も幸も、反物を通して多くの色と関わってきたが、どのような色か予測もつかない。

「待つのも楽しみ、そない思うしかありませんなぁ」

お竹が切なげな吐息を洩らした。

五鈴屋の主従がそんな遣り取りを交わした、昼過ぎのことである。

「えらいことです」

呉服町店に用足しに出かけた長次が、慌てふためいて駆け戻った。

「芝居町が火事やそうで、大伝馬町から足止めになってます」

お客で賑わっていた表座敷が、一瞬、水を打ったように静まり返った。

「ほんまか、長次どん」

縺れる足で土間へと急ぎ、佐助が手代につかみかかる。

「ほんまなんか」

「へぇ、ほんまです。こっちに逃げてくるひとも、仰山いてます」

途端、店の間は騒然となり、表へ飛び出していく者が相次いだ。

その日、如月二十九日。堺町の鬢付油屋が失火、折りからの強風に煽られて、火は瞬く間に燃え広がった。

被災が露わになったのは、翌日のことである。

これまで幾度となく全焼し、都度、再建を果たした中村座と市村座だが、今回も両座ともに類焼を免れなかった。

「何でなんだすやろか、何でこんな何遍も」

固く握った拳で、お竹がごんごん、と土間を打ち付ける。滅多に見せない小頭役の苦悶に、主従は黙り込むしかなかった。

菊次郎の住まいは無事であること、両座とも落命した者がいなかったことが救いではあった。ただ、五年前に両座が全焼した時の、菊次郎の絶望を知る身。どう慰めたものか、と幸はただ、空を仰ぐばかりだった。

思いがけず、その菊次郎から来訪を乞う使いをもらったのは、弥生五日の朝のこと。店を佐助らに任せ、お竹を伴って、幸は菊次郎のもとへと急いだ。

「七代目、お竹さんも、さぞや心配をかけたことやろう。済まなんだ、済まなんだ」

待ちかねていたのだろう、二人が戸口の前に立つよりも早く、菊次郎が中から転びそうになりつつ姿を現した。面窶れこそしているが、思いのほか生気に溢れている。

菊次郎の背後から、吉次も姿を見せた。

久々に会う吉次は、南天紋様の笄で髪を巻き上げた手のかからない髪形だが、それが却って吉次の美しさを際立たせている。こんな時に不謹慎だと思いつつ、幸は、つい見惚れてしまった。

「五鈴屋さん、お竹さん」

それだけを言うと、吉次はくっと唇を引き結ぶ。双眸に涙が薄く膜を張っていた。

「夕べのことや。染物師の力造さんが、これを納めてくれはりましてな」

幸たちを奥座敷に通すや否や、その見舞いの言葉も遮って、菊次郎は傍らの風呂敷包みに手を伸ばした。

「染め上がったうちの、最初の一反や」

そう言って、女形は急いた手つきで風呂敷の結び目を解く。

現れたのは、並幅の縮緬地。

菊次郎は反物の巻きを少しずつ解き、風呂敷の上で広げてみせる。

「これが、二代目菊瀬吉之丞の、吉次の色や」

これまでに見たことのない色。何とも不思議な色だ。早鐘を打ち始めた心の臓を押さえて、幸は菊次郎と吉次に懇願する。

「手に取らせて頂いても宜しいでしょうか」

お竹にも見易いように、許しを得て風呂敷ごと慎重に持ち上げ、主従で見入った。

色味としては、おそらく茶。茶は「四十八茶、百鼠」と呼ばれるほど、幅のある色だが、これまで目にしたことのない色合いだった。黄や赤、黄金、僅かに緑をも含んだ渋みのある色。強いて言うなら朽葉色に近いが、遥かに深みがあった。

「何とまぁ、こぉとな色だすやろか」

お竹が、吐息交じりに洩らした。

くに言葉の「こぉと」は、質素や地味、という意味合いだけでなく、奥行きのある好ましい品の良さを表す。なるほど、これは「こぉと」そのものだ、と幸は心底得心をする。

だが、力造の生みだした色の本領は、ただ色味の美しさだけではなかろう。

「吉次さん、あてがって見せて頂けませんか」

五鈴屋店主の願いを受け、巻きを解いた生地を、吉次は肩から胸へとあてがった。

思った通りだ、と幸は唸る。

色白の吉次の肌に出逢うことで、その色は味わいを増す。吉次のための色、紛うことなき二代目吉之丞の色だった。

「これは、この色は」

揺れる声で、お竹は言う。

「吉次さんが三十代、四十代、五十代になったかて、よう映りますやろ。染物師の力造さんは、ほんに魂の入った仕事をしはりました」

お竹の台詞に、吉次は深く頷き、目頭を押さえた。

力造の生みだした色は、両座が類焼の憂き目に遭い、本当なら意気消沈して立ち直れなくなるだろう師を救い、師を思う弟子をも救ったに違いなかった。

「問題はここからや」

丁寧に反物を巻き戻して風呂敷に戻すと、菊次郎は居住まいを正す。

「この色を吉次の色として衣裳に仕立て、舞台で纏うたとして、それで終いではあまりに勿体ない。役者としての吉次同様、世に知られ、息長うに伝えられるものにしたいと思う。けんどなぁ、私は役者で、その才覚も力もない。五鈴屋に、何とか、知恵を貸してもらわれへんやろか」

この通り、お頼みします、と菊次郎は深く額ずいた。

真に良いものはひとの心を捉えて放さない。ただ、より広く、そして息長く伝えるには、確かに知恵が要る。

どうすれば、と息を詰めるうち、知らず知らず、幸は右の手を拳に握って額に押し当てていた。

その耳もとに、ふと、蘇(よみがえ)る声がある。

――そういうお客さんは、健気(けなげ)なんだす。吉次さんの色が生まれたなら、真っ先にその色を身につけたい、と願わはる。襦袢(じゅばん)、長着、帯、袱紗(ふくさ)、手拭(てぬぐ)いに巾着(きんちゃく)に手絡(てがら)。色を纏うことで、二代目吉之丞を応援しようとしはります。そこから吉次さんの色が世の中に広まっていく

ああ、間違いない、菊栄の台詞だ。

確か三年前、吉次の色の話が出た時に、菊栄が話していたことだった。幸は今さらながら、その言い分が的を射ていることに、胸を打たれる。

縮緬などの絹だけでなく、木綿にも染めてもらって、手に取り易いようにしよう。反物と帯地は、浅草呉服太物(ごふくふともの)仲間で売り広められる。袱紗や手絡、紙入れに仕立てたなら、「菊栄」で扱ってもらえるだろう。あと、巾着に手拭い、鼻緒などにも吉次の色を用いることができる。

鼻緒ならば、毎年、創業記念の品で手掛けているので、作れないことはない。だが、それは呉服太物商いの本分から外れることになる。さてどうしたものか、と考えるも

のの、名案はそう容易くは思い浮かばなかった。

この色が世に出ることで、両座焼失を補って余りある力が生まれる。あまり長く待たせたくはないのだが……。

煩悶の末に拳を外すと、幸は、迷いを払って顔を上げた。

菊栄の言葉を伝えた上で、

「今少し、手立てを考えます。ただし、漫然と時をかけるのではなく、目途を決めたいと存じます。お二人は、この色の披露目を何時頃にしたい、とお考えでしょうか」

と、尋ねた。

吉次は師匠の判断に従うつもりか、黙って菊次郎の横顔を見ている。菊次郎は、

「あんさんらが手ぇ貸してくれるんやったら、ほんに百人力や」

と心から感謝した上で、こう続けた。

「目途は文月、今からやと、ひぃふぅみぃ、四月ほどあるが、それでどやろか」

両座の再建にはふた月もかからない。どれほど遅くなったとしても、文月には興行もこれまで通りに落ち着いているだろう。また、その月は盂蘭盆会で、初代吉之丞も彼岸からきっと尽力してくれるに違いない、とのこと。

「文月ですね、承知いたしました」

ほぼ四月。その間に知恵を絞り、手立てを整えよう、と幸は自らに言い聞かせた。

吉次に送られて、お竹とともに菊次郎宅をあとにする。まだ物の焦げる臭いが漂う中で、小路の向こうから、かんかん、と再建の槌音が響いていた。

幾度めだろうか、と幸はふと歩みを緩める。

焦土と化した芝居町を歩くのは、何度めか。吉次とお竹と三人、同じ情景に身を置いたのは五年前のことだった。

あの時、幻の虹が天に架かるのを見たのだ。

同じことを思い返しているのか、吉次とお竹も揃って立ち止まり、空を仰ぐ。

初めは、と掠れた声で吉次は言う。

「初めは、私の色などおこがましい、と身の縮む思いでした。初代吉之丞もお師匠さまも持たないものを、どうして私が、と」

しかし、力造が吉次のための一色を求めて悩み、あがき続ける姿を眼にするうちに、少しずつ考えが変わった。さらに、この度の火事である。

「ひとの命には限りがあります。いつ、どんな形で役者としての人生を終えるかは、わからない。役者、二代目菊瀬吉之丞としての寿命は尽きても、力造さんが私のために生み出した色は残る」

色は残るんです、と吉次は繰り返す。

「私の色が、舞台を好んでくださるかたがたの、日々の暮らしを彩る（いろど）ことが出来るならば冥利（みょうり）。そして、私の記憶を留（とど）めた色が、染物の中で息づき、のちの世に伝えられるなら、それこそが果報です」

二代目吉之丞の誠実な言葉は、五鈴屋の主従の胸を射抜く。

ほんまにそうだすなぁ、とお竹は潤んだ声で応じた。

広め、伝え、残したい。役者吉次の色を。

天を仰いで虹を探しながら、幸は強く願った。

片や、鬱金（うこん）のぼかし染め。幟旗（のぼりばた）紋様は友禅（ゆうぜん）染めで、色糸と金糸を用いた刺繍（ししゅう）が施されている。片や、地紋綸子（じもんりんず）に絞り染め。紋様の御簾（みす）は縫箔（ぬいはく）、菊紋は友禅染め、薄（すすき）は金糸銀糸の刺繍だった。

京の仕入店、巴屋から届けられた二反を広げて、主従は感嘆の吐息を洩らす。いずれも、穂積家の姫君の嫁荷選びのために取り寄せた品だ。

「今まで扱うてきた品とは、格が違いますすなぁ」

支配人のひと言に、呉服町店から駆け付けた四人の手代を含めて、皆がこっくりと頷いている。

　幟旗紋様というのを扱うのも初めてだが、手の込みようは類を見ない。

「吉原の衣裳競べで散々、贅沢な装束は見たけれど、ここまで人の手が掛かってはいなかったわ」

　こうした品を一反、一反、吟味して揃えるとなると、時も金銀も途方もなくかかる。改めて、心して取り組まねば、と思う。

「お武家さまのことはよう知りませんけど、江戸には他にもお輿入れを控えたお姫さんが居はりますのやろ。どのお姫さんも、こないな嫁荷を用意しはるんやろか。もしそうなら、えらい骨折りだすなぁ」

　独り言のように呟く豆七を、お竹が咳払いで制した。

「まぁまぁ、お竹どん、大目に見たり」

　佐助がほろりと笑っている。

　日頃、江戸本店で扱う品々とはけた違いなため、豆七が思うのも無理からぬ話であった。

「吉原の衣裳競べで名を連ねた大店は、大概、嫁荷を任されてるはずだす。そないな店は京に仕入店を持ってるとこが殆どやろから、五鈴屋が巴屋に任せるように、京で手ぇ尽くして極上の品を探させますのや」

「極上の品は、やっぱり京だすのやなぁ」

支配人の話に、豆七は得心の声を洩らした。

そう、田舎絹の質がどれほど上がろうと、豪奢（ごうしゃ）な呉服はやはり京に及ばない。日本橋の大店が嫁荷として扱うのは、おそらく全て京の仕入店から江戸へ運ばせたものに違いない。極上の絹糸、熟練の職人による織りや染めを理由に、高額であっても当然として受け止められ、呉服商の利鞘（りざや）も大きくなる。

小紋染めの最初の一反に銀百匁（もんめ）の値を付けた時、五鈴屋でよく出る品の倍であることに、随分と悩んだ。あの時の気持ちを、何処かへ置き去りにしてはいまいか。

いつぞや、遊郭を相手とした日本橋音羽屋に関して「それが結の望む商いなのか。結自身の成し遂げたかったことなのだろうか」と考えたことがあった。その問いを、幸はふと、己に置き換えてみる。

答えは、容易くは出なかった。


「五鈴屋さん、ちょっと邪魔しますよ」

同じ町会の世話役、褒美屋が五鈴屋を訪れたのは、卯月（うづき）五日の暮れ六つだった。

　堺町の火事のあと、芝居小屋の再建は順調に進んでいる。歌舞伎という娯楽が一時休みの間、その寂しさを埋めるように勧進大相撲の春場所が行われ、先日、大盛況のうち幕を閉じた。

　藍染め浴衣地を買い求めるお客も一段落。そろそろ暖簾を下ろそうか、という頃合いである。件の色の広め方について思案中だった主は、筆を置いて、表座敷に褒美屋を迎え入れた。

「五鈴屋さんのお陰で、この度も相撲取組双六が売れに売れました。ありがたいことです」

　勧進大相撲の場所中、五鈴屋を始め、浅草呉服太物仲間の店前では、相撲双六を置いて、お客に楽しんでもらっている。

　実際に賽子を振って遊ぶのは子どもたちなのだが、相撲見物を許されない女たちに大層評判が良い。褒美屋では「あんまり楽しいから」と同じものを求める客が後を絶たない、とのことで、今日はその礼に訪れたという。

「皆さん、これをお好きと伺ったので」

　差しだされた重詰めからは、醤油と味醂の焦げるような良い香りがする。中身が鰻の蒲焼と知って、長太がそわそわと腰を浮かせ、豆七が密かに涎を拭っている。

お気持ちだけで、と一旦は断ろうとした店主だが、笑いを堪(こら)えつつ、礼を言って心遣いを受けた。

帰り際、「ああ、そうそう」と褒美屋は大事なことを思い出した体(てい)で、座り直した。

「かなり先の話ですが、中元に、町内で盆踊りをしようか、という案が出ているのですよ」

まぁ、と幸は思わず両の手を合わせる。

大坂では文月に地蔵祭(じぞうまつり)が行われるが、最後は必ず盆踊りで締める習わしだった。江戸には佃踊(つくだおど)りというのがあり、佃島で盛大な盆踊りが行われる、と聞いたことがある。

「町内では初めての試みですね」

五鈴屋店主の感嘆に、そうなんですよ、と褒美屋は相好を崩す。

「この辺りは何と言っても観音(かんのん)様のお膝元ですからね、別に町内で祭りをしなくても構やしないんですが。文月にはめでたい御開帳が二つもあるんで、それにあやかろうかと」

家持ちの集まりである町会は、町の運営に深く関わるものだ。田原町三丁目では、町会とは別に、町内で商いをする者たちが寄合(よりあい)を持ち、困りごとなどを話し合って何かと手を貸す仕組みが出来ていた。

今回は、揃いの浴衣に揃いの鼻緒の下駄、揃いの手拭いで鉢巻きをして、盛大に盆踊りをしないか、という話が持ち上がっているのだという。幸い、同じ町内に、呉服太物商、下駄屋に手拭い屋が軒を連ねている。

「町内で積み立てたものもあるし、あとは各店に少しずつ持ち寄ってもらったら、出来ない話ではないんですよ」

「お話を聞くだけでも楽しそうですね。例えば、藍染めで揃えるなら、五鈴屋は浴衣地を提供させて頂け……」

幸の口調が、知らず知らず、遅くなる。

何だろう、何かが今、胸にこつんとあたったように思うのだが。手もとの書付に、ふと眼を落とす。吉次の色を広めるため、思いついたことを書き散らしていた。

ご寮さん、とお竹が声低く幸を呼ぶ。

はっと我に返って、失礼しました、と幸は褒美屋に詫びた。

「盆踊りの浴衣地の件、お任せくださいませ。下駄の鼻緒や手拭いを揃えるなら、生地も五鈴屋でご用意できます」

「それはありがたい。早速、他の店にかけ合えます」

申し出を感謝し、褒美屋は幸を拝んでみせた。帰りかける褒美屋を呼び止めて、幸

は言葉を選びつつ、

「実は、五鈴屋でも、揃いの生地で鼻緒や巾着などを誂えたい、と考えておりました。丁度良い機会ですので、今回の件とは別に、それぞれのお店に相談をさせて頂いても宜しいでしょうか」

と、尋ねる。

褒美屋は少し思案して、

「同じ町内同士、仕事を融通し合えるのは、寧ろ喜ばしいことです。盆踊りの件、受けてもらえた店を、のちほどお知らせします」

と、答えるのだった。


染まり易い絹に比して、木綿は思う色に染め上げるのが難しく、染物師の腕の見せ所であった。

吉次の色を広めるためには、絹だけでなく、手頃な木綿をその色に染めることが欠かせない。染めの技が外に洩れることのないよう、力造が信頼のおける染物仲間たちに協力を仰ぎ、漸く木綿の色見本ができたところだった。

「吉次さんのことはまだ伏せてあります。それでも、皆さん、色見本を気に入ってくれはりました」

外から戻ったばかりの賢輔は、息を整える間も惜しんで続ける。

「巾着、小風呂敷、手絡は村松屋さん、鼻緒は下駄屋の亀宗さん、手拭いは尾張屋さんが、五鈴屋から反物を仕入れて、それぞれに仕立てはるとのことだす。半月ほどで店前に並べられる、いう話だした」

報告を終えて、賢輔は額の汗を拭う。その知らせに、店主と支配人、小頭役、それに久々に顔を見せた菊栄が、揃って安堵の息を吐いた。

奥座敷の障子から、銀糸に似た雨が覗き、熟した梅の実の甘い香りが仄かに漂っていた。

「菊次郎さんの口利きで、中村座前の茶屋の一角を、初日から千穐楽まで借りられることになりました」

菊次郎宅を頻繁に訪れ、打ち合わせを重ねている菊栄だった。

「『菊栄』の出店として、手絡に小風呂敷、紙入れを、盛大に売らせてもらいまひょ。ああ、ついでに『菊栄』の笄も」

添えられたひと言に、皆の口もとが綻んだ。

それとなぁ、と菊栄は懐から書付を取りだし、広げて畳に置く。

王子茶、とだけ書かれた紙を前に、

「吉次さんの色、それに相応しい名ぁを考えるよう、菊次郎さんに頼んでましたやろ。ここに来る前に、受け取ってきました。吉次さん本人が考えた色の名前だす。吉次さんの生まれ故郷に因んだ名付けとのことだした」

と、言った。

王子茶、と繰り返し、幸は大きく頷く。

「覚え易くて、綺麗な色名だと思います」

佐助にお竹、賢輔も首肯で店主への賛意を示した。

私もそない思います、と菊栄は口もとから白い歯を零したあと、顔つきを改める。

「それと、もうひとつ、菊次郎さんから言付かったことがおます。中村座の舞台、文月十五日に決まったそうだす」

両座ともに再建を果たし、連日、大勢の観客が詰めかけていると聞く。その日は奇しくも菊次郎の望んでいた通り、盂蘭盆会だった。

「すでに稽古に入っておられると思うのですが、演目はまだ公にはなりませんか？」

幸の問いかけに、菊栄は一旦、唇を引き結び、腹を据えた風に口を開いた。

「『八百屋お七恋江戸染』、今回が初演だす」

それは、と佐助が眉間に皺を刻む。

「歌舞伎にあまり縁のない私らでも、『八百屋お七』は存じてます。火事のあとに、火付けの話とは、吉次さんもまた災難な……」

「両座が焼けたことを理由にお蔵入りにするには惜しい演目やさかい、舞台にかけることになったんやと思います。吉次さんはお七やのうて、下女のお杉。作品の肝になる役どころだす。それと知って、吉次さんも受けはったんだすやろ」

その志を支えとうおます、と、菊栄は打ち明けた。

辛く切ない舞台なればこそ、王子茶が救いになるかも知れない。

五鈴屋店主は手代、小頭役、そして支配人へと視線を移す。皆、菊栄と思いは同じだった。

天下祭のひとつ、山王祭で江戸中が浮かれているその日に、力造ら染物師仲間たちが、荷車で五鈴屋へと、漸く染め上がった反物を運び入れた。

「これから順に染め上がりますが、あとひと月では、とてもじゃねぇが足りない。七代目、申し訳ない」

この通りです、と力造は地面に膝を突いて、幸に詫びる。

幸は膝を折って、力造の顔を覗き込む。

「力造さん、詫びる必要などありません。今はこれで充分なんです」

容易く真似られることのない、特別な色で染められた反物。売れる時に売りきる、という品ではない。たとえ一時、品切れしたとしても、きちんと補充されて息長く出回る。お客がそれを知れば、きっと待ってもらえる。

「焦りは禁物です。力造さんたちの腕前は確かですから、良い染めをお願いします」

あとはこちらに任せてください、と幸は胸に掌をあてがってみせた。


中村座と市村座、隣り合う両座は、火事のあと新たに建てられたため、木材の良い香りがする。外壁は海鼠壁、打ち付けた瓦の隙間に漆喰を塗り籠めて仕上げたものだ。

文月十五日、未明。

まだ薄暗い芝居町に、人々がひしめいている。高張提灯の薄い明かりのもと、中村座の海鼠壁に、「大名題看板」と呼ばれるひと際大きな看板が立てかけられた。

そこに記された今日の演目を見て、群衆の間から、どよめきが沸き起こる。

「やっぱりやるのか」

「中村座も、肝が据わってやがる」

独特の書体で墨書された「八百屋お七恋江戸染」を指さして、誰もが興奮冷めやらない。

惚れた男に逢いたさゆえ、火を放った若い娘。一途な恋はしかし、鈴ヶ森で火刑に処せられる、という結末を迎える。その昔、実際に在った騒動は、井原西鶴が「好色五人女」で取り上げたことで、広く知られていた。

今回が初演だと断っていても、かつての火付け事件を下敷きにしていることは誰の目にも明らかだ。当代きっての名女形、二代目菊瀬吉之丞が、お七ではなく下女役に回ることも、皆を驚かせる。

六年前の大火を経験した者たちは、居心地の悪さを覚えつつも、恐いもの見たさで中村座へと向かっていった。

同じ日、広小路から田原町の表通りを歩いていた者たちは、何とも不思議な光景を目にする。

小間物屋や下駄屋の軒先に、幟らしきものがはためいている。

無地なので、果たして「幟」と評して良いものか否か。しかし、その色の何と美しいことか。茶に黄金色、朱、緑も忍んでいるように思われた。今まで目にしたことのない色、しかしひと目見れば、心を鷲掴みにされてしまう。

「王子茶、という色なんですよ」

下駄屋の奉公人がにこやかに声を掛ける。

「うちでは、この色の鼻緒の下駄を扱っていますが、小間物や手拭いなども、同じ幟のある店で売ってます。あの歌舞伎役者、二代目菊瀬吉之丞の色なんです」

「吉之丞の色だと？　どうせこれだろうよ」

眉に唾を塗って嘲笑する者も居るが、多くは、吉之丞云々は別にして「どうしても、あの色を身につけてみたい」と望んだ。

「五鈴屋さん、表の幟、あの色の反物はあるかい？　見せてほしいんだけど」

「へぇ、王子茶なら木綿と絹織、両方揃えておりますよって、どうぞご覧になっておくれやす」

五鈴屋でも、そんな遣り取りが繰り返される。

歌舞伎役者の名より何より、力造の生みだした色そのものが、ひとの目を引き、心を引き寄せる。まだ舞台の噂も届かないうちに、まずはその色だけで、田原町を行くひとびとを魅了したことは間違いなかった。

騒ぎになったのは、初日の芝居が跳ねてからであった。

中村座の「八百屋お七恋江戸染」の作品の出来も良かったが、何より観客の目を釘付(くぎづ)けにしたのは、お杉役の二代目吉之丞が舞台上で纏っていた装束、分けても長着の色だった。

芝居小屋の中は薄暗い。

両窓や明かり取りから射し込む陽だけでは、気づき難(にく)かったかも知れない。

しかし、吉之丞の周りには燭台(しょくだい)が配され、面明かりが衣裳の色を浮き立たせる。これまで見たことのない、ぞくぞくするほど江戸好みの渋い色だ。恋江戸染、という題がこれほど効いているとは、と誰もが舌を巻く。

夢見心地で中村座を出たら、眼の前の茶店で同じ色の手絡やら紙入れやらを売っていた。聞けば色名は「王子茶」で、反物は田原町の五鈴屋を始め、浅草呉服太物仲間の各店で手に入るという。

王子と言えば、二代目吉之丞の出生の地だ。

歌舞伎好き、何よりも二代目吉之丞を好む者たちが素知らぬ顔など出来ようはずもない。

翌朝まで待ちきれず、浅草を目指す者は決して少なくなかった。南東の低い位置に望月(もちづき)が輝く。おまけに今日は盂蘭盆会で心強い。

浅草御門を通り、御蔵前を過ぎ、雷門から広小路まで辿り着いてみれば、太鼓の音が聞こえる。何事か、と目を凝らせば、揃いの藍染め浴衣の一群が盆踊りに興じている最中だった。

「王子茶の反物？　ああ、それなら、まずは五鈴屋だ」

「今夜は特別、まだ店を開けておいでだよ」

同じ町内と思しき者たちは、そう応えて、店のある場所を指さした。

通りの表に面したその店は、夜更けに訪れる客を見越してか、暖簾を捲り上げ、小僧二人を立たせている。

「おいでやす、五鈴屋だす」

「王子茶の反物、ご用意しておます」

二代目吉之丞さん所縁の色だすで、と小僧たちは伸びやかに声を張った。

第九章　奈落

流行り廃りは世の習い。

どん、と打ち上げられて夜空一杯に広がった花火が、跡形もなく消えてしまうように、一世を風靡したあと、見向きもされなくなるものがある。その一方で、目新しさが消えても、凡庸に紛れて生き永らえるものもある。

二代目吉之丞所縁の新色「王子茶」が華々しく登場した時、「長くて三月。どのみち、吉之丞人気にあやかった打ち上げ花火だろう」と冷ややかに見る者が多かった。特に、その色を持たない呉服商は冷淡だった。

だが、残暑が去り、秋が過ぎて、冬を迎えてなお、王子茶を求める声は小さくならない。それどころか、

「もう染め色なんて出尽くしたと思っていたけれど、こんな粋な色が生まれるなんてねぇ」

「齢とともに、似合う色、似合わない色が出てくるのが当たり前なのに、二代目吉之丞所縁のこの色は、そんなことがない。何とも不思議な色だよ」

と、話題にならない日はない。

また、同じ町内とはいえ、商いの上で互いに関わることなどないはずの小間物商や履物商、袋物商などが、一斉に新色の品物を売りだしたことも、江戸中の注目を集めた。「田原町まで少しあるけれど浅草寺詣りのついでに立ち寄れるのが良い」「王子茶のものが色々と入手できるから楽しみだ」等々、界隈を訪れる買い物客が絶えない。

もしや、人気が落ちても生き永らえる口だろうか、と考えを改める者も現れた。

だが、同業の中でも真に見る目のある者は、王子茶の流行が、そのどちらにも当てはまらないことに気づき、慄いていた。

「これで五反めなんですよ」

風呂敷に包んだものを受け取って、千代友屋の女房は、幸にそっと打ち明ける。

「亭主の羽織、娘の小袖、婿の長着などを順に仕立てて、やっと私の分なんです」

まぁ、と幸は柔らかな笑みを零す。

「毎度ありがとうございます。五鈴屋にとっては、ありがたいお話です」

女房が買い求めたのは、王子茶の縮緬地だった。千代友屋ばかりではない、五鈴屋の店の間は、王子茶を求めるお客で溢れている。

王子茶の無地縮緬、一反八十六匁。

同じく無地の木綿地は、一反二十五匁。

ものを作り上げるために携わった誰をも軽んじず、かつ、求め易くするために、小売としての利をぎりぎりまで抑える。力造や菊次郎にも了解を得てその値に決めた。小紋染めや藍染め浴衣地より安価であることもまた、人気の理由のひとつだった。

「この間、顔見世を観に芝居町へ出かけたのですが、男は羽織と長着、鼻緒に手拭い、女は小袖に手絡、巾着に鼻緒。上から下まで王子茶で揃えるひとが沢山いましたよ。二代目菊瀬吉之丞も、さぞや、役者冥利でしょう」

言いさして、女房はふと口を噤む。

どうしたのだろう、と幸は怪訝に思い、女房の視線が向けられている方を見やった。

手代の賢輔が、買い物客の相談に乗っている。継ぎのあたった、くたびれた綿入れ姿の若い娘だ。

「お母さんに贈らはる前掛けやったら、鯨尺で二尺半（約九十五センチメートル）あれば充分やて思います。お好きな寸法で切り売りさせて頂きますよって」

実直な接客をする賢輔を、千代友屋の女房は目を細めて眺めている。

遠い昔、千代友屋のこいさん（末娘）が賢輔に淡い恋心を抱いたきっかけも、ああした分け隔てのない接客だった。

良い景色だこと、と千代友屋の女房はしんみりした語調で言った。

女房を表まで見送ったあと、幸は土間に立ったまま、店の間をぐるりと見回した。座敷の客の中には、王子茶色の反物を躊躇いなく何反も買う者が居る。絹織か木綿か、二つ並べて迷いに迷う者も居る。

「切り売りしてもらえないかねぇ」

「三尺だけ、売ってもらえまいか」

奉公人にそう頼み込む者も居る。

ここまでお客の気持ちを動かすのは何だろうか。

歌舞伎役者二代目吉之丞所縁の色、という理由ばかりではない、王子茶という色そのものの持つ力ではないか。

そうであるならば、と幸は天井を仰ぎ、すっと深く息を吸い込む。

——役者、二代目菊瀬吉之丞としての寿命は尽きても、力造さんが私のために生み出した色は残る

――私の記憶を留めた色が、染物の中で息づき、のちの世に伝えられるなら、それこそが果報です

吉次の願い通り、人々の王子茶への熱は続いていくだろう。吉次も、そして力造の精進も報われる。

否、それだけではない、と幸は今一度、表座敷へと視線を戻す。

武家、町民、懐豊かな者、倹しい暮らし向きの者。色々なお客が五鈴屋の広い座敷に集い、同じものをそれぞれの買い方で楽しんでいる。「買うての幸い、売っての幸せ」という五鈴屋の信条が、店の間に溢れていた。

お客が術無い思いをすることのないように、と願い続けた店主は、眼の前で繰り広げられる情景に、そっと頭を垂れた。

昨夜来の雪が、江戸の街に純白の綿帽子を被せた。

小寒の朝、陽射しはとても弱く、積雪を溶かす力を持たない。色の無い景色の中で、道端の南天の実の赤と、行き交う人々の綿入れ、中でも王子茶が、ひと際、光を集めて目を引く。

その日、浅草寺傍の浅草呉服太物仲間の会所では、十日遅れの寄合が開かれていた。

下野国から戻ったばかりの恵比寿屋が、先刻から熱心に成果を語り、残る十五人が固唾を呑んで聞き入る。火の気のないはずが、座敷には仲間たちの熱が籠っていた。

「何と、石灰を、ですか」

月行事の念押しに、恵比寿屋は「ええ」と頷いてみせる。

「石灰を水で溶き、そこに浸けたあと、杵で搗く。これを幾度も繰り返すのだそうです。この晒の技で布は真っ白になるとのこと」

織り上げた木綿を白くするのに、陽や雪、水に晒す方法があるが、石灰を用いる手法が試されるようになった。白さも手触りも極上になるかわり、晒作業だけで二月から三月、手間も人手も日数もかかる。

「生産地と晒加工の地を分けたことは良かったのですが、実際に我々が晒木綿を手にするには、今少し、時を待たねばなりません」

申し訳ないのですが、と恵比寿屋は報告を終えた。

座敷内は熱を保ったまま、皆、一様に考え込んでいる。

「申し訳ないどころか」

緩んだ息をひとつ吐いて、河内屋がつくづくと言う。

「ここまで来た、ここまで来られた、その気持ちの方が優りますよ」

何の手立てもないところから始まり、恵比寿屋が都度、下野国まで足を運んで仲間と下野国の綿作地のひとびととを繋いでくれた。恵比寿屋が居なければ、夢は夢だけで終わっていたに違いないのだ。

「恵比寿屋さん、この通りです」

若い店主に頭を下げる河内屋に、残る仲間も倣う。

「まだ早いですよ」

恵比寿屋はほろ苦く笑って、頭を振った。

「あの辺りの木綿を、大伝馬町組も虎視眈々と狙っています。油断はならないのです。引き続き、綿作農家のひとたち、それに晒場のひとたちと心を合わせて取り組んで参ります」

恵比寿屋の言葉を受けて、月行事は今回の寄合をまとめ、終わりを告げる。

「長生きはするものですなぁ」

帰り際、和泉屋がしんみりと洩らした。

「藍染め浴衣地、力士の名入り浴衣地、呉服切手、今回の王子茶、そしてこの先の晒木綿、商いがここまで広がるとは、七年前の今頃は思いもしなかった」

「和泉屋さん、私とて同じ気持ちですよ」

最年長の河内屋が、温かに相槌（あいづち）を打つ。

「五鈴屋さんの知恵と寛容、恵比寿屋さんの粘り強さ、そして我ら仲間の和。何れ（いず）が欠けても今はない。そして今後も、この仲間ならもっと何か新しいことが出来る。それを思うと、よい齢をして、胸が躍りだしてしまう」

ただ、と河内屋は一旦、言葉を切ってすっと背筋を伸ばすと、一同を見渡した。

「『好事、魔多し』という言葉もあります。年の瀬は何かと気忙（きぜわ）しく、諍（いさか）いも起こり易い。お互い気持ちを引き締めて、過ごさねばなりません」

長老のひと言は、浮き浮きと落ち着かない仲間たちに、禅宗の僧侶（そうりょ）の打つ警策（きょうさく）の如（ごと）く響く。

皆、顔つきを改めて、河内屋に一礼で応じた。

五鈴屋にその知らせが飛び込んで来たのは、河内屋の忠告を聞いた十日後のこと。前日が創業日で、多くの祝福を受けた。その余韻が、主従の胸にまだ温かに残る朝である。

捨て鐘が三つ、続いて四つ、時の鐘が打ち鳴らされた。

暖簾はとうに出しているのだが、今朝はまだお客の姿は見えない。創業日の翌日は大抵そうなので、店主も奉公人もゆったりと構えていた。

店の表を丁稚二人が掃き清めているのだろう、しゃっしゃっ、と竹箒を使う小気味よい音が表座敷まで届いていた。

「ご寮さん、呉服町店から頼まれてました友禅、巴屋からの連絡待ちだすよって」

「穂積さまの姫さまの嫁荷ですね。落ち度があってはなりません」

支配人と店主とが書付を前に話している途中、ふと、箒が地面を擦る音が止んだ。

「鶴七どんが、よれよれになって走ってきます」

竹箒を手にしたまま、戸口から顔を覗かせて、天吉が告げる。

呉服町店からの使いならば、毎夕に決まっていた。早過ぎる、と座敷の誰もが思った。何か急な用か、と主従が腰を浮かせた時だ。

「ご寮さん、支配人、大変だす」

戸口から土間へと倒れ込んで、鶴七が叫ぶ。

「明け渡せ、て……。『菊栄』と五鈴屋呉服町店に、朝早う、町名主から遣いが来て、あこ（あそこ）の家屋敷を明け渡せ、て……」

あとは声にならず、鶴七は荒い息を吐き続けた。

「とにかく奥へ。誰か水を持ってきなさい」

店主の命を受け、壮太と長次が両側から鶴七を抱え上げ、大七が水を汲みに走った。

小間物商「菊栄」と「五鈴屋　呉服町店」は、家屋敷、即ち土地と家屋とを合わせて、もとの持ち主だった末広屋から買い上げていた。

ところが、どういう訳か、あとから別の誰かに売られているという。

「ほな、末広屋さんが家屋敷を二重に売ってた、いうことかいな」

眉間に深く皺を刻んで、佐助が呻く。

「けど、こっちが先に買うて、ちゃんと代金かて支払うてますのやで、正当な持ち主であることに変わりはないはずだす。立ち退きを命じられる謂れもあらへん」

「佐助どんの言う通りです。譲り渡しの証として、菊栄さまのもとには沽券状もあるのですから」

支配人と店主の言い分に、鶴七は、へぇ、と細い声で応じる。

「菊栄さまも同じことを言うてはりました。けんど、お役人の話では、沽券状に問題があるとかで、こっちは持ち主とは認められん、て」

「そない阿呆な」

血相を変えて、佐助が怒鳴った。

「穂積さまの嫁荷をお任せ頂いている大事な時だすのやで。何でそない阿呆な話になりますのや」

「佐助どん、落ち着きなさい」

幸は強い語勢で命じて、さっと立ち上がる。

「呉服町へ行って、話を聞きましょう」

奥座敷を出て、土間伝いに表へ向かう。

店の間にはまだ客の姿は見えず、手代らは店主を見送るために座敷を下りた。皆、頬が引きつり、懸命に不安を堪えている様子が見て取れた。ことに、新店選びに関わっていた賢輔の顔からは、血の気が引いている。

「呉服町で話を聞いてきます。店をお願い」

声が僅かに震えるのを自覚して、幸は一度唇を結び、気持ちを整えた。

「このことは、五鈴屋に足を運んでくださるかたには関わらないことです。そのつもりで、店をお願いしますよ」

店主の想いを受けて、一同は「へぇ」と深く頭を下げた。

家屋敷の売り買いは、江戸と大坂では手筈が違う。

家持ちの多い大坂では、その家屋敷が今、誰の持ち物であるかを明らかにするため、「水帳」と呼ばれるものを町内、町奉行所、惣会所に備えてある。売り買いは必ず水帳に反映されるため、それを見れば、どのように持ち主が移ったのかがわかる仕組みであった。

江戸では、沽券状の控えに添えて、持ち主の移り変わりのわかる文書や、細々した証文をひとまとめにした沽券帳というのを名主が作成、保管すると聞くが、それを実際に見ることは容易ではない。

末広屋を相手にした買い上げに、落ち度はなかったか——呉服町へ向かう道中、幸はずっと自問を繰り返す。

呉服町店もだが、菊栄は、友は大丈夫だろうか。

師走の街は寒風が吹きすさび、五鈴屋の主従の肌にも心にも氷の刃を立てる。一刻も早く呉服町へ、とにかく事情を、と気が急くばかりだ。

「ご寮さん」

一石橋を渡る幸たちを認めて、亀七と松七が走り寄った。

「菊栄」の番頭、竜蔵に誘われて、奥座敷へと急ぐ。

襖を開けると、広い室内の真ん中に座る菊栄の姿があった。

ぴんと背筋を伸ばし、両手をきちんと揃えた、美しい正座姿なのだが、長く暮らしを共にした幸には、無理をしているのがわかる。

「ふたりで話します」

竜蔵に短く言い、「佐助どん、あとで呼びます」と支配人に断って、幸はひとりで入室し、襖を閉ざした。

菊栄の側近くに座れば、幸、と掠れた声で名を呼ばれた。

「えらい心配かけて、堪忍なぁ」

いいえ、と頭を振って、幸は両の腕を伸ばし、菊栄の手をそっと己の掌で包んだ。仔細を聞く前に、そうせずにはいられなかった。

幸の気持ちを受け止めてか、菊栄は幸を見て、唇の両端を上げて笑みを作る。

「堪忍してな、幸。まだ私にも何が何やら、わからへんのだす」

朝、突然、名主が現れて、「菊栄」と五鈴屋呉服町店が暖簾を掲げる家屋敷に、実は正当な持ち主が居る、と聞かされた。本来ならばすぐにも明け渡さねばならないところだが、仔細もわからぬゆえ年明けに調べを受けよ、とのこと。

「幸、覚えてるか。あれは二年前の長月、吉原の衣裳競べのあとだした。菊次郎さんに連れられて、幸と佐助どんと私とで、末広屋に行き、話を決めた」

よく覚えています、と幸は頷く。

「本両替商の井筒屋と蔵前屋を通じて、速やかに代金を支払い、神無月十五日に証文を交わしました」

分筆の上で買い上げるとなると手続きが煩雑になるため、一旦は「菊栄」所有として、沽券状にも菊栄の名が記されている。沽券状には町名主と五人組の判をもらわねばならないが、末広屋が尽力してくれて加判済みの沽券状も間違いなく受け取った。何の手抜かりもなかったはずだ。

せや、手抜かりはなかったんだす、と菊栄は辛そうに顔を歪める。

「家屋敷の持ち主の末広屋に、ちゃんと代金も支払うて買い上げた。沽券状かて、手もとにおます。ただ、名主は名主で『沽券帳』いうのを作成して保管するはずが、私らの買い上げに関しては、それがどこにも無い、て」

「どこにも無い？」

どういうことなのか。名主がわざと作らなかったのか、それとも紛失したのか。

友は一体、何に怯え、何に落胆しているのか、幸には今ひとつ、わからない。

「六年前の大火で、名主宅に保管されてたはずのものが焼失したそうだす。もちろん、ちゃんと作り直されてます。二年前の暮れに、名主が行方知れずになり、今の名主に代わったそうな。その時、引き継がれたものの中には、私らの売買に関する沽券帳は、見当たらなかったそうだす」

代わりに、と菊栄は苦しげに続ける。

「代わりに、別のひとを買主とする沽券帳があったそうだすのや」

別の買主の、と繰り返して、幸は拳に握った右の手を口にあてがって考え込む。

一方の買主の沽券帳は見つからず、もう一方の買主の沽券帳は在ったという。

しかし、沽券帳がないからどうなるというのだろう。菊栄のもとには沽券状、という証文そのものがあるのだ。正式に売買が行われた何よりの証ではないのか。

幸の疑念を察したのか、菊栄は掠れた声を絞りだす。

「同じ家屋敷が別々の相手に売られたなら、沽券状のある方が持ち主として認められます。けんど、今回のように沽券状が二通出てきた場合は、沽券帳でどちらが正当な持ち主かを決めることになるそうだすのや」

例えば大火などで沽券状が焼失したり、今回のように真偽が怪しい沽券状が見つかったりした場合、沽券帳と照らし合わせることで、再発行が叶ったり、いずれが持ち主かを決めることになる、という。

「ええっ」

そんな馬鹿な、という台詞を、幸はすんでのところで呑み込んだ。そんな約束事があることを、一体、誰が知るというのか。

菊栄さま、と幸は思わず友の両腕を摑む。

「それは確かなことでしょうか。そのような習いが、本当にあるのですか」

「今朝、話を聞いたとこやさかい、ようよう確かめなならんのだすが、名主が嘘を言うとも思われしまへん」

菊栄の返答に、幸は奥歯を嚙み締めて激しい動揺を堪える。

白雲屋から今の店を買い上げた時も、菊栄から隣家を買った時も、何の問題も起きなかった。それが当たり前だと思い込んでいた。

証文に何より重きを置く江戸とは異なり、大坂では互いの信用を第一として、あまり書面を重視する習慣がない。家屋敷の売買では江戸同様に証文を交わす上、奉行所が深く関わるため、差し障りも少ない。よもや、名主の作成する沽券帳がそこまでの力を持つとは、思いもしなかった。

堪忍してなぁ、と菊栄はまた幸に詫びる。

「ものを二重に売るやて……末広屋の主人が、そないなことをする人物やと、私はよう見抜けんかった」

それは、と幸はその先を言い淀む。

ふたりとも、幾度も末広屋喜太郎と会っている。店が傾いたため、全てを手放して、郷里の信濃に帰る、という話に何の疑いも持たなかった。

名主と五人組の加判について、末広屋を信じて、手配を任せた。名前と判子とを照らし合わせて相違ないことは確かめたが、沽券状に疑いをもたれるとすれば、そこだろう。

今回、仲介役は菊次郎であった。菊栄も幸も、菊次郎に全幅の信頼を寄せている。菊次郎の馴染みなら間違いない、というのが念頭にあったのは確かだ。

どのような事情であれ、家屋敷を二重に売ったとすれば、末広屋はこちらを謀り、陥れたことになる。そうした人物だと見抜けなかった。

迂闊だった、というのは容易い。

しかし、まだ諦めるわけにはいかないのだ。

拳に握った手を口にあてがい、落ち着け、落ち着け、と幸は自分に言い聞かせる。

「菊栄」と五鈴屋呉服町店、それらを失わずに済む方法を考えねばならない。本公事として町奉行所に願い出るか。

正当な買主とされる者に頼んで、買い戻すか。

前者ならば解決までにおそらく何年もかかる。後者ならば如何ほどの値付けをされるか、不安が先立つ。

だが、背に腹は代えられない。ともかくも、その正当な買い手とやらに会い、話を聞くより道はないだろう。

「菊栄さま、もうひとりの買い手が誰か、名主は教えてくれませんでしたか」

幸の問いかけに、菊栄は、

「まだ伏せてはります。正式な調べのある前に誰も勝手に動かんよう、それまで明らかには出来ん、て言われました」

と、肩を落とした。

これから名主に会いに行ったとして、詳細は年明けまで話さないだろう。気持ちは焦るばかりだが、今、出来ることをしなければ。

「菊栄さま、私はこれから本両替商の蔵前屋さんを訪ねてみます」

ただ手を拱いていても仕方がない――言葉にしない幸の思いを受け止めてか、菊栄は頰を引き締め、深く頷いた。

「ほな、私は菊次郎さんに会うてきます。末広屋のことで何ぞわかるかも知れへんさかい」

この「菊栄」を、そない容易うに手放すわけにはいきませんよってに、と語る菊栄の双眸に、初めて強い意思の光が宿った。

音のない、静かな夜だった。

明かり取りから、深々と降る雪が覗くものの、座敷では誰も身動ぎひとつしない。呉服町店の手代の鶴七からの報告を、解せぬ思いで聞き終えたところだった。表座敷の中ほどに置かれた行灯の火が、主従の表情に陰影をつけていた。

「ほな、もとの奉公人らは誰も、今回のことについて知らんかった、いうんだすか」

短い沈黙のあと、佐助が鶴七に確かめた。

へぇ、と手代は明瞭に答える。

「手代の清一、丁稚の平太、五鈴屋が引き受けた二人については勿論のこと、『菊栄』に移った八人とも、今回の件に関わってはおりまへん。庇うてるわけやないんだす、皆、寝耳に水のようだした。ことに番頭の竜蔵どんは大層な驚きようで、己の責めのように苦しんではります」

菊栄から話を聞いた菊次郎が、慌てふためいて「菊栄」を訪れた。ひとりひとりから事情を聞きだす際、菊栄に乞われて、鶴七も同席したという。

「もとの店主のことを悪ういう奉公人は、却って信用なりまへん。末広屋の店主を悪しざまに言う者はおりませなんだが、ただ、分散寸前のとこまで追い込まれてはったんは確かだす。何を考えてるか、わからん所がある、とも聞きました」

前の主人の菊栄に対する仕打ちを知り、奉公人たちは皆、一様に色を失した。最早、「菊栄」で奉公を続けさせてはもらえまい、と全員が覚悟している、とのこと。

「清一と平太も同じように思うてるようだす。何や、気の毒で見てられし」

言葉途中で、鶴七ははっと息を呑み込んだ。

「堪忍してくださ い。酷い目ぇに遭うたんは、五鈴屋の方やのに、考え無しなことを口にしてしまいました」

手代は畳に両の手をついて懸命に詫びる。

鶴七の姿に、末広屋店主への怒りが胸に込み上げる。奉公人たちに、こんな思いをさせて、と。

分散寸前まで追い込まれたところへ、家屋敷を売って、生き直しの目途がたったはずではなかったか。誰かに悪知恵を付けられて、それに乗ったのは心の弱さゆえか。

末広屋店主の気持ちは摑みかねるが、残される奉公人の身の上を微塵も考えていないことが、腹立たしくてならない。生国の信濃国に戻る、と聞いていたが、挨拶もなく去った。当時は、恥じらいゆえか、と思っていたが、そうではない、おそらく、全てが嘘だったのだ。

辛うじて怒りを封じると、幸は、鶴七どん、と手代を呼んだ。

「清一どんと平太どんには明日、私から話しますが、『案ずるな』と先に伝えておきなさい。『菊栄』の奉公人については、菊栄さまがお決めになることですが、悪いようにはなさらないでしょう」

幸のひと言に、鶴七だけでなく、奉公人全員が安逸を滲ませて主に頭を下げた。

蔵前屋さんから教わったことだけれど、と前置きの上で、幸は話す。

「家屋敷の売り買いでは、沽券状が一番の頼りのはずが、かなりの偽物が出回っているそうです」

偽物を封じるために、五人組、それに名主の判を要したはずだった。何重にも張り巡らされた用心の手立ては、しかし容易に破られ、偽の沽券状は出回り続けている。

京では、あまりの事態に、それまでの沽券状を新しいものにする「沽券改」を求める声が強まっており、来年には「沽券改帳」なるものが作成されるのではないか、とのこと。

「沽券帳はもちろん、実際に沽券状そのものを作成するのも名主だそうですが、その名主本人が偽造に関わることもあるのだそうです」

　名主の役務についての報酬は受け持つ町数や場所によって異なり、その責任の重さに比して、実入りの少なさを嘆く者も多い。おかみがどれほど目を光らせていようが、不正を働く名主は絶えない、という。

「この度(たび)のことも、おそらくは末広屋ともとの名主が組んで、不正を働いたのでしょう。名主自身が行方知れずになったのは、その証かと思います」

けんど、と壮太が思い余った風に口を開く。

「謀書謀判(ぼうしょぼうはん)て、確か重罪のはずですやろ。どれほど金銀がほしいかは知りませんが、ようまぁ、そないに恐ろしいことに手ぇ染めますなぁ」

「ばれない、と思えばこそ、危ない橋を渡るのでしょう。そして、実際にばれない例が多い。事情を明らかにするには、本公事にするしかありません」

沽券状に名を連ねる五人組について、充分な調べを怠った者の公事は受け付けない、との触れがなされたことがあった。

　末広屋任せにしたこちらの落ち度は確かなのだが、名主が不正に関わっているならば、本公事として認められる公算が大きい——蔵前屋から教わった内容を奉公人たちに伝えることで、幸は辛うじて自分を保っていた。

「ほな、沽券帳がないがため、私らは呉服町店を失うんだすか」

鶴七は前のめりになって、

「そんなん、あんまりだす。あんまりなことや。何ぞ、手ぇはおまへんのだすか」

と、言い募った。

八代目店主の命に従い、大坂から江戸に移り住み、呉服町店で屋敷売りに励んでいた。染めについての造詣の深さで、多くの顧客の気持ちを摑んだ鶴七であった。呉服町店として、穂積家の嫁荷を任された矢先の出来事ゆえ、その無念は、察するに余りある。

賢輔が鶴七の脇へ移り、鶴七の腕をそっと押さえた。

どれほど無念であっても、主人にその気持ちをぶつけることは許されない。賢輔の無言の制止を受けて、鶴七は辛うじて一礼し、そのまま畳に突っ伏した。

小刻みに身を震わせる鶴七の姿を、主従は声もなく見守るしかない。

「ご寮さん、佐助どん。お伺いしたいことがおます」

鶴七の隣りで、賢輔は姿勢を正し、思い詰めた眼差しで二人を交互に見る。

「沽券状にある判のうち、全部が全部、偽物やのうて、本物が混じっていた場合、判を押したひとらは責めを負わへんのだすか。正当な買主とは認められんかった側に、その代金分を売主に代わって戻す、いうような連座はないんだすやろか」

賢輔からの問いかけに、幸と佐助は思わず互いを見合った。それはまさに、蔵前屋にふたりして尋ねたことでもあった。

店主に応えさせるのはあまりに酷い、と思ったのだろう。佐助が辛そうに唇を解く。

「加判は、五人組や名主に責めを負わせるものと違うんやそうな。家屋敷の売り買いが、公儀の意向に反せず、真っ当に行われたことの証になるだけだす。つまり、持ち主になることを信じて代金を支払った者は、泣き寝入りするしかない、いうことだすのや」

もちろん、「菊栄」と五鈴屋の損失は、末広屋、それに悪事に加担した者たちに償わせることは出来る。しかし、その責めを、加判した者たちが肩代わりする筋合いではない。それがおかみの言い分であった。

「穂積さまにも事情をお話しして、嫁荷のお話を辞退させて頂こうと思います」

声に苦悩が滲むのを何とか堪えて、幸は続ける。

「荷納めの時に、万が一にもご迷惑をかけることがあってはなりません。今なら、まだお許し頂けるでしょうから」

高家の嫁荷を任される、という誇りを胸に精進を通してきた鶴七には、店主の判断は応えたに違いない。

何のために、と鶴七は突っ伏したまま呻く。

「私らは何のために、今日まで踏ん張ってきたんだすか」

握り締めた拳で、どんどんどん、と畳を殴り、鶴七は「何のために」と呻き続けた。

鶴七の無念は、皆の無念でもある。

ご寮さん、と佐助は身体ごと幸へ向き直った。

「もしや、屋敷売りで高家を顧客に持つようになった五鈴屋を憎むあまり、またあのおひとが……否、音羽屋が手ぇ回した、てことはおまへんのやろか」

支配人の疑念に、奉公人たちは狼狽を隠さない。

「それはない」

即座に、そして強く、幸は打ち消した。

「五鈴屋憎しといえども、『菊栄』までをも狙いはしないでしょう」

答えながら、本当にそうだろうか、と幸は心のうちで自問する。

家屋敷を二重に売るよう、末広屋を唆す程度のことはやるのではなかろうか——そんな疑いが胸に浮かんで消えなかった。

きょっきょきょ
きょっ、きょきょっ
花鶏だろうか、大川端を歩く菊栄と幸の頭上を、鳴き声を交わしながら群飛する。

今日二十九日は大晦日。一年の締め括りに向けて、江戸の街は何とも気忙しいが、広小路の賑わいも、ここまでは届かない。

五鈴屋を訪れた菊栄を送りがてら、大川端に出た幸であった。

「二年前の大晦日だした、私が五鈴屋を出たんは」

菊栄は背を反らして、鳥影を仰ぎ見ている。

その身体の厚みが、随分と削がれていて、幸は切なくてならない。

「あの時は、よもや二年後に、こないなことになるとは思いもしませなんだ」

髪を結い上げるばかりではない、髪飾りに寄せた新しい笄が世に出て、まさに順風満帆だった。もちろん、商いに浮き沈みはつきものだが、その才覚で如何様にもお客の心を摑んでいくに違いない、と誰もが思っていた。

そう、あれはほんの二年前だ、と幸は視線を川端へと移す。

この川沿いを、菊栄と幸は、今日のように並んで歩いていた。胸に抱いていたのは、力造に染めてもらった夫々の新店の暖簾だった。

五鈴屋四代目徳兵衛に嫁ぎ、離縁して生家に戻った菊栄。

同じく四代目徳兵衛の後添いとなり、四代目の死後、五代目、六代目の女房になったあと、中継ぎで七代目店主となった幸。

女名前禁止の枷のある大坂から江戸へ移り、漸く築いた新店だったのだ。商う品こそ異なるが、ともに手を携えて店を育てて行こうとしていた矢先の、この度の出来事だった。

半月近く、あらゆる伝手を頼りに東奔西走したが、どうにもならない、という現状が露わになるばかり。

末広屋との間を取り持ったことを悔やんだ菊次郎が、その行方を捜しに信濃国に行こうとするのを、何とか思い止まらせた。ほっとしたのは、その一点のみだった。

あの呉服町の家屋敷を手放さずに済む方法はないか。もしも、店を明け渡さなくてはならなくなったとして、真の持ち主とされた者から買い戻せるか否か。

「値を吊り上げられる恐れも充分におますやろ。難儀なことだす」

店を買い上げるために、大坂から江戸へ持ち込んだ資産を注ぎ込んでいる菊栄なのだ。買戻しは容易くはない。

だが、幸の懸念は別の所にあった。

真の持ち主というのが、結、あるいは音羽屋忠兵衛ならどうなるのか。幸への憎しみのあまりに、菊栄にまで害が及んでいたとしたら……。

こういう時、相談に乗ってもらうとしたら、あの人物しかいない。

菊栄さま、と幸は友を呼ぶ。

「惣ぼんさん、いえ、井筒屋二代目保晴さんは、まだ江戸にお戻りにならないのでしょうか」

我ながら勝手だと思う。

衣裳競べの夜、引手茶屋で音羽屋と一緒にいるところを見て以来、惣次に対して、疑念を抱くようになった。だが、このような事態に陥った時、惣次ならば、最も的確な助言をくれるのではないか、との思いが強い。

五鈴屋でも幾度か使いを送り、連絡を乞うたが、井筒屋からは「店主は遠出をしており、すぐには戻らない」との返事をもらうのみだった。

「まだ当分、無理だすやろ。どうやら大坂へ行ってはるみたいだすよって」

「大坂へ」

二十一年前、自ら捨てた大坂へ、再び足を向けることが出来るのか。

瞠目(どうもく)する幸に目を向けて、菊栄は寂しそうに頷いた。

「どないな用かは知りません。ただ、行き先が大坂なら、急いたところで往復でひと月はかかりますやろ。こっちへ戻らはるとしたら、初観音(はつかんのん)の頃と違いますやろか」

再び蒼天(そうてん)を仰ぎ見て、菊栄は、

「なるべく早うに、出来ることなら、名主からの呼び出し前に戻ってくれはったらええのに」

と、声を落として言い添えた。

新春を明日に控えた空は、迷いのない青だ。

窮地(きゅうち)に立たされた二人の女店主は、惣次が江戸に戻る日に望みを繋いで、じっと耐えるのだった。

町人同士で諍(いさか)いが起きた場合、いきなり奉行所に持ち込まれることは稀(まれ)で、まず動くのは名主であった。

名主が間に入って話を聞き、なるべく穏便(おんびん)に済ませようと腐心(ふしん)する。家屋敷売買(いえやしきばいばい)に纏(まつ)わる今回の一件も、出入筋(でいりすじ)として奉行所に委(ゆだ)ねるより先に、まずは名主宅で吟味(ぎんみ)を受ける手筈(てはず)になっていた。

年が明けて明和四年（一七六七年）、幾度かの聞き取りを経て、北島町の名主宅に出向くことになったのは、睦月二十一日の朝だった。

「えらい『いけず（意地悪）』だすな、名主とかいう輩も」

火打石を手にしたお梅が、恨めしそうに零している。

「今日は黒日だすで。何もこないな日ぃにお調べやて。ほんまに憎たらしいほど『いけず』やわ」

暦に黒い丸印の打たれた日は「黒日」で、万事に於いて凶日として避けられている。お梅の台詞は、皆が密かに思うことでもあった。

店主と支配人とを見送るために、店前に揃っていた奉公人たちは萎れる。

「阿呆らしい、お梅どん、そないなこと気にする必要おまへんで」

同じく火打石と火打金を手にしたお竹が、朗らかに続ける。

「今日、産声を上げる赤子も居ますやろ。病抜けする病人もきっと居てる。黒日やさかい悪いことばっかり起こるわけでなし」

小頭役のひと言に、「ほんまにそうだす」と支配人も頷いてみせた。

ご寮さん、ほなそろそろ、と支配人に促されて、幸は一同を見回した。

綿入れは老緑の小紋染め、紋様は「家内安全」の文字散らしだ。承和色の帯を巻いた主の装いを目にして、賢輔は唇を真一文字に引き結ぶ。

「では、商いを頼みましたよ」

内々で何が起きようと、五鈴屋の暖簾を潜る人々には関わりの無いこと。店主の命を受けて、一同は「へぇ」と声を揃えた。

切り火と皆の想いに送られて、幸は佐助とともに北島町に向かう。名主の屋敷前で、菊栄が待っているはずだった。

立春を半月ほど過ぎ、寒さの刃も切れ味を落とす。

陽射しに慰めを得るのは佐助も同じなのか、途中、幾度か天を仰いでいた。

支配人の黒羽織は、家屋敷の買い上げや商いの節目、節目に纏うものだ。前を歩く佐助の背中を、幸は黙って眺めている。

結の裏切りがあり、坂本町の呉服仲間から外される憂き目にも遭った。身内や仲間の裏切りほど応えるものはない。あれらを乗り越えてきたのだ——そんな佐助の心の声が聞こえてくるようだ。

湊橋から霊岸橋を渡り、町御組屋敷の間に挟まれた北島町まで辿り着いた時、人影が見えた。藍染めの綿入れ姿の菊栄と、番頭の竜蔵に違いなかった。

互いの髪に鈴紋の彫り物の笄を認めて、二人の女店主は頷き合う。

名主宅の前で、従者と思しき男たちが、こちらを気にしてじりじりと待っていた。

「かねてより問い合わせてはいるが、売主であった末広屋喜太郎を探しだすのは、おそらく困難であろう。従って、家屋敷が二重に売られた理由や経緯などは、皆目わからぬままだ」

長い聞き取りを終えたあと、町名主は起伏のない語調で言った。

「それゆえ、当初より伝えておいた通り、呉服町内の当該家屋敷の名義人は、沽券帳に拠り定められる。お前たちは持ち主とは認められず、他人の家屋敷に断りなく居座る者、ということになる」

名主の言葉に、菊栄は深く息を吸い、天井を仰ぐ。もとは末広屋の番頭だった竜蔵は、ただもう身を縮めて平伏するばかりだ。

幸はぐっと奥歯を嚙み締め、佐助は両の膝頭を摑んだ手をぶるぶると震わせて、辛くも激情に耐える。

「小間物商『菊栄』も呉服太物商五鈴屋も、すこぶる評判の良い店で、それを失うのは呉服町にとっても痛手ではある。また、何故、沽券状が二通作成されたのか、前の名主が行方知れずのため、謎は謎として残る」

書付を畳みながら、名主は実のある口調で続ける。

「しかし、町家敷の売買に関する則は則、曲げるわけにはいかない。不服ならば、町年寄に申し出るか、あるいは奉行所に訴えて本公事扱いとするか。いずれにせよ、時が掛かるばかりで、結果は変わらぬだろうが」

「そ、それやったら」

思い余ったのだろう、佐助が名主の方へとにじり寄り、

「『菊栄』も五鈴屋呉服町店も、暖簾を下ろさなならんのだすか。店を明け渡さなならんのだすか。丸二年の間、手堅うに商いを守ってきた者に、情け容赦のう立ち退けて、そないな仕打ちをしはるんだすか」

と、言い募る。

幸は思わず手を伸ばし、支配人の帯を摑んで引き戻した。

「申し訳ございません、どうかお許しくださいませ」

奉公人の非礼を詫びる店主に、名主は「まぁ良い」と苦く応じる。

「名主さま、宜しゅうございますか」

それまで黙って耐えていた菊栄が、畳に両の手をついて、折り目正しく発言の許しを請うた。

「則は則、知らなかったのはこちらの落ち度だすよって、致し方ございません。ただ、聞き取りでもお伝えした通り、その名義人のおかたから家屋敷を買い戻したい、と願うております。何処のどなたか、教えて頂けませんやろか」

「そのことだが」

名主は気の毒そうに菊栄を見る。

「名義人は、その話に応じる気は全くない、とのことだ。ともかく件の家屋敷を立ち退いてもらいたい、の一点張りであった」

はっ、と菊栄が短く息を吸う。

不当に値を吊り上げることを警戒していた菊栄にとって、よもや、相手が売る意思を持たない、とは思わなかっただろう。

利鞘を稼ぐのが狙いではないなら、あそこを買い上げた理由は何か。

「お尋ねします」

畳に両手をついて、幸は名主に問う。

「手前どもを立ち退かせたあと、あの場所で商いをなさるおつもりなのでしょうか」

さて、と名主は両の腕を組んだ。

「別宅として用いる、と聞いておる。それも道理であろう。本業は場所に定めがあるし、片手間で商いをするには大き過ぎるのでな」

回答を得て、幸はじっと考え込んだ。

「菊栄」と五鈴屋呉服町店、商いの順調な両店を立ち退かせることが目的なのか。もしそうなら、何故なのか。

――町人のための小紋染めを最初に考え付いたのは、五鈴屋ではない。五鈴屋への称賛は、本来は自分が受けるはずのものだった

お才から聞いた音羽屋忠兵衛の台詞が、幸の頭の中で幾度も幾度も繰り返される。やはり、音羽屋ではなかろうか。小紋染めのことで幸への憎しみを募らせ、こうした形で追い詰めにかかっているのではないか。

「今日、その者を呼び出してある。詳しいことは、本人の口から聞くがよかろう」

名主は言って、傍らに控えていた従者に、

「……を、これへ」と囁いた。

不明瞭ながらも、幸の耳には「いすずや」と聞き取れる。「音羽屋」という響きではない。

佐助もそう思ったようで、落ち着かない素振りで幸を見やった。

「菊栄」と五鈴屋、両店を奈落の底に突き落とした相手を、この目に焼き付けてやろ

う、と幸は姿勢を正し、襖を凝視する。

従者の手で襖が開けられて、廊下に平伏している男が見えた。

「失礼いたします」

その声に、菊栄も幸も、それに佐助も、聞き覚えがあった。

否、聞き覚えがあるどころではない。

菊栄と幸は咄嗟に互いの眼を見合い、佐助は狼狽えて中腰になっている。

男は徐に顔を上げて、

「井筒屋三代目保晴にございます」

と、名乗った。

特徴のある獅子鼻と、椎の実に似た双眸。

紛れもない、五鈴屋五代目徳兵衛こと惣次だった。

第十章　激浪

　自分たちを奈落に突き落とした者の正体を知り、「菊栄」の店主も五鈴屋の主従も、声を失して身を強張らせるしかない。「菊栄」の奉公人の竜蔵だけは、訳が分からずおろおろするばかりだ。

　四人には目もくれず、惣次は入室し、従者に示された場所に座った。

　誰も口を利かず、室内は異様に冷えて緊迫した雰囲気が漂う。惣次を迎えての菊栄や幸たちの様子の変化に、名主は、

「その方たちは、見知った仲なのか」

と、訝しそうに尋ねた。

「本両替仲間の蔵前屋店主を通じて、そちらの御三方は、よく存じ上げております。仲間の寄合が蔵前屋の森田町の支店で開かれますので、幾度かそちらでご挨拶などさせて頂きました」

井筒屋は初めて、傍らの幸たちに視線をやり、

「見知った仲でも、取引は取引。情を交えるべきではないので、今日まで自分が買主であることを明かしてはおりませんでした」

と、立て板に水を流すが如く答えた。

冷徹な本両替商の台詞は、相手を納得させたらしい。「なるほど」と頷いたあと、名主は井筒屋に、売買の経緯について話すよう促した。

井筒屋の言い分はおよそ、次の通りである。

即ち、本両替商井筒屋は、分散の恐れのあった末広屋店主から、家屋敷を売りたい、との申し出を受けた。場所もよく、値も手頃であったため、別宅にすべく買い取りを決めた。よもや、先に買い上げた者が居たとは、思いも寄らない。五人組と名主のもとを一軒、一軒、自ら訪ねて回り、加判を貰い、沽券状も受け取った。

家屋敷の売り買いでは、名主の作成する沽券帳が何より大事と了知している。それゆえ、名主には重々に頼み、後日、見せてもらう約束を交わしていた。

「家屋敷の買い上げは、ただ単に持ち主になるだけではございません。家持ちに相応しい格を備えねばならない。格を決めるのに、用心深さというのは欠かせません」

偽の沽券状や偽の五人組、名主の背信など、家屋敷の売り買いには落とし穴が幾つ

もある。そこに気づかなかったのは落ち度というほかない。口入(くちいれ)を通さぬのならば、もっと慎重になるべきだった。また、持ち主が二重に売った場合、沽券帳を頼りに優劣がつけられることは、少し考えればわかるはずだ。騙(だま)されたのは気の毒だが、呉服町の家持ちとなるには相応しくなかろう。

　再度、もと女房ともと兄嫁、もとの奉公人をちらりと見て、男は話を終えた。

その言い分は極めて真っ当で、菊栄も幸もじっと耐えるしかない。

　名主は暫(しば)し思案をし、疑問を口にする。

「ひとつ尋ねるが、『菊栄』と五鈴屋呉服町店(ごふくちょうだな)、両店があの家屋敷に手を入れ、商いを始めた時に、何故(なぜ)、名乗り出なかったのか。二年も見過ごしていたのは、何か理由があってのことか」

「私の本業がその理由でございます」

　打てば響く勢いで、本両替商は答える。

「五匁(もんめ)銀という新しい銀貨が発行されるため、準備と後始末に追われておりました」

五鈴屋呉服町店の開店間もない頃に、様子を見に訪れたことなど、おくびにも出さない井筒屋である。

「おお、そうだ、そうであった」

名主は得心の声を上げた。

調べに対する井筒屋の回答は非の打ちどころがなく、「菊栄」と五鈴屋の事情などは一顧（いっこ）だにされなかった。

一刻半（約三時間）ほど続いた調べを終えて、許されて名主宅をあとにする。

誰も口を利く気力さえ残っておらず、菊栄は竜蔵に支えられて、立っているのがやっとの有様だった。

ああ、と佐助が呻（うめ）く。その視線の先に、供を連れた惣次の姿があった。

「惣ぼん、惣ぼんさん」

待っとくれやす、と少し先を歩く男の背中を追い、佐助は転びそうになりながら走った。

「何で、何でだすのや」

やっとのことで惣次の袖（そで）を捉（つか）まえ、佐助は取り縋（すが）る。

「何で、こないな仕打ちが出来ますのや。あの店が、菊栄さまや五鈴屋にとってどない大事か、わかってはりますやろ。五鈴屋は、私らは、ようやっとご高家（こうけ）の嫁荷（よめに）を任されるとこやったのに、こないなこと……あまりに酷（むご）い、あんまりだす」

袖が千切れんばかりに縋りついて、佐助は言い募（つの）る。

幸たちが追いつくまで、惣次は佐助に袖を預けたままにした。連れと思しき奉公人風情の男が、惣次を守るでもなく、少し離れてこちらの様子を窺っていた。

幸と菊栄が傍まで来て初めて、惣次はもと奉公人を邪険に払い除ける。

あっ、という短い声を上げて、佐助は無様に地面に転がった。

「佐助どん、あんさんは変わりませんなぁ」

五鈴屋の五代目店主だった男は、佐助の傍らに屈み、嘲りを孕んだ笑みを浮かべた。

「昔っから、真面目だけが取り柄で、肝心なところは抜けてはる。丁度、一文銭のように、真ん中に孔が開いてはりますのや」

いや、佐助どんだけと違いますなぁ、と惣次は女たちに冷ややかな眼差しを投げる。

「で、どないするつもりだす。このまま諦めて立ち退くか、それとも奉行所に願い出て本公事にしてもらうか。逃げた名主が絡んでるよって、本公事として受け入れてもらえますやろ。こっちは別にどっちでもええ、どのみち、私の持ち物であることに変わりはおまへんよってになぁ」

惣ぼん、と低く菊栄が呻いた。

「てんご（冗談）ですやろ？　本気で言うてはらへん。あんさんは、そないなひとと違う」

「『そないなひと』て」

苦く笑って、惣次は菊栄と幸を交互に見る。

「あんたらが私をどない思うてるか知らんが、二年の間、あの店を黙って眺めてたんは、突き落とす時機を計ってたからだす」

時機という言葉に、幸の眉根が寄った。それに目を留めて、男は軽く鼻を鳴らす。

「店を開いてすぐでは面白うない。商いが上り調子の時が、一番応えますやろ。それを待ってましたのや」

浮き浮きと言い置いて、惣次は連れを従え、軽やかな足取りで去っていく。

あとを追おうとして二、三歩いったところで、しかし、幸は足を止めた。左の頰が疼いて、思わず掌をあてがう。

ああ、この痛みは、遠い昔、まだ惣次と夫婦だった頃に、五鈴屋の蔵で殴られた時の痛みだ。「商いで私の上に立つことは許さん」という当時の罵声も耳の奥に刻まれていた。

大柄な男の姿は、御組屋敷の白壁沿いに遠ざかり、じきに見えなくなった。

佐助の話を聞き終えたあと、誰も口を利かない。

「菊栄」と五鈴屋呉服町店を横から掠め取った相手の正体が、五鈴屋五代目徳兵衛だという事実は、板の間に集められた奉公人たちを打ちのめすのに充分だった。

憤怒に身を震わせるのは、五鈴屋五代目徳兵衛だった頃の惣次を知らぬ者たちであり、戸惑いを隠さぬのは惣次を知る者たちであった。

じじっ、じじじっ、と行灯の灯芯が鳴る。

座敷に音が生まれたことで、お竹は重い口を開いた。

「あの惣ぼんさんが……」

お竹の声が、戦慄いている。

「信じられまへん、そないな話」

「お竹どんは、あの場ぁに立ち会うてへんよって、そない思うだけだす。あのおかたの性根はちっとも変わってはらへんかった」

眉間に皺を刻んで、佐助は低い声で続ける。

「けんど今は、これからのことを考えるんが大事だすよって」

驚天動地の出来事のあと、支配人として、何とか気持ちを立て直そうと、懸命なのが見て取れる。

それまで黙っていた賢輔が、佐助どん、と支配人を呼んだ。

「惣ぼんさんは『立ち退くか、本公事にするか』て言わはったんだすな」

手代の念押しに、支配人は「せや」と頷く。

――このまま諦めて立ち退くか。それとも奉行所に願い出て本公事にしてもらうか

惣次のあの言葉を、言葉の意味を、幸もまた、繰り返し考えていた。

立ち退くか、本公事か。

二筋の道を示すなら、「立ち退くか」「立ち退かないか」ではないのだろうか。何故、本公事を持ちだしたのか。

「惣ぼんさんとの間では、沽券帳のあるなしが決め手になったとしても、もとの持ち主が別々の相手に二重に売ったのなら、買った方はどっちも買主、いうことにならへんのだすやろか」

菊栄と五鈴屋は、持ち主の末広屋に全額支払いを済ませた上で、家屋敷を譲り受けて実際に店を開いている。菊栄側と惣次側、両者の間では沽券帳のあるなしで、正当な持ち主か否かが決められるとしても、菊栄側の買い上げの事実は変わらない。

「本公事にしたなら、決着がつくまで何年もかかる。その間は、あの家屋敷がどちらの物かは決められへん。それなら、例えば、店賃(たなちん)分を納めて商いを続けることを許して頂けるんと違いますか。惣ぼんさんは、それを見越して、本公事にすることを匂(にお)わ

しはったんやないか、と思うんだす」

「菊栄」と五鈴屋呉服町店に猶予を与えるための提案ではなかったか、との賢輔の言葉に、幸は「それはどうかしら」と固い口調で応える。

「騒動の間は、どちらか一方にだけ都合の良いようには出来ないはず。住むだけならまだしも、あそこで商いを続けることは無理でしょう」

「菊栄」も五鈴屋呉服町店も、その間は何処(どこ)かへ移すしかない、との店主の言葉に、賢輔は肩を落とした。

ともかく時が要る。色々なことを考えるための時が。

そのためにこそ、立ち退きではなく本公事を選ぶ必要がある、と幸は腹を決めた。

翌日、幸は佐助とともに菊栄のもとへ出向いた。菊栄もまた、同じ結論に至っており、三人はすぐさま、名主宅を訪れて相談した。名主自身も、前名主の関(かか)わりが疑われるため、町年寄(まちどしより)の裁可を経て、本公事にした方が間違いなかろう、とのことだった。

「考えれば考えるほど、謎(なぞ)ばっかりだす」

御組屋敷を抜けた辺りで、菊栄が歩みを緩めた。

「家持ちなら、町会にかかる費用も負担せななならん。今まで滞りのう支払うてたんは、こっちだす。惣ぼんさんなら、そない細かいとこまで、きっちり詰めはると思うんだすが」

何ぞ裏があるんやないやろか、という菊栄に、珍しく佐助が抗った。

「裏も何もないのと違いますやろか。ご寮さんの前だすが、惣ぼんさんは昔から、自分よりもご寮さんが秀でてはることを快う思ってはらへんかった。今回の件も、それと無縁とは違うと思います」

男の嫉妬ほど厄介なものはおまへんよって、という佐助の言葉に、幸は考え込む。

小紋染めに纏わる音羽屋忠兵衛の嫉妬に加えて、惣次もなのだろうか。

大火の後、結の消息を求めて、井筒屋に惣次を訪ねた日を思い返す。

――奉公人は店を支える柱やさかいにな

そんな台詞を口にする店主が、女に対する男の嫉妬を理由に、ここまで卑劣なことをするだろうか。

否、わからない、と幸は小さく頭を振る。

四年の間、夫婦として過ごした想いが、そう考えさせるのかも知れない。

「町年寄に町奉行所と、どない調べが進むかわかりませんけど、取り敢えず、すぐに立ち退かずに済みそうなんは助かりました」

溜息を交えて、ただ、と菊栄は暗い眼で春天を仰ぐ。

「本公事になったら、あそこで商いを続けることは出来ませんよってになぁ。奉公人らには申し訳ないことになってしまいます」

それが一番応えます、と「菊栄」の店主は溜息を重ねた。


町年寄の吟味を経て、家屋敷の持ち主を決めるべく町奉行所に訴え出たのは、弥生二十四日。勧進大相撲の春場所が無事に終わり、穀雨を迎えた日のことだった。

「詫びる言葉も思いつかんよって」

畳に額を付けたまま、菊次郎が震える声を絞りだす。

その日、訴願を知って五鈴屋へと駆け付けた菊次郎は、奥座敷に通されるなり、平伏して顔を上げようともしなかった。

「菊次郎さま、どうかもう」

「お顔を上げておくれやす。でないと、私らの方が気術無うおます」

幸と菊栄に幾度も宥められて、菊次郎は漸く面を上げる。この度のことで己を責め苛んでいたのだろう、めっきり老け込んでいた。

「私の知る末広屋喜太郎は、そないな悪人と違いましたんや。店が傾きだしてから、おかしいになってしもうたんだすやろ。貧すれば鈍す、いう通りやった。この私が余計な世話を焼いたばっかりに、あんさんらに大変な苦労をかけてしもうた」

贔屓筋を頼って、代わりの店を必死で探している、という菊次郎の言葉に、幸と菊栄はそっと眼差しを交わす。

五鈴屋では、主従でよくよく話し合い、呉服町店の全員を本店に移し、屋敷売りを休むことに決めた。巴屋目利きの極上の呉服の仕入れを止めたことで、鶴七ら手代の落胆はもとより、佐助の憔悴振りは目も当てられないほどだ。

だが、幸か不幸か、穂積家の嫁荷の話が消えたことでそれとなく事情は洩れ広がり、目途が立つまでの閉店を顧客に伝えても、さほど驚かれなかった。そうした事態を踏まえて、移転先を探すことは急務ではない、というのが幸の下した判断であった。

菊栄は菊栄で、奉公人たちの引受先を探して、東奔西走し、番頭の竜蔵を除いて、七人全ての行き先が定まったところだった。本人も、暫くの間、竜蔵を連れて五鈴屋江戸本店に戻ることを決めたばかりである。

「ほうか、ほな、店探しは急かへんのだすな」

幾分、ほっとした口調で言って、「ほんに済まないことだした」と、菊次郎はまた頭を下げた。

訴状が受理され、名主を通じて「裁許が下るまでの間、商いを控えるように」と命じられたのは、弥生晦日のことであった。

翌、卯月朔日、おかみの意向に従って、「菊栄」、それに五鈴屋呉服町店が一旦、店を閉じることになった。

その日は、奇しくも、五鈴屋六代目徳兵衛こと智蔵の祥月命日であった。亡き夫の命日に、その兄によって新店を閉じざるを得なくなる、という皮肉。松福寺での法要の最中も、幸は智蔵に心の中で詫び続けた。

主従の心を映して、朝のうちは弱い雨が降っていたのだが、昼過ぎには雲の切れ間から青空が覗いた。弱い陽射しのもと、かん、かん、と佐助と竜蔵の手で、店の表戸に釘が打ち付けられる。その様を、風呂敷包みを背負った清一と平太、それに「菊栄」の奉公人たちが、辛そうに見守っていた。

事前に少しずつ荷を移し、蔵を空けるなどして準備を進めていたため、引き移り自体は、さほど困難ではない。だが、「菊栄」と五鈴屋呉服町店、各々の店を去らねばならない者たちの切なさは計り知れない。

軽々しく「ことが納まったなら戻ってもらいます」とは、菊栄は言わなかった。それぞれの精進と健やかであることを願って、菊栄はひとりひとりを見送った。

　最後に残った竜蔵に、

「竜蔵どんだけになったけんど、これからも『菊栄』を支えておくれやす」

と、頭を下げる。

　若い手代らと違い、何処にも移る先がないことを自覚していた竜蔵は、店主の温かな言葉に涙を堪えた。


　菊栄と竜蔵、それに鶴七ら五人の奉公人たちを五鈴屋江戸本店に迎えた夜のこと。

　夕餉を終えると、皆を湯屋へ遣って、常よりも早めに休ませた。奥座敷に戻れば、菊栄が線香を立てて手を合わせている。

「智ぼんさんが亡うならはって、十七年になるんだすなぁ」

　合掌を解くと、ほんに月日の経つのは早おます、と菊栄はしみじみと言った。

　智蔵が存命なら、今年、丁度五十。しかし、享年の三十三のままで、幸はその齢を十、既に超えている。

「菊次郎さんから伺いましたが、仲の良かった亀三さんも、今は試練の時を迎えておられるようです。豊竹座は二年前に閉座して、筑後座も危ういとか。智ぼんも彼岸であれこれ案じていることでしょう」

「生きるて、色々な難儀を乗り越えることでもおますよってにな」

さり気ない遣り取りに、互いがとても慰められるのを知る。

奈落に突き落とされたのは確かだが、幸には菊栄が、菊栄には幸が居ることで、気持ちを立て直せそうだった。

「浅蜊は何処に行ってしもたんだすやろなぁ」

外を覗いて、お梅が恨めしそうに零す。

「菊栄さまたちに美味しい浅蜊のお汁、作ってあげよ、て思うてますのに」

「お梅どんは自分が食べたいだけだすやろ」

憎まれ口を叩く豆七の額に、汗が光る。立夏を明日に控えて、常ならば爽やかな季節のはずが、少し動けば汗ばむ陽気だった。

呉服町店を失ったことによる失意や衝撃は胸を去らない。しかし、皆、何とか前を向こうとしていた。

「今朝は暑おますなぁ」

表に出た菊栄は、あまりの陽射しの強さに、頭上に手を翳す。

着物から綿が抜けて間もないのに、裏地さえ暑苦しく思う朝だった。菊栄は竜蔵を伴い、芝居町に出かけるところだ。両座周辺の小間物店から「菊栄」の笄を商いたい、との申し出があったため、商談に出向くという。

「帰りに菊次郎さんとこを覗いてきますよって。竜蔵どんも一緒やさかい、遅うなっても心配いりませんで」

「承知しました。暑いので、くれぐれもお気をつけて」

ふたりを見送ったあと、幸もまた「本当に暑い」と呟いた。身体がまだ暑さに慣れていないせいもあるだろうが、朝からこれでは日中が思いやられる。

「長雨のあと、お天気が続きましたよって、外もからからだすなぁ」

額の汗を拭って、お竹が「あとで誰ぞに水を撒かせますよってに」と言い添えた。

陽が高くなるにつれて、ますます暑くなり、あちこちで水を撒く音が続く。八つ半（午後三時）を過ぎる頃、風が出て、漸く人心地つけるようになった。

「あら、良い風だねぇ」

長暖簾が風を受け、緩く揺れている。藍染め浴衣地を胸に抱いて、店を出ようとしたお客が眼を細めた。広小路の方から吹く風が、肌に心地良い。

「これを浴衣に仕立てて、湯屋へ行くのが楽しみ、楽しみ」

胸に抱いた浴衣地を示して、お客は上機嫌で帰っていく。

たとえ窮地にあったとしても、お客のああした姿を眼にすると、どれほど救われるか知れない。ありがたいこと、と土間へ戻りかけた幸は、広小路の方がざわざわと騒がしいことに気づいた。どうしたのだろう、と見守っていれば、

「また火事だそうだ。金六町とか八丁堀あたりから、火が出たと言ってるぜ」

「またか、もういい加減にしてくれ」

と、見知らぬ者同士が声高に話している。

金六町や八丁堀はここからだと神田川、日本橋川を挟んでいるためか、半鐘などもまだ聞こえない。しかし、一度火が出ると人々の暮らしはどうなるか、火事の多い江戸に暮らすようになって、骨身に染みている。早く収まりますように、と幸は浅草寺の方に両の手を合わせた。

鎮火の知らせを聞かないまま、暮れ六つに暖簾を下ろす。菊栄と竜蔵の戻りがまだなので、戸口は開けたままにしておいた。

日中、暖簾を翻していた風も、今は止んでいる。

「菊栄さまは菊次郎さまのとこだすよって、火元から遠おます。大事おまへん」

重苦しい雰囲気の夕餉時、箸の進まぬ皆の気持ちを慮って、お竹がさらりと言う。

おそらく、菊次郎のもとで様子を窺い、火が収まってから戻るつもりに違いない。

「そうね、きっと今夜は、向こうに泊めて頂くことになるわね」

菊次郎のことだ、何よりも菊栄の身の安全を考えてくれるだろう、と幸は自身に言い聞かせて箸を取った。

その夜、やはり二人は戻らず、幸は寝床に横たわりながら眠れずに居た。南側の障子が風でかたかたと煩く鳴っている。

風は止んだのではなく、向きを変えていたのか。風の音に耳を貸すうち、とろりと淡い眠りが訪れた。四つ半（午後十一時）頃だろうか、そのまますっと眠りに陥ろうとした時、不意に激しい鐘の音が聞こえた。

間違いない、半鐘だ、と気づいて幸は飛び起きる。

容赦のない連打は、火元が近いことを表す。長着を羽織って土間へと急げば、すでに奉公人たちは起きだして、戸口に集まっていた。

「ご寮さん、広小路の方からこっちへ、ひとが仰山、逃げてきます」

「南の空が真っ赤になってます」

いち早く様子を見てきたのだろう、天吉と神吉が震える声で言った。

昼に出た火がここまで迫るとは考えにくい。七年前の大火と同じく、新たな火事が起きているのだ。おそらく、このすぐ近くで。

「手代は蔵の扉を全て閉めなさい。丁稚は井戸水を汲み上げて桶に張りなさい」

急ぐのです、と幸は皆に命じると、店の間へと駆け上がった。

店主と支配人、小頭役とで手分けして帳簿類をまとめ、風呂敷にしっかりと包んで井戸へ投げ込む。

あとは奉公人たちをどう守るか。

開け放った戸口からは「駒形堂の辺りが真っ赤だ」「火の回りが早ぇ」と口々に叫ぶ声が聞こえていた。

風は北向き、浅草寺は危ない。東本願寺へは多くの人が逃げ込む。

「皆、松福寺へ。あそこには池がある。誰も待たず、すぐに逃げるのです」

平太は天吉たちと逸れないようになさい、と言い添えて、幸は皆を急かした。

「お竹どん、私の背中に」

大七が身を屈め、お竹におぶさるよう言う。

「私よりご寮さんを」

遠慮するお竹を無理にも背負って、大七は戸口を飛び出して行く。

幸は奥座敷へと駆けて、母の形見の帯を手に、急ぎ戻った。

「ご寮さん、堪忍しとくれやす」

水桶を手にした賢輔が、詫びるなり、中身の水を幸の頭から被せる。さらに濡れた大風呂敷を幸に掛けて、賢輔は外へと誘う。

広小路の方を見やれば、幅広の通りを隔てているはずが、両側に火の粉が舞うのを認めた。花火にも似た火の粉を潜り、逃げ惑うひとびと。

「あっ」

その中に菊栄に似た人影を見つけて、幸は咄嗟に賢輔の腕から逃れた。

「ご寮さん、あきまへん」

賢輔の悲鳴を背に受けて、幸は人波を潜り、浅草寺の方角を目指す。

菊栄に何かあったら、どうしよう——そのことしか考えられなかった。

雷門から火の手が上がり、消し止めようとする者たちが天水桶を手に集まっていた。二神像を失うことがあってはならない、と危険を顧みず、懸命に水を掛ける。

並木町の辺りが激しく燃え盛り、狭い路地を抜けて熱風が一気に渦を巻く。焔を隠し持った風が幸に襲い掛かった。避けようとしたが果たせず、容赦なく地面に叩きつけられる。

「ご寮さん」

賢輔の鋭い声を最後に、眼の前にゆっくりと幕が下りていく。

眼前に、穏やかな海が広がっていた。

朝陽なのか、夕陽なのか、金色に輝くものが天にある。その光を受けて、銀波のさざめきが次々に生まれる。

幼い幸は誰かの腕に抱かれて、金と銀との情景をうっとりと眺めていた。

海ではない。あれは川だ。

懐かしく、恋しい、郷里の武庫川だ。

遠い昔、曽祖父が治水工事に携わったと聞く川、懐かしい武庫川だった。

幸を抱き上げるひとに思い至って、相手の首に回していた手を外し、その顔を覗き込む。

幼子の眼差しを受け止めて、優しい笑みを浮かべるひと。

兄さん、と小さく呼んでみる。

雅由は空いた方の手を広げ、幸の頭を撫でた。柔らかくて、大きな掌だった。

「ご覧、幸、陽の輝きと波の煌めき、天から授かった美しい色たちだよ」

妹を抱え直して、雅由は天と川とを示す。

「幸、お前はもう、あの色を知っているね」

こくん、と幸は兄に頷いてみせた。

どちらも天から授けられた美しい色、金と銀だった。

向こう岸にぽつり、ぽつり、と小さな灯が点る。その正体が綿の花であることも、幸は知っていた。

目を凝らせば、宴の最中か、彼方に集う幾人もの影が在った。細い華奢な影、書物か何かを手にした影、童女を抱き上げる男の影らしきものも見える。霞がかかったようで、姿形は明瞭ではないのだが、胸に愛おしさが湧き上がる。

「兄さん、あそこへ行きたい」

愛しいひとたちの集う場所へ。

「まだだよ、幸、まだ行けない。彼岸は彼岸だからね。幸は此岸で、すべきことをしておいで」

すべきこと、と繰り返し、幸は首を傾げる。

「そう、幸がすべきことだよ」

抱いていた幸をゆっくりと下ろすと、雅由は妹の眼の高さまで身を屈める。

「橋を架けておいで。のちの世に伝えられるような、商いの橋を架けておいで」

兄の言葉に被せるように、別の声が聞こえる。誰だろう、誰かが「ご寮さん」「ご寮さん」と呼んでいる。

声は徐々に大きくなり、幸は両の手で耳を押さえた。だが、声は止まず、あまりの煩さに頭が割れそうに痛む。

それ以上、呼ばないで。

幸は頭を抱え込んで、懸命に叫んでいた。

「ご寮さん」

「ご寮さん、眼ぇ覚ましておくれやす」

確かに自分を呼ぶ声がする。

お竹どん、それに豆七の声だ。右の手が、とても温かい、何かに包み込まれている。

重い瞼(まぶた)を辛(かろ)うじて上げれば、菊栄の顔がすぐ傍にあった。

菊栄さま、と呼んだつもりが、しゃがれた声しか出ない。

幸、と短く呼んで、菊栄が左手で幸の頬を優しく撫でた。途端、幾つもの安堵(あんど)の溜息が重なって聞こえた。

「ご寮さん、気ぃつきはった」

足もとの方で、豆七が男泣きに泣いている。

一体、何があったのか。

頭が割れそうに痛んで、よく思い出せない。

首を少し持ち上げて、周囲を見る。心底、安心したように肩を上下させているお竹、その隣りに、賢輔が居た。真一文字に引き結ばれた唇、顎(あご)が戦慄いている。どうしたの、と言いかけた途端、熱い風が頬を舐(な)めた気がして、幸は息を呑(の)む。飛び散る火の粉、燃え盛る雷門、逃げ惑うひとびと。そうだ、火事だ。

「まだ動いたら、あきまへん。身体(からだ)を強う打ってるさかいに」

身を起こそうとする幸の肩を、菊栄がぐっと押さえて戻す。

「駒形町(こまがたちょう)か田原町一丁目辺りか、はっきりせんのだすが、近くから火ぃが出て、えらい騒ぎだした。朝方、東仲町(ひがしなかちょう)の木戸の辺りで、何とか食い止められましたで」

五鈴屋も奉公人も皆無事だす、という菊栄の言葉に、幸は両の掌で口を覆った。子どもをあやすように、菊栄が幸の腕をぽんぽんと軽く叩く。

「火の手の上がる方へ、幸が私の名を呼びながら向かった、と聞きました。堪忍してなぁ、そない危ない目ぇに遭(あ)わせてしもて」

昨夜は竜蔵とともに菊次郎宅で過ごし、朝になってこの辺りの火事を知り、生きた心地がしなかった。小半刻(こはんとき)ほど前に、急ぎ戻ったところだという。

「地べたに叩きつけられて気ぃ失った幸を、賢輔どんが負ぶって松福寺まで逃げたんだすで。一夜を明かし、火ぃの鎮まるのを待って、戸板に幸を乗せて皆で運んだそうだす」

頭を打ったようではないが意識が戻らないので、随分と気を揉んだとのこと。

ご寮さん、と枕もとに控えていた佐助が、

「力造さんたちも、それに千代友屋さんとこも、ご無事だす」

と、言った。

「心配をかけました」

熱風を吸い込んだからか、掠れは残るものの、はっきりと声が出た。

ご寮さん、とお竹が幸を呼ぶ。

「力造さんに、医者を呼びに行って頂きました。前に誠二さんを診てくれはったおひとだす。その見立てがつくまで、大人しいに休んでおくなはれ」

そうだすで、と菊栄も相槌を打ち、

「ほな、私らも去にまひょ」

と、皆を促した。

奉公人たちが一礼して、奥座敷を出ていく。最後のひとりになった賢輔を、幸は呼び止めた。

「賢輔どん、助けてくれてありがとう」

賢輔が負ぶって逃げていなければ、あの場に取り残されて、火に巻かれていたかも知れない。

「お陰で命拾いをしました」

幸の言葉を聞いて、賢輔は幸の枕もとに座り直した。何かを言おうとして、幾度か口を開いて、また閉じる。

「ご寮さんに何ぞあったら、私は……」

辛うじてそれだけを言い、賢輔は幸に一礼して座敷を去った。

賢輔が言わなかったその先を想(おも)い、幸は目を閉じる。

耳の奥に「ご寮さん」「ご寮さん」と幸を呼ぶ声が残っていた。彼岸から此岸へと戻してくれたあの声は、確かに賢輔のものだった。

力造に引っ張ってこられた医者は、幸を丁寧に診ると、「身体を強く打ったようだが、大事に至っていない」との見立てを示した。

用心して二日ほど安静にしたのち、幸はお竹と賢輔に付き添われて外へ出た。

火事のあと、初めて見る光景。覚悟していたことではあったが、田原町を含む一帯は無惨な変貌を遂げている。焼失した店もあるが、この界隈は、延焼を防ぐために壊された店が多かった。あちこちに積まれた廃材で広小路は見渡せず、それまで彩豊かな通りだったはずが、今は色が抜け落ちていた。

気を失う前に見た雷門は、やはり焼けてしまったのか、と言葉もないまま歩く。

「あっ」

門柱の一部が辛うじて残るのを認めて、幸は足を止める。

風神像と雷神像、二神の姿があった。一体は雷を背負い、一体は風を纏う。ともに、悪しきものを通すまい、と恐ろしい形相で眼を剝いている。

「火ぃは傳法院の表門まで至りましたが、ここらの皆さんが、危険も顧みんと水を掛け続けて、二神を守らはりました。金龍山の額も、ご無事やそうだす」

賢輔の言葉に色々な思いが溢れて、幸は両の手を合わせ、二神に深く頭を下げた。

広小路を行き交う者たちも皆、足を止めて二神を拝む。

「浅草呉服太物仲間の皆さんのうちの五軒、それに会所も、あきませんでした」

お竹の言葉に、幸はすっと鼻から息を吸って、辛うじて耐える。

浅草太物仲間が、浅草呉服太物仲間として、呉服切手を掲げて大海へと船出を果たしたのは四年前のこと。

勧進大相撲所縁（ゆかり）の藍染め浴衣地、「家内安全」の小紋染めや呉服切手、王子茶色の反物などを全店で扱うほか、各店で工夫を凝らし、売り上げを伸ばしていた。下野国の晒木綿作りもゆっくりと進み、何もかもが順風満帆のはずだった。

――出帆した船は、沖に出るまでの間に、予測も出来ぬ波に遭う

――五鈴屋と仲間の船は今、沖を目指して進んでいるところだ。如何（いか）なる風浪（ふうろう）も越えて、大海に出てください

相撲年寄（すもうとしより）の砥川額之介に掛けられた言葉を、幸は今さらながら思い返す。

ここまでの激浪を、誰が予測しただろうか。

船は大きく損なわれた。大海は遥か遠く、先の航路も見えない。声もなく、ただ天を仰ぐばかりの五鈴屋江戸本店店主を、風神と雷神がじっと見下ろしている。

第十一章　一意攻苦

田原町三丁目は通りを挟んで南側と北側に分かれるが、今回の火事では、両側とも被害が甚大であった。特に雷門寄りは、壊滅に近い。

同じ町内の店々は、卯月一杯、商いを休み、町会と手を携えて町の再建に乗りだした。五鈴屋の男たちは力仕事、女たちは煮炊きや裁縫など細々した役目に勤(いそ)しむ。

五鈴屋の表座敷では、商いの殷賑(いんしん)の代わりに、古い浴衣地(ゆかたじ)を裂く、ぴーぴーという音が響いていた。

「襁褓(むつき)は本当に助かりますよ。赤子ばかりでなく、今度の火事で、寝付いちまう年寄りが増えましたから」

座敷の上り口に腰を掛け、お竹たちの作業を眺めて、贔屓屋店主が手を合わせる。

町会の世話役を務める贔屓屋は、田原町三丁目の復興のため、昼夜を問わず走り回っていた。この町内のまとまりが良いのは、贔屓屋のような縁の下の力持ちが居ればこそだった。

今後の支援についての打ち合わせを終えて、幸は聶屓屋を見送って表へ出た。

通りを行くのは、疲れた表情のひとびとばかりで、身に纏うのも水や火に強い木綿、汚れの目立たない暗い色が殆どだった。

「この通りは、王子茶で溢れていたはずなんだが……。どっちが夢やら現やら」

辺りを見回して、聶屓屋は太い息を吐いた。

「双六をやってると、『振り出し』に戻ることがある。まるで、そうなっちまったみたいです」

賽子を振る仕草をしてみせたあと、

「死人が出なかったのが不幸中の幸いでした。命ばかりは、金銀で賄えませんから」

と、自身に言い聞かせるように呟いた。

もうここで、と見送りを断って立ち去る聶屓屋の後ろ姿を、幸はその場に佇んでしばらく眺める。

この度の不運は、同日に場所の離れた二か所で、刻をずらして火事が起こったことだった。昼過ぎ、八丁堀界隈から出た火は、京橋、日本橋方向へ向かい、深夜に漸く鎮火した。この時、呉服太物商の大店、白木屋が全焼していた。

入れ違うように、今度は浅草界隈で出火。唯一の救いがあるとすれば、この時の風が北向きだったため、駒形町以南へは広がらなかったことだろうか。七年前の大火では、江戸の街の三分の一が失われたが、今回はそこまでには至らない。物や人手の不足も、今のところはなかった。

だが、被害に遭ったひとびとは皆、贔屓屋の言葉通り、双六でいうところの「振り出し」に戻らざるを得なくなってしまった。若ければまだ、気力を奮い立たせることも出来るだろうが、そうでなければどれほど辛いことか。

「五鈴屋さん」

東本願寺裏門の方から呼ばれて、幸は振り返った。

浅草呉服太物仲間の月行事と河内屋とが、こちらに向かってくるところだった。

湯飲み茶碗を、誰も手に取らない。先刻から、皆、一様に押し黙ったままである。

浅草呉服太物仲間の会所が焼失し、仲間のうち五軒が店を失った。駒形町の丸屋は火元に近かったため一溜りもなく、再建の見通しは立っていない。同じく全焼した和泉屋は、店主が寝たきりになってしまった。

「和泉屋さんがああなるのも、道理だ」

重い沈黙を破って、河内屋が呻いた。

「私も和泉屋さんも、先はそう長くない。この齢になって、今さらこんな目に……」

月行事も幸も、それにお竹も、老店主を慰める言葉を持たなかった。

会所を再建するための費用と、その分担を決めねばならないのだが、まだ、そんな気持ちになれない。当分の間の寄合場所として、五鈴屋の奥座敷を用いることになり、話し合いは終わった。

「田原町て、こない寂しいとこになってしもたんだすなぁ」

客人を見送ったあと、お竹がしんみりと呟いた。

どの店も商いを休んでいるためか、買い物客がひとりもいない。このまま、町に活気が戻らなければ、どうなるのか。

否、文月には四万六千日がある。その頃になればきっと、と思う反面、果たしてそれまで持つのだろうか、との憂いが先に立つ。

商いは、町が在ってこそ。

浅草呉服太物仲間として商いを立て直すだけでなく、田原町に活気を取り戻すことが出来たなら。

ああ、しかし、と幸は唇を噛み締める。

呉服町店を失って、屋敷商いの目途も立たない。双六の振り出しに戻ったのは、町ばかりではないのだ。

何から手を付けて、どう乗り越えていくのか。今は何も見えない。

かつて、結が小紋染めの型紙を音羽屋に持ち込んだ時も、坂本町の呉服仲間を外されて呉服商いを断念した時も、主従、心をひとつにして乗り越えてきた。なのに、今回は自身のすべきことが何ひとつ見えないのだ。

一体、どうしたのか、と己を情けなく思う。

ふと気づくと、お竹が心配そうに幸を見ていた。気にしないで良い、と言う代わりに、小さく頭を振ってみせる。

「お竹どん、和泉屋さんに枇杷を届けておいて。近江屋さんから沢山頂いたから」

近江屋や蔵前屋を始め、繋がりのある店々から、沢山の見舞いの品をもらっていた。五鈴屋のお家さんの富久は、妙知焼けの折り、米忠という米問屋から米一俵を譲り受けたことを、生涯、忘れなかった。窮地の時に心を寄せられることが、どれほどありがたいか。今さらながら、富久の想いを知る。

「へぇ、すぐにお持ちします」

お竹は温かに応じて、奥へ駆け込んだ。

皐月に入り、田原町では、無事だった店が一斉に商いを再開した。

だが、どの店も暖簾（のれん）を潜（くぐ）る者は疎（まば）らだった。広小路からここまで、まだ火事の爪痕（つめあと）が生々しく、生きるのに必要なもの以外は「買おう」と思えないのかも知れない。

五鈴屋でも似た状況で、客足は全く戻らない。

火事の後は、肌着や襦袢（じゅばん）に仕立てて見舞いの品として贈る者が多いせいか、木綿の白生地や浴衣地がよく求められる。明石屋（あかしや）火事の時もそうだった。しかし、今回はまるで様子が異なる。おそらくは、火事に遭った地で見舞いの品を買うのは躊躇（ためら）いが大きいのだろう。主従は己にそう言い聞かせて、じっと時を待った。

火事から丁度（ちょうど）、ひと月が過ぎた日のことだ。

暖簾を出してから、五人ほどのお客を迎えたあと、昼過ぎにぱたりと客足が途絶えた。お梅は神吉と平太を連れて、用足しに行き、まだ戻らない。手代たちは蔵の整理をしたり、撞木（しゅもく）の手入れをしたり、それぞれの仕事に勤しむ。

今月の帯結び指南をどうするか、店主が支配人と小頭役（こがしらやく）を交えて相談していると、

「おいでやす」と天吉の声がした。

お客を迎えるために、座敷に居た者は皆、上り口の方へと向き直る。

薄暗い土間に、光が射し、艶やかな紫が目に飛び込む。

江戸紫の小紋染め、色味の異なる紫の頭巾。その華やかな出で立ちに、座敷の主従ははっと瞠目し、中腰になった。

江戸紫がこれほど似合う人物は、そのひとをおいて他に居ない。

「お邪魔しますよ」

そう言って、男は徐に頭巾を外す。

形の良い眉に、漆黒の双眸。年齢を重ねたことが分かる目もとの皺。化粧を施していないため、美丈夫、という風貌ではあるが、三都一、と謳われる歌舞伎役者、中村富五郎そのひとであった。

「富五郎さま」

華やいだ声を上げて、幸は座敷を下り、富五郎を迎え入れる。

およそ七年ぶりの再会であった。

表座敷に通された富五郎は、何よりもまず、火事見舞いの挨拶をして主従を優しく労う。

「江戸の水が恋しくなり、重い腰を上げて出て参りました。昨日、江戸入りし、この度の火事を知り、急ぎ駆け付けた次第です」

菊次郎兄からほかのことも聞いています、と富五郎は柔らかに言い添えた。

前回、富五郎が五鈴屋を訪れたのは、大火のあった年の冬だった。顔見世興行の千穐楽に中村座の舞台を踏み、江戸っ子を励ました。菊栄の簪をその髪に挿し、披露目としてくれたこと、幸には忘れ難い。

「あいにく菊栄さまは出ておられます。入れ違いを残念に思われることでしょう」

「菊次郎兄のもとに暫く逗留しますので、必ず、お目にかかれますよ」

ところで、と女形は店内をじっくりと見回した。

「良い景色だ。太物だけでなく、呉服商いにも戻られたのですね」

「はい、お陰様で四年前に」

店主の返事に、「それは何よりです」と応じて、撞木に掛けられた無地の縮緬に目を留める。

「あれが吉次の色、評判の王子茶ですね」

その台詞を聞いて、お竹が撞木ごと反物を運び、富五郎の傍らに置く。

「五鈴屋の江戸紫を染めたのと同じ職人が、吉次さんのために生みだした色です。ご承知の通り、吉次さんに『王子茶』と名付けて頂きました」

店主の説明を聞きながら、富五郎は反物にしげしげと見入った。

「美しい、実に美しい色です」

役者として、自分だけの色が世に出回る、というのは何と幸せなことだろうか、と富五郎は嘆息する。

王子茶の縮緬と、同じ色の木綿を一反ずつ所望されて、主従は思わず顔を綻ばせる。

「ありがとうさんでございます、ただ今、お包みしますよって」

支配人は富五郎に丁重に礼を言い、風呂敷を預かった。賢輔に命じて、反物二反をその風呂敷に包ませる。

「五鈴屋さん」

富五郎は店主を呼び、懐から紙入れを出すと、畳に置いた。

「私は五鈴屋さんに反物を借りたままです。お忘れではありますまい。これと同じ江戸紫、柄は鈴紋ではなく、十二支の文字散らし。大坂への手土産にしたいから、と頼み込んだことがあった」

はい、と幸は頰を緩めて頷く。

かつて、五鈴屋が坂本町の呉服仲間を外され、呉服商いを断念せねばならなくなった時のこと。富五郎から小紋染めの絹織を一反、是非にと所望されたのだ。

――この反物を私に貸してください。五鈴屋さんは貸すだけ、私は借りるだけです。

いずれ、五鈴屋さんが呉服商いを再開された時に、改めて代銀(だいぎん)を支払わせて頂きたい――借りっぱなしでは肩身が狭い。代銀をお渡しできる日が来るのを、心待ちにしています

あの頃、そして後日の富五郎の心遣いを、幸は懐かしく、愛(いと)おしく思い出す。

呉服商いを断たれ、転落していく五鈴屋に、夢を託してくれたひと。

「四年、遅れてしまいましたが、漸(よう)やくお支払いできます。今回の分と合わせて、これを納めてください」

富五郎は畳に置いた財布を、支配人の方にすっと滑らせる。

へえ、と応じて、佐助は紙入れを手にした。失礼します、と断って、支配人は紙入れを開く。小判が二十枚、重なって入っている。

「小紋染めが百匁(もんめ)、今回の分が百十一匁だすよって、合わせて二百十一匁。必要な分を頂戴(ちょうだい)し、お釣りをご用意させて頂」

「いや」

支配人の台詞は、途中で、歌舞伎役者により遮られた。

「反物を借りたのは十一年前、返済の約束を叶(かな)えるべきは四年前です。残りは利子として受け取ってください」

金一両が銀六十匁として、二十両で銀千二百匁。代銀の五倍近い利子など受けられようはずもない。

「富五郎さま、それは」

断ろうとする幸を、富五郎は開いた掌で制する。

「利子という言い方が悪ければ、僅かな志、と言い換えても良い」

三都一の女形は呉服太物商の主の双眸を、しっかりと凝視する。

「疫病に大火、飢饉等々、禍が起これば、歌舞伎や芝居は真っ先に斬り捨てられてしまう。我ら役者は、そのことが骨身に染みています。だからこそ、何としても立ち直り、観客に足を運んでもらえるよう工夫するのです。五鈴屋さんの商いも、同じではありますまいか」

色を無くした昏い町、捲られることのない店々の暖簾。

ほかにお客の姿のない表座敷を見やって、富五郎は続ける。

「お客の足が向く工夫を、買い物を楽しんでもらうための工夫を、考えてみてください。ささやかだが、これをそのために使ってほしいのです」

歌舞伎役者の言葉に、幸の視界が潤み始める。奉公人の前だ、と思い、何とか堪えようとしたが、涙は一筋、幸の意思を離れて頬を伝い、胸もとへと零れ落ちた。

店主ばかりではない、奉公人たちの間からも洟を啜る音が洩れている。

このひと月、振り出しに戻ったことを嘆くばかりだった。何も見えない、自身が何をすべきかわからない、と考えることを投げてしまっていた。店も奉公人も無事であるのにも拘わらず。

己の何と愚かなこと、富五郎の何と篤実なことか。

口を開けば嗚咽になりそうで、幸は唇を固く結んだまま、畳に両手をついて深く額ずく。

「良かった」

短く言って、富五郎は吐く息で笑ってみせた。

五鈴屋江戸本店では、開業当時より、大火などの災難に備えて、売り上げの中から少しずつ蓄えている。それはあくまで五鈴屋の暖簾を守るためにしていることだった。七年前の大火の後、世の中の役に立てれば、との思いから、先の蓄えとは別に、無理のない範囲で少しずつ積み立てるようにしていた。この間、力士の名入り浴衣地や呉服切手などの商いが順調だったため、月に一両から二両を充てることがかなった。

「これまで積み立ててきたものが、全部で百二両、あります」

富五郎の訪問を受けた夜、幸は奉公人全員を表座敷に集めた。これから何をすべきか、新店のことを含めて、自身の考えを伝え、皆の気持ちを聞くためであった。

「佐助どん、金額に間違いありませんね」

店主に念を押され、支配人は「へぇ」と応じて帳簿を開くと、皆に見えるよう高々と持ち上げる。

座敷の隅に控えていた丁稚三人は、大事な話し合いの場面に自分たちが加えられていることに驚き、身を縮めて成り行きを見守っていた。

「うち百両を、浅草呉服太物仲間の会所の再建に用います。全額をこれで賄えるわけではないでしょうが、お役に立てると思います」

五鈴屋は、何よりも仲間に恩がある。

浅草太物仲間が「浅草呉服太物仲間」として生まれ変わることで、五鈴屋に呉服商いを再開する道を拓いてくれたのだ。この度の火事で焼失した会所の再建に手を貸すことで恩返しをしたい。もとより、そうした時に用いるための金銀である。

「使えば振り出しに戻りますが、また積み立てれば良いのです」

店主の想いに、一同はじっと耳を傾けている。

「残る二両、それに富五郎さまからの志は、この町に、この場所に、お客さまに足を運んで頂き、買い物を楽しんで頂くための工夫に用いようと思っています」

それともうひとつ、と幸は一旦言葉を切り、気持ちを整えてから口を開いた。

「新店探しと屋敷売りを、見合わせようと考えています」

店主の言葉に、奉公人たちがはっと瞠目する。しかしながら、座敷が震撼するほどの動揺は見られない。店主が新店探しを急務と捉えていないこと、屋敷売りを休んでいることで、ある程度、受け容れ易い状態にあったのかも知れない。

幸は一同を順に見回して、続ける。

「江戸本店創業の当初に立ち返り、手頃な太物と、少し背伸びすれば手に入る呉服とを扱い、『買うての幸い、売っての幸せ』に根差した店にしたいと思います」

呉服商として暖簾を掲げる以上、穂積家の嫁荷のような高額な呉服商いはとても大事だし、その道筋を未来永劫断つ、という訳ではない。だが、もっと大事なのは、他店とは違う、五鈴屋ならではの商いを貫くことではないだろうか。

屋敷売りのためにこそ、江戸へ移されてきた鶴七、松七、亀七。そして、穂積家の嫁荷の話をあれほど喜んでいた佐助。四人の気持ちを慮り、幸は言葉を選びながら思いの丈を伝えた。

手代三人は互いに眼差しを交えて頷き、佐助は佐助で畳に両の手をついた。

「ご寮さんの仰ること、ようわかります」

今なればこそ、ようわかります、と佐助は声に力を込める。

「私らもだす」

鶴七も、佐助に続く。

「私らが屋敷売りを止めても、お客さんらはさして困ってはらしません。穂積さまの姫さまの嫁荷かて、ほかの店が滞りのう極上の品を納めますやろ。私ら三人、精進が足りませなんだ。ほかで代わりの利くものと違う、五鈴屋ならではの商いをしたい、と心から思います」

私もだす、と亀七、松七も声を揃えた。

五日後の朝、五鈴屋の奥座敷で、急遽、浅草呉服太物仲間の寄合が行われた。

予め月行事から達しがあったのか、和泉屋は番頭が、丸屋ではその女房が、主人に代わって会合に加わっていた。

「この度の火事で焼失した浅草呉服太物仲間の会所再建につき、五鈴屋さんから百両負担の申し出がありました」

おおっ、と瞠目する仲間を制して、月行事は先を続ける。

「河内屋さんからは、丸屋さん和泉屋さんなど罹災した五軒について、割り当て負担から除外するように、との提言がありました。その五軒分を、河内屋さんが肩代わりするとのことです」

丸屋の女房が、河内屋に手を合わせた。

私からも宜しいですか、と恵比寿屋が発言の許しを求める。

「下野国の晒し加工の技も、まずまずのところまでいきました。事情も事情ですし、今年は支援を見送り、次に埋め合わせをさせてもらう、ということにしませんか。その分を、罹災した五軒の再建のための援助に回した方が、ずっと良い」

「お気持ちはありがたい。しかし、あの辺りの木綿を大伝馬町組が狙っている、というのも確かです」

店を焼失した松見屋が、焦りの滲む声を発した。

「我々が支援を怠っている間に、根こそぎ乗っ取られたらどうするのです。どれほど悔やんでも、悔やみきれるものではない」

訴えを聞いて、松見屋さん、と恵比寿屋は平らかに呼び掛ける。

「我々は、下野国の綿作農家を支配しているわけではありません。支援は、決して支配ではない。詰まる所、何処と組むかは、向こうが決めることですよ」

刹那、座敷の雰囲気が冷えて、戸惑いの視線が恵比寿屋に向いた。

ただ、と若い店主は顔つきを改め、松見屋から順に仲間たちを見やった。

「ただ、種も蒔かず、水も遣らず、実りだけ掠め取っていく輩に、一体、誰が『信』を置くでしょうか。何年もかけて、私は相手との間に『信』を築いたつもりです。容易く覆されることのない『信』を」

恵比寿屋の台詞に、幸は内心「あっ」と思う。

大いに高利を貪り、ひとの目を掠め、天の罪を蒙らば、重ねて問い来るひと稀なるべし。

女衆だった頃に五鈴屋で学んだ「商売往来」の一節と、恵比寿屋店主の言葉とが重なり合った。

それまで黙っていた河内屋が、初めて口を開いた。

「商いには浮き沈みがつきものですよ。精進だけでは補いきれない『巡り合わせ』というのもある。しかし、天道に恥じない商いを貫けば、運に見放されることはない。松見屋さん、どうだろう、この年寄りの言うことを信じてもらえまいか」

長老の温かな言葉に、松見屋は深く頭を垂れる。

幸が学んだ書「商売往来」は、京坂の商家で奉公人の教育のために用いられるものだ。江戸ではついぞ見かけない。だが、商いの神髄というのは、土地には関わらない。

江戸に移り住んで十六年、そのことを改めて強く思う幸だった。


今年の梅雨は、なかなかに意地が悪い。

だらだらと雨が降り続き、晴れ間が殆どない。火事の後始末は捗らず、気も滅入りがちになる。

両国の川開きの日も、やはり雨は止まず、早々に花火の打ち上げは中止となった。

「梅雨はほんま嫌いだす。せっかく糊をつけたかて、ちっとも立たへんよって」

取り入れた洗濯物を手に、お梅がぶつぶつと零す。途端、お竹の叱責が飛んだ。

「お梅どん、あんたは糊を無駄にし過ぎだす。何遍言うたらわかりますのや」

二人の遣り取りを耳に、幸は下駄に足を入れる。昼餉時、座敷にお客の姿はない。

「ご寮さん、お出かけだすか」

駆け寄る神吉に、「静かに」と声低く伝えて、幸は傘を手にそっと勝手口から外へ出る。

長梅雨で道がぬかって歩きにくいためか、表通りには人影が少ない。

広小路の木戸まで行って、来た道を戻る。東本願寺の裏門の傍まで行くと、また広小路の方へと引き返す。この往復が幸の日々の習いになっていた。

　延焼を防ぐために壊された家々の建て直しも、雨が災いしてあまり進んでいない。梅雨は必ず晴れるだろうし、景観もいずれ戻るに違いないのだが、と幸は傘を傾(かし)げて街並みを眺める。

　――お客の足が向く工夫を、買い物を楽しんでもらうための工夫を、考えてみてください
　富五郎の言葉を、託された志を思う。

　この町に、この場所に、お客さんに足を運んでもらい、買い物を楽しんでもらうための工夫。

「幸」

　背後から不意に声を掛けられ、幸は驚いて振り向いた。

　手にした傘を幸に差しかけて、菊栄が笑っている。幸と揃いの五鈴屋の屋号入りの傘だ。

「せっかく傘を持ってはるのに、ちゃんと差さな、濡(ぬ)れてしまいますで」

　助言通りに傘を持ち直して、幸は菊栄と並んで歩き始めた。

「毎日毎日、こないして歩いてるみたいやけれど、何ぞ面白いことでも見つけはった

んだすか」

菊栄に問われて、幸は、空いている方の手をすっと伸ばした。

「こうして歩いていると、看板が如何に大事か、気が付きました」

暖簾には大抵、店の屋号、それに屋号紋とでも呼ぶのか、その店の紋が染められている。だが、扱う商品が何かは、看板に記されることが殆どだ。

壁に取り付けられた掛け看板は、その近くまで行かないと見えない。通りを歩いていて目に飛び込んでくるのは立看板だった。

「隣家同士融通し合えば、互いに邪魔しない位置に取り付けられるのに。他店より目立つことばかり考えていては、勿体ないです」

ああ、なるほど、と菊栄は傘を傾げて看板を見回している。

「仏具屋、菓子屋、草紙屋、足袋屋、下駄屋に傘屋。改めて見ると、色んな店がおますのやなぁ。田原町に来たら、何でも揃う」

けど、看板だけでは不親切だすな、と菊栄は独り言ちた。

「そうなんです、田原町に来たら、大抵のものは揃う。けれど、何処の店でどんな品を売っているかは、初めてだとわかり辛いと思います。商いの上では一軒、一軒が分かれていて、まとまることがないせいかも知れません」

ふん、と甘やかに菊栄は頷く。

「お仲間同士なら、横の繋がりは大事にしますで。けど、違うものを商うてる店は、別に関わる必要もないんと違いますか」

「ええ、町会もありますし、町内の繋がりもあります。暮らす上での関わりは在りますものね。ただ……」

下駄屋や袋物屋の店前に出された王子茶色の幟に、幸は目を遣った。

「王子茶の売り出しは、扱う品が違っても、足並みを揃えられる。同じ町内、せっかく寄合などもあるのですから、商いでも繋がることが出来たら良いのに、と思うのです」

どやろか、と菊栄は傘の柄を持つ手を換えて、思案の眼差しを天に向ける。

「湯島の物産会では、色んな土地の色んな珍しい物を一遍に見られて、それは楽しおました。一か所で全部揃う、いうのは便利」

言葉途中で足を止め、菊栄は「ああ」と双眸を見開いた。

「この場所を、田原町三丁目を、物産会の会場に見立てる――幸の言わんとしてるんは、もしや、そういうことだすか」

幸もまた立ち止まり、物産会、と繰り返して「ああ」と声を洩らす。

そうだ、物産会だ。

曖昧で輪郭を持たなかった思考に、がっちりと枠組みが施されるようだった。

ひとつの町を、ひとつの会場に見立てる。

そこには色々な店が集まり、お客の要望にあった店で買い物を楽しんでもらえる。

「菊栄さま、物産会では何処のどんな品を扱っているか、すぐにわかるような工夫がしてありましたか」

早口で問われて、菊栄は記憶の底を浚うように考え込んだ。

「物産会のあとで、品々をまとめた書が出ましたけんど、当日にわかるようなものは……」

五年ほど前の物産会では、『東都薬品会』と題した引き札が全国で撒かれたと聞く。平賀源内による口上や諸国取次所などが記されたもので、菊栄自身も会場で現物を見たとのこと。だが、その一枚刷りには、お客が目当ての品を探し当てるための工夫はなかったように思う、と菊栄は語った。

せっかくの一枚刷りなのに、と幸は洩らす。

五鈴屋ではこれまで引き札を撒いたことがないのだが、自分ならば一体どんなものを作っただろうか。

考え始めると止まらない幸の横で、菊栄が、

「ここに来れば、欲しいものが揃う。楽しいに買い物してもらえる……」

と、独り言を繰り返し、思案に暮れている。

落ち着け、落ち着け、と幸は自身に言い聞かせた。

知恵を絞るのは勝手だが、取組は町内で足並みを揃えねば、出来ることではない。だが、突然、この話を町内の寄合で持ちだしても、面食らう者が殆どだろう。次の寄合で話し合いができるよう、充分な根回しをしておく必要がある。その手筈(てはず)を、早急に整えなければ。

「菊栄さま、申し訳ありません、お先に失礼します」

口早に詫びて、幸は駆けだした。目指すのは、この町のまとめ役、贔屓屋のところだった。

連日、商いを竜蔵に任せて、新店(しんだな)探しに東奔西走(とうほんせいそう)していた菊栄が、川開きの日を境に、遠出を止めた。代わりに、五鈴屋の店の間の続きの座敷で、夜更けまで竜蔵と算盤(そろばん)を弾(はじ)いて話し込む。

「幸、ちょっと付き合(お)うてもらえますか」

六日ほどして、菊栄は竜蔵とともに出かける仕度を整えて、幸に声を掛けた。

「見てほしい場所がおますのや」

「菊栄」の新店として考えている、との嬉しい知らせに、幸は思わず開いた掌を胸にあてがう。刻が惜しいだろうから、と履物だけを換え、あとを佐助らに頼んで菊栄について外へ出た。

呉服町の家屋敷の持ち主を巡って、本公事にしたが、訴訟は遅々として進まない。だが、いつまでも後ろ向きな気持ちではいられない。良い店が見つかったなら良かった、と幸は弾む足取りで二人のあとに従った。

雨の止み間に、あちこちで槌音が響いている。もう七日ほどで小暑、梅雨も流石に明けるだろう。仲間の会所も再建が始まった。町は少しずつ元気を取り戻す。

昨日も歩いたその道を、幸は思いを巡らせながら行く。

店々の表に、お揃いの王子茶色の水引暖簾を出したらどうだろう。短い丈で横一杯に広がる水引暖簾が通りに沿ってかかっていれば、ひと目で田原町三丁目だとわかるだろう。吉次に話して、あの色を使わせてもらおう等々、案が次々に浮かんで止まらない。

表通りから広小路に差し掛かって間もなく、菊栄と竜蔵が足を止めた。田原町三丁目の北側、傳法院の裏門に通じる小路との境だった。

幸が追いつくのを待って、菊栄が「ここだす」と傍らを示す。

もとは念珠(ねんじゅ)屋が店を構えていた場所で、延焼を避けるため打ち壊しに遭い、廃材が運び出されて、更地になっている。

聞き間違いではないのか、と幸は戸惑って菊栄と竜蔵を交互に眺める。

「『菊栄』をここに、と仰るのですか？　日本橋界隈ではなくて、この場所に」

返事の代わりに、菊栄は柔らかに目尻(めじり)に皺を寄せた。

菊栄を気遣いつつ、竜蔵が代わりに答える。

「主が、菊栄さまが、どうしてもここで、と」

曰(いわ)く、もとの念珠屋の店主は病がちで、そろそろ隠居をと思っていた矢先の火事だった。再び家を建てる気力も財力もなく、売りたい、と願っているのだという。

「火事のあとなので、家屋敷の売り買いも多かろう、と名主(なぬし)に相談したところ、ここを教えてもらいました。主は、幸さまのご意見を伺ってから、話を進めたい、と申しまして」

前の念珠屋の間口は五間。同じ場所に建てるならば、同じく間口五間。何より、広小路に面した角地、すぐ傍に傳法院の裏門。立地としては申し分ないのだが……。

結ぶ誓いの髪ならで　ただ菊栄の笄ぞ
心移りの無きものは　ただ菊栄の笄ぞ

耳に残るのは、芸者歌扇の歌声だった。あの唄で日本橋から「菊栄」までの流れが出来たのに、あまりに勿体ない、という気持ちが先に立ってしまう。

そんな友の気持ちを見越してか、菊栄は、

「幸の話を聞いて、新店を持つなら五鈴屋と同じ田原町で、と思いました。新しい取組を一緒にしとおます。『ここに来たら何でも揃う』いう中に、『菊栄』の簪や笄も混ぜとくれやす」

と、両の掌を合わせてみせた。

――いつか、一緒に何ぞ面白いことをやってみまひょなぁ

大坂を発つ時に掛けられた、菊栄の餞別の言葉を想う。これまでも幾度となく思い返したが、その結末がここにあったのか、と改めて気づかされる。

菊栄さま、と名を呼んだつもりが、声にならなかった。

町会所は、町役人が詰めて、町政に関する決め事や務めをするところで、江戸では名主の屋敷の玄関の間があてられる。田原町三丁目の場合、この町会とは別に、町人

でない者も含め、世話人の聶屓屋の店の間で、町内の細かなことを決めるための寄合が持たれていた。

　火事から丁度ふた月、水無月九日に、町内の寄合がその聶屓屋の表座敷で開かれた。火事の後始末を押して、四十人ほどの表店の店主らが集まっていた。

「聶屓屋さんから前以(もっ)て聞いてはいましたが、その湯島の物産会を知らぬ身。今ひとつ、わからないのですよ」

　表通りに面した菓子商の主が、そう言って首を傾げる。私もです、と隣りに座っていた植木屋が、軽く身を乗りだした。

「この町内は風通しも良い上に、掃除やら盆踊りやらを通じて気心も知れている。だが、店も違えば商う品も違う。商いの上で繋がれ、と言われても戸惑うばかりだ」

「あの王子茶の小間物やら足袋やらを扱うのが、まさにそういうことなんだろうけど、うちは古道具屋だからねぇ」

　聶屓屋から予め話を聞いた時から、疑問に思っていたことを、皆が打ち明け合う。

「さほど難しいわけではないのかも知れない」

　先刻から腕を組んで黙考(もっこう)していた煙草(タバコ)屋が、ふと口を開いた。

「観音(かんのん)さまを参っての帰り、ちょいと立ち寄るお客に『鼻緒を売ってる店はないか』

だの『土産に何を買えば良いか』だの、尋ねられることが多い。必ず町内の店を挙げるようにしてるんだが、そういうことじゃねえのか」

「それくらいなら、別にここじゃなくても、どこでもやってるんじゃないのかねぇ」

畳表屋が言えば、確かに、と応じるのは炭団（たどん）屋の主だ。

「ほかにはない、田原町三丁目だからこそ、てぇのがあれば面白かろうに」

騒がしくなった表座敷に「まぁまぁ、お静かに」と贔屓屋の声が響いた。

「商いでひとつにまとまろう、て話なのに、ちっともまとまらない。五鈴屋さん、お前さんの口から皆に、どういうことを考えてるのか、話しちゃあもらえませんか」

贔屓屋に水を向けられて、幸は皆の方へと向き直る。

「同じ町内、というのもひとつの縁だと思います。ことにここは浅草寺の傍、観音さまのご縁で結ばれた店同士、足並みを揃えて、沢山のお客さまに足を運んでもらう工夫、買い物を楽しんでもらう工夫を考えてみてはどうでしょうか」

例えば、何処から何処までが同じ町内か、ひと目でわかるようにする。町内にどんな店があり、どんな品を売っているかを互いによく知り、また外に向かって知らせるようにする。要るものを買うだけでなく、お客が他の店も覗（のぞ）きたくなるような、共通の楽しみを作る、等々。

「何処から何処まで同じ町内か、ひと目でわかるようになんて出来るものだろうか」

首を傾げる煙草屋に、幸は明瞭に応える。

「揃いの王子茶の水引暖簾を掛ける、というのは如何でしょうか。屋号の暖簾に障らない、丈の短いものです。盆踊りの浴衣と同様、五鈴屋でご用意させて頂きます。吉之丞さんのお許しも得ております」

おおっ、との感嘆が何人もの口から洩れた。吉之丞贔屓なのか、先の古道具屋の女主人など、大層な喜びようだった。

「ああ、もしや、商いで繋がる、というのは、五鈴屋で反物を買ったあと、うちを覗いてくれれば、それに似合う羽織紐を薦められる、ということか」

「じゃあ、うちではその反物に似合う袋物を薦めよう」

座が一気に熱くなる中、贔屓屋は腕を組み、悩みを滲ませる。どうにもわからない、という表情で、五鈴屋さん、と幸を呼んだ。

「町内にどんな店があり、どんな物を売っているのか。我々は同じ町内なので知ることは容易いです。けれど、それを外に向かって知らせる、というのは……。それが一番大事で、一番厄介なように私には思えてなりません。どういう方法があるかも、わからない」

万歳楽や歌舞伎で取り上げてもらうのには馴染まない。考えられるとしたら引き札だろうが、店や品物の紹介など一体、誰が読むのか。

「そんなつまらない一枚刷りなど、竈の焚きつけにされるのが落ちだと思うが」

そうですね、と幸はにこにこと頷く。

「ただ店の名や品物が連ねてあるだけなら、読むほうも退屈ですし、すぐに飽きてしまうでしょう。けれど、それが面白いものなら、きっと手もとに置き、親しんでもらえるのではありませんか」

面白いものなら、と繰り返し、聶肩屋は困り果てたように応じる。

「まるで判じ物のようだ。お手上げです。どんなものなら、面白い一枚刷りになるというのでしょうか」

「あそこに」

聶肩屋の店内、壁に飾られたものを、幸は指し示す。

皆が一斉に、幸の示す方向に目を向けた。そこに貼られているのは、相撲の取組を双六に仕立てた一枚刷りだった。

「全ての店を登場させて、双六仕立てにする、というのはどうでしょうか」

「ああ」

聶屓屋が強く小膝（こひざ）を打つ。

「なるほど、それは面白い。『上がり』を浅草寺にすれば、御利益もありそうです」

よくぞ思いついたものだ、と聶屓屋は驚嘆を隠さない。

壁から双六を外して、座敷に置き、皆がわいわいと相談を始める。

「店は四十ほどありますから、遊び甲斐（がい）もありますな」

「二年ほど前から、彩（いろどり）豊かな錦絵（にしきえ）というのが出始めました。確か、鈴木春信（すずきはるのぶ）という絵師だ。頼んでみてはどうだろうか」

「下手に金銀を掛けると、勝手に売り買いされてしまう。今回は手軽にしませんか」

煮繭の糸口から、糸がするすると引き出されるように、さまざまな工夫が生まれていく。

火事に遭い、訪れる買い物客が減って、町は苦難の中にある。

だが、今、縁を大事に一丸となり、難儀を乗り越えようとする人々の姿が、そこに在った。

第十二章　分袂歌

笹の葉を舟に見立てた、笹舟紋。

藍地に白抜きの笹舟、細く波打つ線が笹舟に動きを与え、如何にも涼しげだった。

笹舟で遊んだ幼い日の記憶を呼び覚ますのか、五鈴屋の新柄は店前に並んだ時から、好評を博していた。

鉄線花の紋様のものと二反を並べて、歌扇が「どうしよう、選べない」と繰り返す。表座敷に居た他のお客も、わかる、わかる、と言いたげに頷いていた。

大暑まであと三日ほど、むんとした熱の籠る表座敷に、五組ほどのお客の姿があった。ひと月まえに比べればありがたい景色ではあったが、昨夏とは随分と異なる。

「お陰様で、良い買い物ができました」

風呂敷包みを胸に抱え、土間に下り立つと、歌扇は幸とお竹に笑みを向ける。結局、両方を買うことにしたのだ。

王子茶の単衣に、揃いの手絡、柘植製の「菊栄」の笄。すっきりとした装いが、何とも好ましい。溌溂とした姿を見れば、吉原初の女芸者として活躍していることが忍ばれる。

「歌扇さん」

間仕切りの奥から座敷を抜け、菊栄が土間の歌扇へと駆け寄った。

「ご挨拶が遅れてしもて」

呉服町の「菊栄」が閉店に追い込まれ、五鈴屋の座敷続きを仮店としていること。同じ田原町三丁目の念珠屋から土地を買い上げて、家を建てている最中であること。神無月頃の店開きを目指していること。

「お知らせせせなならん、と思いながら、今になってしまいました」

一旦、唇を結び、すっと息を吸い込んで、菊栄は語調を改める。

「呉服町に『菊栄』を開いた際、お祝いに小謡を頂戴しました。せっかくのお気持ちを、結局、無駄にしてしもたこと、どうぞ堪忍しておくれやす」

そう詫びて、頭を下げる菊栄に「止してくださいな」と、歌扇は柔らかに言う。

「あの小謡には町の名を入れていません。『菊栄』が店を増やした時に、何処ででも唄ってもらえるように、と思って」

風呂敷包みを抱え直して、歌扇は空いた方の手を髪に遣り、笄に触れてみせた。

「髪を結い易くして、そのまま飾りになる。何より手頃。江戸中の女が待ち望んだ品ですよ。容易く絶えるものではないから」

歌扇の言葉に、お竹の深い首肯が添えられる。菊栄はぎゅっと目を閉じ、再度、歌扇に向かってお辞儀をした。

幸と菊栄、お竹に送られて外へ出た歌扇は、周囲を見回して、小さく吐息をつく。

火事から二か月半、少しずつ街並みが戻りつつあるとはいえ、広小路からここまで、櫛の歯が欠けるように店がない。振り売りの姿もあるし、通行人も居るのだが、暖簾を捲るひとの姿は殆ど見られなかった。

「座敷のお客から聞いてたんですよ。火事のあと、火が消えたみたいになってる、と。見舞いならともかく、買い物を控える者が多いんじゃないのか、って」

吉原芸者の言葉に、幸は頬を引き締めて、ええ、と頷いた。

「麻疹の時もそうでした。誰かが苦難に遭っている時、何かを楽しむことには躊躇いがある。仕方のないことだと思います」

ただ、と表情を和らげて続ける。

「来月の四万六千日には、沢山のかたが浅草寺にお参りにおいでです。この通りも広小路もひとで埋まることでしょう」

　ああ、と歌扇も声を弾ませる。

「その日に参れば四万六千日詣でたことになる、というありがたい日ですものね。ご利益を求めて、沢山のひとが集まるから、きっと買い物にも弾みがつきますよ」

　三人を慰めて、歌扇は帰っていった。

　その背中を見送って、菊栄が、

「『秘すれば花』やて言うけれど、今すぐ追い駆けていって、私らが、この町内が、どないな取組を考えてるか、あのおひとには伝えとうおますなぁ」

　と、残念そうに呟いた。

　曲尺を使って、和三郎が寸法を測っている。

　弟子に数字を書き留めさせて、指物師は額に浮かんだ汗を拭う。

「店の表と内とに置く床几だから、四日もあれば充分ですぜ」

「助かります。無理を言って済みません」

　詫びを口にする幸に、とんでもない、と和三郎は強く頭を振った。

「嬶まで私を飾職人だと思い込んでる節があるんで、こういう指物師らしい仕事は嬉しいですよ。それに、町内全部の床几となると、指物師仲間にとっても大きな仕事ですからね」

どれほど有難(ありがて)ぇか、わかりませんぜ、と指物師は真顔で言った。

一日でも早く、お客を呼び込みたい、という思い。

綿密に企(くわだ)て、手抜かりなく仕掛けたい、という思い。

せめぎ合う気持ちを、寄合(よりあい)での遣り取りを重ねることで、ひとつに束ねた。

通りをいく人が、ひと目で同じ町内とわかるための王子茶の水引暖簾。座敷に上がらずとも気軽に買い物ができるよう、品物を並べるための床几。店と扱う品物を知ってもらうための双六(すごろく)。

全(すべ)てを揃えての仕掛けの日は、冬の天赦日(てんしゃにち)、神無月四日に決まった。

幸はそっと指を折る。

今年は閏(うるう)九月を挟むため、あと四月(よつき)、まるまる残っている。火事の記憶は徐々に薄れ、おそらくは四万六千日を機に、ひとはここに戻ってくるだろう。しかし、それだけでは足りない。富五郎からの志を決して無駄にすまい、と幸は自身に誓った。

「お梅どん、これ、切り分けて、皆でおあがり」

外出(そとで)から戻った菊栄が、重そうな風呂敷包みを差し出した。

懐かしい甘い香りが洩(も)れている。

「ああ、この匂(にお)い。これは」

持ち重りのする包みを菊栄から受け取って、お梅がくんくんと鼻を鳴らした。

「これ、お梅どん、行儀の悪い」

「けどお竹どん、甜瓜(まくわうり)だすで。お竹どんも好物の甜瓜だす。もう初物と違いますよって、こない仰山(ぎょうさん)」

早速切りますよって、とお梅は風呂敷包みを抱き締めた。

「今日は気疲れしましたよって、先に休ませてもらいますで」

拳(こぶし)で肩をとんとんと叩(たた)く菊栄に、

「今日は名主(なぬし)さんとこだしたな。さぞお疲れのことだすやろ。ゆっくり休んでおくなはれ」

と、佐助が労(いた)わる。

ふん、と甘やかに頷いて、「皆は美味(おい)しいに食べておくれやす」と言い置き、菊栄は奥へと引き上げた。

疲れた様子が気がかりで、幸は奥座敷を覗(のぞ)く。

「菊栄さま、お手伝いしましょうか」

「ああ、幸、おおきに。ほな、帯を解くのを手伝うて」

極上の地厚の帯は相当暑かったのだろう、身体から離れると、菊栄は大きく安堵の息を吐いた。

「名主さん、それに田原町の月行事のとこへ行ってました。この間は売り買いが成ったことの礼金を渡して、今日は棟上げの挨拶だす。呉服町の時は、菊次郎さんに甘えたり、末広屋の甘言を信じたりして、仕来り通りの手順を省いたんが、私の過ちだした。今回は少しのぬかりもないようにしてます」

ああ、くたびれた、と菊栄は単衣を脱ぐや否や、崩れるように座り込んだ。

本公事の方は遅々として進まず、皐月に一度聞き取りがあって以後は、おかみからも沙汰無しである。

ただ、念珠屋の跡地に普請中の店も、少しずつ姿が整い始めている。五鈴屋の改築を手がけたのと同じ棟梁なので、安心して任せられるのも大きな救いだった。

衣紋掛けに長着を広げて、幸は菊栄の傍に座る。逡巡ののち、菊栄は、

「挨拶回りのあと、『菊栄』のもとの奉公人らに会うて、それから足を延ばして井筒屋に行ってみたんだす」

と、打ち明けた。

井筒屋に、と幸は問い返す。

託していた為替、預けていた簪、全て引き上げているので、商いの上での関わりはない。本公事の裁定があるまで、迂闊に会うべきではないのだが。

「あこ（あそこ）の奉公人には、ほんに良うしてもろたんだす。金銀の揺れる小鈴の簪を屋敷売りしていた頃は特に。せやさかい、暑気見舞いに、と……」

いや、と菊栄は小さく頭を振った。

「堪忍してな、幸には正直に話します。惣ぼんさんに会いに行ったんだす」

名主宅で会った時、惣次から「二年の間、あの店を黙って眺めてたんは、突き落とす時機を計ってたからだす」との台詞を投げつけられた。卯月朔日に店を閉じてから暫くは、裏切りに遭った、という恨みで一杯だった。火事のあと、少しずつ気持ちが前へ向くに従い、「やはり妙だ」との思いが生まれて消えなくなった。

「本人にもう一遍会うて、話を聞こうと思うたんだすが、入れ違いになってしもて。居留守やのうて、ほんまにお留守だした」

顔馴染みの中番頭から、火事見舞いの挨拶を受けた。その際に、中番頭の口から、火事の時の意外な話を聞いたという。

　あの日は、昼過ぎに八丁堀辺りから出火、火は京橋から日本橋へと燃え広がった。駿河町の井筒屋は大事に至らなかったものの、奉公人たちは皆、生きた心地もしなかった。店主ひとりが沈着冷静だったとのこと。

「漸く火ぃが収まった深夜、今度は駒形堂が燃えている、いう知らせが入ったそうだす。風が北向きと知った惣ぼんさんは、血相変えて飛び出していこうとしはったそうだす。奉公人らが束になって止めて、やっと事なきを得た、て聞きました。中番頭は、私の身を案じてのことや、と思うてるようだすが、惣ぼんが心底案じたんは」

　ふっと、菊栄は口を噤む。その先を続けるか否か、玉響、と呼ぶのが似合うほどに、ほんの僅かな間の惑いだった。

「惣ぼんさんが案じてはったんは、五鈴屋のことだすやろ」

　さり気なく言葉を繋いで、菊栄は襦袢の襟を広げ、風を入れる仕草をする。

「井筒屋の奉公人らは皆、よう出来てますのや。滅多な相手には話さんやろ、て思います。ただ、私が三代目保晴の後添いに収まる、と信じてる者も多いよって」

　はっと驚いて目を見張る幸に、菊栄はほろ苦く笑ってみせた。

「惣ぼんの連れ合いは、随分前に亡うなってはりますのや。もとは義理の姉弟やったいう因縁を、いちいち説明するのも煩わしいし、そない思われたままの方が、私も大事にしてもらえますよってになぁ」

それよりも、と菊栄はきちんと座り直して、顔つきを改める。

「突き落としたい、と願うて、実際に奈落の底に落とした相手のことを、ひとはそない案じるものやろか」

それともうひとつ、と友は声を低め、幸の方へと身を傾けた。

「惣ぼんさんが、長いこと大坂に行ってはったんは確かだす。中番頭の話では、泉州の方にも足を延ばしてはります」

泉州、と幸は首を傾げる。

泉州には商いの盛んな堺もあるのだが、どうしても、木綿の生産地、というのが念頭にあった。

「呉服町の家屋敷の件も、何ぞ裏があるんと違いますやろか。そない思われて仕方ないんだす。私の頭では何ぼ考えても、その正体はわからへんのだすが」

ずっと考えてたら疲れてしもて、と菊栄は肩を落とした。

どんな裏があるというのだろう、と幸も息を詰めて考えるが、容易くわかろうはずもない。

「いずれにせよ、惣ぼんさんが、あの呉服町の家屋敷を戻してくれるほど甘うないのは、わかってますのやけどなぁ」

　菊栄はそう言って、密(ひそ)やかに笑った。

　末広屋喜太郎の行方(ゆくえ)は杳(よう)として知れず、買い受けのために支払ったものは戻ってくる見込みもない。菊栄にとっても五鈴屋にとっても、極めて厳しい結果となることに変わりはない。

　台所で甜瓜を切り分けているのだろう、甘く優しい香りが、襖(ふすま)の隙間(すきま)から座敷まで漂っていた。


　事が起こったのは、浅草寺の四万六千日も終わり、立秋を迎えた昼下がりであった。秋とは名ばかりの暑さ厳しい日で、五鈴屋の表座敷は、浴衣地や薄い絹織を求めるお客で賑(にぎ)わっていた。

「四万六千日さまさまだすなぁ」

　お客を見送って戻った豆七が、小声で大七に耳打ちする。この罰当たり者、という体(てい)で、佐助とお竹が豆七を睨(にら)んだ。

　ご利益を求めて、江戸中から善男善女が集まり、自然、広小路にも表通りにもひとが溢(あふ)れた。それを機に、界隈(かいわい)に買い物客が戻るようになっていた。

間仕切り奥の「菊栄」でも、笄を求める客が続く。

ああ、良かった、と幸がほっと安堵した時だ。

丁稚が暖簾を捲るより早く、男がひとり、土間に駆け込んできた。買い物のために訪れた者ではない、ということは分かったものの、相手が誰なのか、幸にはほんの一瞬、わからなかった。余程のことがあったのか、その血相が変わっていたためである。

「いいいい五鈴屋さん」

呼ばれて幸は、はっと気づく。

本両替商、蔵前屋の店主だったのだ。

その尋常ではない様子に驚きつつも、幸はさり気なく奥座敷を示し、どうぞこちらへ、と相手を誘った。

蔵前屋へこちらから出向くことはあっても、店主が、しかも供も連れずに来るなど、ついぞなかった。

佐助どん、と支配人を小声で呼んで、同席を促した。

奥座敷に通されるや否や、蔵前屋は腰が抜けたように座り込む。付き合いは長いが、初めて目にする店主の狼狽振りであった。

その不穏は、五鈴屋の主従にも乗り移る。佐助は落ち着きなく座敷の隅に控え、幸と蔵前屋とを不安そうに見ている。

幸は相手の傍に座り、努めて平らかに、

「蔵前屋さん、如何なさいましたか」

と、問うた。

「ああ、五鈴屋さん、五鈴屋さん、大変なことになりました。音羽屋さんが……」

おろおろと幸に取り縋り、蔵前屋店主は震える声を絞りだす。

「音羽屋さんが捕まりました」

「捕まった？」

幸は眉根を寄せて、相手に問い質す。

「音羽屋とは音羽屋忠兵衛のことですか、一体、何に捕まったと仰るのです。落ち着いて、わかるようにお話しくださいませ」

相手にそうまで言われて、蔵前屋は初めて己が動転していることを悟り、肩を上下させて自ら落ち着くよう努めた。

「本両替商の音羽屋忠兵衛が、今朝、大番屋へ、縛られた上で連れていかれました」

「えっ」

隅に控えていた佐助が、蔵前屋の傍へと畳を這っていく。

「そ、それはほんまだすか。あの音羽屋が縛られた上に大番屋へ、て」

「蔵前屋さん、一体、音羽屋は何をしたのですか」

主従に詰め寄られて、蔵前屋は天井を仰ぎ、掠れた声を発する。

「謀書謀判」

ぼうしょぼうはん、と繰り返して、それが紛れもなく謀書謀判だと気づき、幸は息を呑み込んだ。

謀書謀判て、と佐助が身を震わせる。

「大変な重罪だすで」

支配人の指摘に、こくこくと頷いて、蔵前屋店主は「獄門か死罪か、どちらかです」と戦慄く声で答えた。

事件が発覚するのには、大まかに二種ある。

ひとつは奉行所への訴え、今ひとつは密告だった。

音羽屋が捕縛されたのは、あとの密告が原因だという。自身番を抜かして、大番屋へ連れていかれたのは、罪状が相当に重いことを示していた。

謀書とは偽の文書、謀判とは偽の判子のことゆえ、五鈴屋の面々にとっては、沽券状を巡る今回の一件と重なって仕方がない。

「音羽屋忠兵衛がどのような事件に関わっているのかは、今の時点では、まだ何もわからないのです」

夕餉のあとで、菊栄と竜蔵にも同席してもらった上で、幸は蔵前屋から聞いたことを奉公人たちに伝えた。

「今回の私らのこととは全く別の事件かも知れん、ということだすな。けど、それにしたかて解せんことだす」

皆の気持ちを代弁するかのように、菊栄が眉を顰めて言い募る。

「その罪が重いことは、商いに関わる者なら知っているはず。何でそこまでして危ない橋を渡らはったんだすやろか」

事が露見すれば、これまで築き上げたものは無論のこと、命まで落とすことになる。

「今までの遣り口からして、音羽屋忠兵衛いう輩はそない賢い男と違いますよって」

それ以外に言いようがない、という体で佐助は大きくひとつ、溜息をついた。

音羽屋忠兵衛は江戸屈指の本両替商ゆえ、その捕縛は早晩、江戸中が知ることになるだろう。仮に嫌疑が晴れたとして、もとのままで居られるわけもない。

音羽屋忠兵衛には一片の同情もないが、その女房の結は、店主の実妹である。奉公人たちはどう応じて良いのかわからず、一様に俯いた。

「仮に呉服町店の一件と関わりがあるなら、五鈴屋も調べを受けることになります。しかし、今は全てが霧の中。皆はこのことに煩わされず、商いに気を入れるように」

良いですね、と店主は念押しを忘れなかった。

天満菅原町に大坂本店を構える五鈴屋は、天満組呉服仲間としてのおかみへの訴願を除き、店として公事に関わった経験を持たない。

四代目の素行など火種は多々あれど、大坂では店同士の信頼を第一と考え、おかみに頼る前に自分たちの手で解決を図るのが習いであった。

江戸本店にしても、それまでは公事ごとを抱えたことがなく、何がどのように進んでいくか、わからないことばかりだ。

ただ、幸にしても菊栄にしても、呉服町の沽券状と音羽屋の捕縛とを切り離せない。ふたりとも、近々、町方から呼び出しを受けるだろうと腹を据えていた。だが、処暑を過ぎても、おかみからは一向に沙汰の無いままだ。

「ご寮さん、佐助どん、ちょっと宜しおますやろか」

文月晦日、近江屋に用足しに行っていた賢輔が、戻るや否や、店主と支配人に申し出た。ひどく緊張した面持ちだった。

すぐさま奥座敷に移って、手代から話を聞く。

「近江屋の久助さんから『人伝に聞いたことで、確たる証があるわけではない』いう断りの上で、伺わせてもろた話だす」

七年前の大火のあと、木綿の高騰が続いて、摂津国など綿の産地で、繰綿の買い占めが起こった。公儀は取り締まりを強化したが、殆ど功を奏しなかった。その当時の買い占めについて、おかみが調べに乗りだしている、とのこと。

「それは……」

幸は佐助と顔を見合わせる。

同年の綿の豊作で木綿の値は落ち着き、七年経つ今も安定している。主従ともに、おかみのお調べには「今さら」との思いが強い。

「大伝馬町組や白子組にも調べが入ったようで、次々に南茅場町の大番屋に呼びつけられているそうです」

「大番屋?」

店主と支配人の声が重なった。

大番屋には音羽屋忠兵衛が留め置きされているはずだった。

ふたりの考えを察したように、へぇ、と賢輔が膝を進める。

「音羽屋に掛けられた謀書謀判の疑念は、沽券状や土地の売り買いに纏わることとは違うようだす」

七年前の繰綿買い占めの際に交わされた証文についてのもの、との賢輔の言葉に、幸は「あっ」と短く声を発した。

開いた掌を胸に当てる。確かに、そこに刻んでおいた覚えがあった。そう、あれは鶴七たち五人を連れて、久々に江戸へ来た鉄助の言葉だ。

――買い占めはあの年限りで、未払い分もなかったよって有耶無耶になってますが、買い手は偽名を使うてたそうだす。文次郎さんは、ひょんなことから、当時の証文を見せてもらわはったそうで……

綿買いの文次郎からの言伝は、謀書謀判に巻き込まれぬよう、充分に気を付けるように、というものだった。

偽名を用いた繰綿の売買証文。

残っていた偽証文。

大坂へ行っていた惣次。

「ご寮さん、どないしはりました」

突然、弾かれるように立ち上がった店主に、佐助は狼狽えて腰を浮かせる。

「何処へ行かはりますのや」

「井筒屋へ」

短く答えて襖を開けると、幸は履物に足を入れるのももどかしく店を飛び出した。

「ご寮さん、お供いたします」

すぐ傍で賢輔の声が聞こえた。

田原町から駿河町まで、およそ一里（約四キロメートル）。常は半刻ほどの道程を、主従は急ぐ。

時々、立ち止まって息を整えるほかは、ほとんど会話もない。処暑を過ぎたとはいえ、陽射しはきつく、汗が止まらない。身支度を整える間も惜しくて店を飛び出したため、手拭いがなかった。手の甲で汗を拭うものの、間に合わない。

「ご寮さん、これを」

見かねたのだろう、賢輔が懐深くから一枚の手拭いを引き抜き、幸の前へと差し出した。

ありがとう、と受け取ろうとした手が、ふと止まる。手拭いに見覚えがあった。色は月白、幸の最も好きな色だ。

賢輔は不自然に視線を外している。

手拭いを受け取り、幸は汗を押さえた。不意に、「ああ、そうだ」と思い出す。あれは両国橋の橋上、賢輔に八代目を継ぐよう頼んだ時だった。汗の止まらぬ賢輔に、手持ちのこれを渡したのだ。

あれから十三年にはなる。何と物持ちの良いことか、と口もとが綻んだ。恐ろしいほど張り詰めていた気持ちが、ふっと緩む。

汗を拭い終えて、幸は手拭いを自分の懐に仕舞い、「行きましょう」と賢輔を促した。井筒屋は、もうすぐだった。

「五鈴屋さまでございますね」

以前の見舞客を覚えていたのだろう、井筒屋の奉公人は「どうぞ奥へ」と躊躇いなく主従を奥座敷へと誘った。

「店主から『いずれ必ずお見えになるだろうから、奥へお通しするように』と言い付かっております」

座敷への入室を遠慮する賢輔に、幸は「同席なさい」と命じる。店主のひと言に、手代は腹を据えた体で「へぇ」と応えた。

「旦那さま、五鈴屋さまがお見えでございます」

奉公人が廊下から声を掛けると、「入ってもらいなさい」との返事があった。

七年前の大火のあと、結の消息を尋ねに訪れたのと同じ座敷、井筒屋店主はその縁側に座り、背中を向けたまま客人を迎えた。

ぱちん、ぱちん、と鋏の鳴る音がする。手にした小さな盆栽に鋏を入れているのだ。仏壇には線香が二本、これも以前のままである。幸は白煙に目を遣って、心を落ち着けると、「ご無沙汰しています」と、折り目正しく挨拶した。賢輔が控えめに「同席させて頂きます」と、惣次の背に一礼する。

賢輔の声に、初めて惣次は振り返った。

鋏を手にしたまま、賢輔をじっと眺める。暫くして、「ああ」と太い声を洩らした。賢輔が何者か、わかっただろうに、惣次はそれに触れない。

「わりに早う来はりましたなぁ。で、何が聞きたいんだす?」

聞きたいことなら山のようにあるが、今は肝心なことを押さえておきたかった。

「音羽屋忠兵衛は、本当に謀書謀判の罪を犯したのですか。何処からそれが露見したのでしょう」

「あんさんの聞きたいことて、それかいな」

つまらなそうに言って、惣次は再び、ぱちん、ぱちん、と盆栽の松を切り始める。

「音羽屋の汚い遣り口は、あんさんも知ってなはる通りや。あれは賄賂をばら撒くことで今まで難を逃れてきたんやが、同業として、目障りなことだした。しかも、この私を取り込もうと煩うてなぁ。女房までがすり寄って来よりましたのや」

ぱちん、ぱちん、と小枝が切り落とされていく。

「大火のあと、繰綿の買い占めをした大元は音羽屋で、それはあんさんらかて、薄々、気ぃついてたんと違うか」

実際に動いたのは音羽屋の手代で、用いていた偽名が「伊勢屋吉兵衛」。江戸にはよくある名だった。

「さあ、ここからや」

惣次は鋏を手にしたまま、身体ごと五鈴屋の主従の方へと向き直った。

「音羽屋の手代も、それで止めといたら良かったんだす。ありふれた名、江戸中の五人組の中にも、同名が何人も居てるほどだす。おまけに、用意した判もある。金に困っていた末広屋に二重に売る知恵を付けて、沽券状を用意したんも、こいつだす。この件に関してだけは、音羽屋は関わりがない」

五鈴屋の店主と忠兵衛の女房の因縁を知り、かつ、五鈴屋が新店を探していることを聞きつけた手代が、末広屋に菊次郎を使って売り込みを図るよう入れ知恵をした。

井筒屋として、顧客の末広屋から同じ家屋敷の買い上げを打診された時に、よくよく調べて、その絡繰り(からくり)に気づいたのだという。

「手代は、ひょっとすると忠兵衛の女房から褒美でももらうつもりやったんかも知れませんなぁ。まぁ、面白いさかい、手ぇ貸す振りして、末広屋と音羽屋の手代と、両方から色々と聞きだしましたのや」

音羽屋の手代が、大火の後、長く摂津国に行っていた、という話や、やたら繰綿の値に詳しいことなどから、この男が買い占めに回った音羽屋忠兵衛の手先だと気づいた。おそらく地元には当時の証文が残っているはずだ、と出向いて見れば、出るわ出るわ。

それを持ち帰り、おかみに渡した。「菊栄」と五鈴屋が本公事にしていたため、沽券状の筆跡や判子との照合が行われた結果、繰綿の売り買いの証文、呉服町店の沽券状、ともに手代が作成した偽の文書と判明した。

「名主まで巻き込んで謀書謀判をしでかしたんは、音羽屋忠兵衛の手代に違いない。

ただ、本人はとうに逃げ出して、行方知れずになってます。せやさかい、おかみとしては、主人の音羽屋忠兵衛に、手代の不始末の尻拭いをさせた、いうわけだす」

手代を捉まえることが出来たなら、繰綿買い占めに関しては忠兵衛の指示であったことを明らかに出来ただろう。しかし、それが叶わぬため、忠兵衛を主犯としてではなく、関わりがあった者として責めを負わせるに留まる、とのこと。

「音羽屋は、おかみを舐め過ぎた。昔、昔、大坂の淀屋五代目が潰されたのと同じだすなあ。まぁ、そないなるよう糸を引いたんは、他でもない、この私だすが」

からからと声を立てて笑ったあと、井筒屋三代目保晴は、盆栽の太い枝を、ぱちんと切り落とす。ああ、しもた、と別段後悔している風でもなく呟いて、鋏を放した。

五鈴屋の主従は、思いもしない話に、ただ茫然とするばかりだ。

それやったら、と賢輔が呻くように言う。

「惣ぼんさんは、初めから音羽屋忠兵衛に狙いを定めてはったんだすか。突き落とす相手は、五鈴屋でも『菊栄』でもなく」

「賢吉、いや、今は手代やさかい賢七だすやろか。私が五鈴屋やら『菊栄』やらを突き落として何になりますのや。私にとって大事なんは、井筒屋の商いであり暖簾だすで」

そう言って、にやりと笑ってみせた。

——贔屓筋から聞いた話やが、この度の衣裳競べが一層華やかな競い合いになるよう、陰で煽りに煽ってる輩が居る。嘘か真か、ご公儀の覚えもええ大店やそうな

いつぞや、菊次郎から聞いた話が、幸の脳裡に蘇る。

あれは、惣次のしたことか。もしや、手代を逃がして、音羽屋忠兵衛に責めを負わせるよう仕向けたのも、惣次ではないのか。

腑に落ちる、それならば、何もかも腑に落ちる。

額から汗が滴り落ちて、幸は懐から手拭いを取りだした。

汗を拭う幸を暫く眺めたあと、惣次は、切り落とした松の枝を庭へと捨て去る。

「これは余計な話だすが、忠兵衛は呉服商の店主が妾に産ませた子ぉで、奉公人として店に引き取られて、散々な思いをしたそうや」

小紋染めに目を付けたのは確かなのだが、店の反対を押し切ってまで商品にする才覚はなかった。両替商に婿入りしたあと、望み通り、父親の店を叩き潰したが、恨みは消えなかった。

「五鈴屋が小紋染めで江戸を圧巻するんを目の当たりにした時、『入れ替わっていたら』と思わんこともなかったはずだす。ねじ曲がった性根は、ほんによう

似てる。そないな相手の掌に載せられた振りで、遊ばせてもろた私も、大概やが」

長い語りを終えて、井筒屋店主は客人を見送るために立ち上がった。

惣次から明かされた数々の事実に、主従は言葉もない。謝意を告げるのが精一杯だった。

井筒屋を後にするふたりを、惣次は四つ辻まで送る。

西空に夕映えの気配があり、赤蜻蛉が三人の頭上に群れていた。別れ際、「ああ、せや」と惣次は足を止めて幸を見下ろした。

「淀屋がそうやったように、音羽屋忠兵衛も死罪にはならんやろ。重追放に、闕所。つまり何もかも取り上げられて、追放されるんが相場だす」

「では、その女房は」

幸の問いかけに、惣次は唇の片側をきゅっと上げて、

「闕所は妻子には及ばんよって、女房の持ち物までは取り上げられん。ただし、確かに女房の物という証が要る。嫁入りの時に持ってきたものなら、確かだすなぁ」

と、答えた。

最後に、五代目徳兵衛だった男は、賢輔をじっと見つめて、「まぁ、よう気張ることや」とだけ言い置いて背を向けた。

意気揚々と帰っていく井筒屋三代目保晴の後ろ姿を、幸と賢輔はその場に佇んで見送った。

音羽屋忠兵衛に対する嫌疑取り調べは、異例の速さで進められた。

謀書謀判の主犯である手代は、逃げ出して行方知れずだが、奉公人に対する不行き届きの咎で入牢。奉行による審理、吟味方与力による取り調べ、そして奉行所で裁断がなされたのは長月九日、重陽であった。

翌日、幸は日本橋通の自身番から呼び出しを受けた。幸の身を案じた菊栄と、佐助とが付き添う。

「ここからは、私ひとりで参ります」

日本橋を渡り、高札場の前まで来たところで、幸は菊栄と佐助に同行を断った。そこで待つという二人を残し、単身、日本橋通を行く。

菊花の残り香が辺りに漂う中を、五か月前の火事のことなど忘れ去ったように、華やかな綿入れ姿の買い物客が行き交っていた。

「音羽屋忠兵衛の女房の調べが終わったので、引き取りを願いたい。本人は貝の如くに口を噤んでいるが、こちらで調べて、五鈴屋店主が実姉と知れた。速やかに連れ帰るように」

幸を迎え入れた同心は、障子の奥を十手で示してみせる。

ふんだんに在(あ)ったはずの衣裳(いしょう)や装飾品は、全て忠兵衛の娘のものと見做(みな)された。結自身の財産として証の立てられたものは、姉が持たせたとされる、十二支の文字散らしの型紙だけだったという。それも、小紋染めに用いたため、五枚は既(すで)になく、手もとに残ったのは只(ただ)一枚のみ。

同心の説明に、幸は唇を固く引き結ぶ。

半分開いた障子の向こうに、結の気配があった。障子が開けられ、番人に促され、結が姿を現す。幸は息を詰めてその変貌(へんぼう)に見入る。

随分と痩(や)せて、眼(め)ばかりが大きい。髪はほつれて疲労が滲(にじ)む。何より四十歳、という年齢以上に老いている。吉原の仲の町での邂逅(かいこう)の時とは、別人のようであった。

自分を見る姉の視線から逃れずに、結は背を反らして真(ま)っ直(す)ぐにこちらを見ている。

その胸に抱くのは、角ばった風呂敷包みひとつ。中身は恐らく文箱(ふばこ)。収まっているのは件(くだん)の型紙なのだろう。

自身番屋に詰めていた者たちに礼を言い、結を促して表へ出る。ふたりは番屋の前で互いを見つめ合った。

これからどうするのか。

どうやって生きていくのか。

その問いを、幸は結に投げかけることが出来なかった。否、しなかった。

私は、と結はしゃがれた声を絞りだす。

「五鈴屋を頼るつもりはありません」

風呂敷包みを胸にしっかりと抱き締める仕草をしたあと、結は顔を上げた。

「私は音羽屋忠兵衛の女房です。一緒に江戸を去り、行きついた先で、必ず立ち直ってみせます。こないなことで負けしまへんよって」

その瞳に、最早、姉への憎しみはない。ただ、確かな決意だけがあった。

一枚の型紙、その型紙を手立てに、結は忠兵衛とともに再起の道を選ぶのか。

妹の矜持を、幸は感慨深く受け止める。

結の決意に安堵するとともに、そんな風に安堵してしまう己の冷徹を、幸は改めて噛み締める。

「身体にだけは気を付けなさい」

幸は結に、ただそれのみを伝えた。

結は南へと歩きだし、幸は北の高札場へと足を踏みだす。不意に、遠い日の母の声が天から降ってきた。

——結は幸せな妹やわ

——あの子は幸に、多分、一生守ってもらえるんやろねぇ

母さん、と天を仰いで幸は母を呼ぶ。

堪忍して、母さん。

私は妹を守りきれませんでした。

幸は繰り返し、母に詫び続ける。込み上げるものをぐっと堪える幸の耳に、届く詩があった。

夕臥白雲合　（夕べに臥せば白雲合し）
朝起白雲開　（朝に起くれば白雲開く）
惟有心長在　（惟だ心の長に在る有り）
不随雲去来　（雲に随いて去来せず）

兄の雅由が好んでいた漢詩だった。

幸にはそれが、姉妹の袂別を歌っているように思われてならなかった。

第十三章　金と銀

帯は、後ろ結び。

長さを考えて身体に巻き、ひとつ結んで、輪のある方を手前にして垂らす。

「短い帯ならええんだすが、あんまり丈が長いと、歩く時に邪魔になります。そないな時は幾重にも巻いて、ほどよい長さにしとくなはれ」

おかみさんたちの間を回って、お竹が声を張る。

「これ、吉原の芸者が結んでる帯の形なんだってねぇ」

「ああ、お勢さんが前に話してたよね。吉原じゃあ『柳結び』って呼ぶんだって」

おかみさんたちが浮き浮きした様子で、互いの帯結びを見せ合った。

帯結びの見本役になっていた幸は、次の間を眺めて、内心、とてもほっとする。

卯月の火事のあと、長い間、帯結び指南を控えていた。月に一度、十四日に開かれる催しを楽しみにする者も多いのだが、火事のあとは皆、心身ともに苦しい。

文月から再開したものの、集まりは思わしくなかった。閏九月になって漸く、これだけ賑やかになったのだ。

「良かった、女将さんが元気になって」

不意に、顔馴染みのおかみさんに声を掛けられる。

怪訝な顔の幸に、「気を悪くしたならごめんなさいよ」と、女は片手で軽く拝んでみせた。

「けど、先月は随分としんどそうでしたよ。それにすっかり痩せてしまって」

周囲を憚って声を落とす相手に、幸は、

「自分では気が付かなくて……。来月、この町内で催しがあるものですから、少し根を詰め過ぎたのかも知れません。気を付けますね」

と、柔らかく返した。

店の間にいる時は、充分に気を張っているのだが、帯結び指南の間、緩みがでたのだろう。

結との分袂は、幸自身が思うよりも応えたのか、食が細くなり、夜の眠りも浅くなった。そんな幸を救ったのは、菊栄のひと言だった。

――四十にもなる妹を守るやて、えらい驕りや。相手に失礼だす。仮令、意地からでも、罪人になった亭主を見捨てず、ともに生き抜く決意をしはったおかただすで。あんさんに出来るんは、遠くから見守ることだけと違いますやろか

その言葉を思い返す度に、ああ、そうだ、と深く感じ入る。

姉妹ともに四十を超えた。この先、再びまみえる日が訪れるか否かはわからない。互いに、残る人生を悔いなく、ひたむきに生きれば良い。それで良い――幾度も自身に言い聞かせた言葉を、幸はそっと胸に仕舞った。

「女将さん、お竹さん、ありがとうございました」

「今年は閏九月があるから、帯結び指南も一回分、得させてもらいました」

一刻ほどの指南を終えると、おかみさんたちは、口々に言って、背中の帯結びをゆらゆら揺らしながら帰っていく。

おかみさんたちを見送り、お竹とふたり、次の間を整えていた時だ。

「ご寮さん」

天吉が土間を駆けてきて、来客を告げた。

丁稚のあとに続いて現れた男ふたり、河内屋の後ろに控えている人物を認めて、幸は安堵の声を上げる。

「河内屋さん、それに和泉屋さん」

火事で店を失ったあと、長く床に臥していた和泉屋だった。

杖に縋ってはいるが、ひとの手を借りずに歩く姿が、幸の眼には尊い。「どうぞ、奥へ」と幸自らふたりを奥座敷へと誘った。

「随分とご心配をおかけしました」

老人は言って、丁重に頭を下げる。

気苦労からだろう、かなり痩せて萎んでみえるが、顔色は悪くない。何より声に力があった。

お茶を運んできたお竹と、幸はそっと眼差しを交わし合った。

「本人から『どうしても五鈴屋さんに礼を言いたい』と乞われまして、お連れした次第です」

河内屋はにこにこと相好を崩す。

五鈴屋に来る前に、普請中の会所をふたりして覗いてきたという。二、三日うちには引き渡しを受ける、と聞いて、幸も胸を撫で下ろした。

「五鈴屋さんの百両、あれのお陰でどれほど助かったか知れない」

河内屋の言葉に、和泉屋が深く頷いた。

「和泉屋も、辛うじて店の建て直しが叶いました。しかし、情けないことに、それで手一杯なのです。臥せっている間も、五鈴屋さんにどう礼をしたものか、ずっと考えておりました」

「どうか、そのようなことを仰らないでくださいませ」

やんわりと拒む幸に、まぁまぁ、と河内屋が割って入る。

「いつぞや、五鈴屋さんが話しておられた孫六織、いや、今は紋羽織というそうな。和泉屋さんはその紋羽織について、伝手を頼りに色々と調べられたのですよ」

唐突に紋羽織の話が出たことで、幸は息が止まりそうになった。災難が重なり、紋羽織への探求が疎かになっていたのだ。

「以前、『松の葉を束ねて、布の表を擦る』とお伝えしました。紀州のその技を真似ようと、泉州でも苦心している、と」

「はい、確かにそう伺いました」

幸自身、松葉を束ねたもので試したことがあったが、毛羽立ちなどしなかった。

「実は、樽井村というところで、その紋羽織が作られるようになっています」

「ええっ」

思わず畳に手をついて、幸は和泉屋に迫る。

「それは真でしょうか。紀州の松の葉でなくとも、毛羽立つものなのですか」

「さあ、そこです」

負けじとばかりに、和泉屋も幸の双眸を覗き込む。

「秘技ゆえに細かいことまではわからないのですが、どうやら松葉ではなく、針を用いるそうな」

がたん、と大きな音がした。

立ち去りかけて、つい、話に聞き入ってしまったお竹が、お盆を落としたのだ。

大変な粗相を、と詫びるお竹には構わず、

「針を束ねて、布を擦るのですか」

と、幸は和泉屋に問い質す。

松葉よりも針の方が強く擦れる分、毛羽立ちそうではある。しかし、布は傷まないのか。針をただ束ねるだけで良いのか、それとも何かに取り付けるのか——次々と聞きたいことが湧き上がった。

まぁまぁまぁ、と河内屋が「待った」をかける。

「今にも針を掻き集めて試しそうですが、まぁ、落ち着きなさい、五鈴屋さん」

河内屋に制されて、幸ははっと我に返った。

「申し訳ございません。病み上がりの和泉屋さんに」
眉尻を下げて許しを請う五鈴屋店主に、「何の何の」と和泉屋は鷹揚に笑い、
「来年には、紋羽織を仕入れる道筋がつくでしょう。それを五鈴屋さんへのお礼とさせてください」
と、朗らかに告げた。

歓談を終えて帰っていく客人を、お竹とふたり、表まで見送る。

立冬を明日に控えて、吹く風は冷たく、綿入れの襟や袖口が寒々しい。しかし、眼を転じれば、緋や朱など彩豊かな紅葉の衣を纏った山々が何とも美しかった。「見事ですなぁ」「生きていればこそ、またこの季節に会えた」などと遣り取りを重ねて、老いふたり、ゆっくりとした足取りで去っていく。

その姿が参詣客に紛れて見えなくなった時、ご寮さん、と小頭役は主を呼んだ。

「この齢になって、まだ次の夢を見ることが出来る。何と幸せなことだすやろか」

寒さからひとを守る織物、老若男女から求められるだろう温かな紋羽織。木綿ゆえにさほど値も張らず、手に取り易い。まさに「買うての幸い、売っての幸せ」となる品に育てられる。

「叶えたい夢だわ」

幸もまた、新たな夢に、胸の高鳴りを抑えることが出来ない。

蚕から糸を紡ぐことを思いついた誰か。

実綿を繰って糸にすることを見出した誰か。

布に織り、身に纏おうと思った誰か。

誰かの夢の積み重なりが、今の衣裳になった。紋羽織はそれらの夢の続きだ。

これまでがそうだったように、これからの百年、その先の百年、新たな夢が次々に生まれ、ひとびとの精進によって叶えられていく。誰の精進も無駄にせず、決して利を貪らず、求めるひとのもとへ、吟味した品を届けたい――それこそが五鈴屋の心願であった。

「叶えましょう、きっと」

店主の言葉に、小頭役は「へぇ」と心を込めて応えた。


立冬を過ぎた空には、躊躇いがない。

両国橋の中ほどに立てば、蒼天に吸い込まれそうだ。

深川親和のもとに、賢輔を連れて謝礼を持って行った帰り道、幸は欄干の傍に立ち、先刻から空を仰ぎ見ていた。

その日は、五鈴屋四代目徳兵衛の月忌であった。早いもので亡くなって二十六年、四代目の女房だった三年間と合わせれば、幸が商いに関わった歳月がわかる。そんなに、と思う反面、志はまだ半ばだった。

「ご寮さん、あまり長いこと川風に吹かれては、お身体が冷えますよって」

店主の身を案じて、賢輔が声を掛ける。

そうね、と頷いて、幸は欄干を離れた。

お陰で来月の勧進大相撲にも、親和の手による力士名を、浴衣地に染めることが叶った。年に二度、勧進大相撲が開催され、都度、幕内力士の名入りの浴衣地を浅草呉服太物仲間たちと商える。変わらずにある、というのが、どれほど心強いことだろう。火事に遭ったため、一層、強く思う。

そう言えば、と幸は傍らの賢輔を見やった。

「火事の時、賢輔どんに命を助けてもらったわ。あの時、夢を見たのです」

緩やかな傾斜のある橋を下りながら、幸は夢の中で兄に再会したことを話す。

――橋を架けておいで。のちの世に伝えられるような、商いの橋を架けておいで

架けられるだろうか。

のちの世に伝えられるような商いの橋を。

兄の言葉を思い返し、自問する。自然に足が止まり、幸は再び、空を仰いでいた。

店主の黙考を暫く見守っていた賢輔だが、「ご寮さん」と幸を呼んだ。

「川に橋を架けるように、ひととひととの縁を繋いで、まだ見ぬ世界へ行きたい――昔、ご寮さんから伺った言葉を、私はここに刻んでいます」

賢輔は、開いた掌を胸にあてがってみせた。

「ご寮さんならば、きっと、そないな橋を架けはります。きっと」

手代の心強い言葉に、幸は淡い笑みで応える。

そう、あれは賢輔に八代目を継ぐように伝えた時だった。よく覚えている。

「ああ、そうだわ」

幸は懐に手を入れて、手拭いを引き出した。

「賢輔どん、これを」

差し出された月白の手拭いを見て、賢輔は「あっ」と小さな声を洩らした。

「気に入ってくれていたようだから。お守り代わりに」

同じ月白の、新しい手拭いだった。

おずおずと受け取って、賢輔は真新しい手拭いをぎゅっと握り締める。その手の中で、月白は一層、冴え冴えと清らかな色を放った。

かつて、夫だった惣次の怒りを買い、殴られたことがある。その時、身を挺して幸を守ろうとしたのは、幼い賢輔だった。小さな身体で惣次に挑み、蔵の壁や扉に叩きつけられても、惣次の腕にしがみ付いて離れなかった。

師走の暴風が放った青竹の矢から、幸を守ったのも、やはり賢輔だった。

主筋ゆえに守られている——そう思っていた。

否、思おうとしていたのかも知れない。どうなるものでもないことを、幸自身がよくわかっている。

眼下、大川の水面に陽が弾けて、金銀の波が生まれていた。

一艘の船が、流れに逆らって上ってくる。金波銀波を分けて、船はゆっくりと進む。時折り、船頭の翳す竿から、水の珠が勢いよく飛んで、きらきらと煌めきながら川面へと落ちていく。まろやかな珠もまた、金銀であった。

主従は暫く黙ったまま、天が授けた美しい色に見入る。何も言わず、何も聞かない。ただ静かな刻だけがそこに横たわっていた。

月白をぎゅっと握り締めて、賢輔は空を仰ぐ。

「遠い昔……五鈴屋にご奉公に上がる前の日のことだした。父は私を前に座らせて、こないな話をきかせてくれました」

――おあしにはな、金と銀と銭がある。銭は日々の暮らしを支えるもの。お前はんがこれから生きる商いの世界で使われるんは、金と銀だす。金は銀よりも重うて、柔らかい。何より、いつまでも変わらんと光り続けることが出来ますのや。金と違うて、銀は曇ってしまう。けど、その曇りは、銀がひとからひとの手ぇに渡った証、仰山のひとの商いに役立った証だす。金と銀、両方揃わな、商いは出来ませんのや。五鈴屋のご寮さんは紛れもない、金貨だす。何があったかて、どないな目ぇに遭うたかて、柔らかに乗り越えて、光り続けられるおかただす

「『賢輔は銀になり、どないなことがあったかて金の傍を離れず、命がけで金を生かす努力をせぇ』――父は私に、強う言い聞かせました。当時の私はまだ幼うて、父の言う半分もよう理解できませんでした。長いことかかって、ようやっと……」

天に向けていた眼差しを、賢輔は幸へと戻す。迷いのない、真っ直ぐな眼だった。

せやさかい、と賢輔ははっきりとした語勢で続ける。

「せやさかい、私は何があったかて、ご寮さんのお傍を離れしません。生涯をかけて、金を生かす銀となります」

その表情に、強い決意が滲んでいた。

賢輔の真心に、幸は強く胸を打たれる。想いを言葉にできないまま、幸はゆっくりと頷いてみせた。

両国橋の上に佇む一組の男女を、初冬の陽射しが柔らかに包み込んでいる。

閏月を挟んだため、今冬は、季節の廻りが凄まじく早い。

閏九月のうちに天水桶に氷が張り、水を触ると指先がじんじんと痛むようになった。火鉢が恋しいが、せめて神無月までは、と辛抱の日々であった。

やっとの思いで迎えた、神無月朔日。前日が黒日だったこともあり、色々と控えてきた作業に勤しむひとびとの姿が、あちこちで見受けられる。

田原町三丁目でも、早朝から、表の店々が慌ただしい。

「もうちょい上だ。そう、その辺り」

「両隣りと、高さを揃えてくださいよ」

表通りのあちこちで響く大声に、通行人たちは、何事かと立ち止まって眺めた。

水引暖簾用の竿の取り付け作業だとわかると、何だ、と興味を失った体で、皆、足早に過ぎる。

広小路の方へと進むと、白木の優しい香りに鼻をくすぐられ、また足が止まる。火事のあと、粗方の家が建て直されたが、何処(どこ)の新築か、と視線を巡らせる。傳法院の裏口に続く小路と、表通りが交差する角地に、間口五間ほどの新店が建っていた。最後の仕上げなのだろう、職人たちの手で大きな掛け看板が取り付けられる。

「き、く、え、い」

看板に彫られた「菊栄」の文字を声に出して読み上げて、何やら聞き覚えがある、と首を捻(ひね)る。同じように看板に気づいて、歩みを止める者が続く。

「ひょっとして『ただ菊栄(きくえい)の笄(こうがい)ぞ』の、あの菊栄じゃあねぇのか」

「ああ、あの唄(うた)の菊栄か」

野次馬が騒ぐからか、棟梁(とうりょう)と思(おぼ)しき大工が、

「そうともさ、あの菊栄が今月四日の天赦日(てんしゃにち)から店開きなんですぜ。贔屓(ひいき)にしてやっておくんなさいよ」

と、上機嫌で声を張った。

少し離れたところから、四十代と思しき女がふたり、肩を並べて、その情景を眺めている。感慨無量の面持(おもも)ちに、わけありか、と野次馬たちは興味深そうな目を向けていた。

「何遍も出たり入ったりで、皆に、えらい迷惑やら心配やらかけてしもて」

堪忍しとくれやす、と菊栄は板の間に両の掌を置いて、深く額ずいた。

菊栄の背後に控えた竜蔵、清一、平太が菊栄に倣って平伏する。

無事に新店への引き移りを済ませ、今日、「菊栄」の看板も上がった。ちりぢりになった他の七人の奉公人のうち、手代三人と小僧一人が戻る目途も立っていた。安堵の中、五鈴屋で過ごす、最後の夜である。

力造夫婦や梅松たちも招いて、夕餉を兼ねてのささやかな宴が開かれていた。

「ほんに寂しおます。こない何遍も寂しい思い、私、もうかないまへんで」

洟を啜り上げるお梅に、亭主の梅松が「そない大層な」と苦笑する。

「すぐそこに移らはるだけで、何時でも会いに行けるやろ」

違えねぇや、と力造が相槌を打ち、お才も軽やかに笑いだす。板の間に皆の朗笑が広がって、それぞれの胸に宿る寂しさを押しやった。

忠兵衛の闕所により、本両替町の音羽屋、日本橋通南二丁目の日本橋音羽屋、それに山下町の別邸ほか全てが召し上げられ、看板も暖簾も外された。忠兵衛とその女房は江戸を追われ、その後の消息を聞かない。

呉服町の家屋敷は惣次のものと裁可され、「菊栄」と五鈴屋の支払った代金は戻らず終いであった。

「主筋の悪口になるやも知れませんが」

　そう断った上で、長次がぼそりと言う。

「私が井筒屋の旦那さんやったら、気前よう呉服町の店を返しますで。音羽屋のお客を皆、井筒屋が引き継いで、江戸一番の本両替商になったいう噂ですし。ご祝儀代わりにそれくらいしはったかて、罰は当たらんやろて思います」

　壮太や鶴七たちも、長次の言葉に浅い頷きを繰り返した。

「あんさんらは惣ぼんさんを知らんから、そない思うんやろが」

　盃を置いて、佐助が軽く頭を振る。

「惣ぼんさんは、商いに情を絡めんおひとだす。それは昔からで、せやさかい、昔の私は、あのおかたが苦手だした」

「私もそうだした」

　支配人の盃が空なのに気づいて、お竹は銚子の柄に手を伸ばす。

「けど、商いに情を絡めんさかい、あそこまで井筒屋を大きいにしはったんだす」

　それに、と佐助の盃を熱い酒で満たして、

「惣ぼんさんは、情はお持ちだすのや。それを他人に見せんだけで」

と、言い添えた。

板の間の隅、畳んだ敷布の上に、王子茶色のものが載っている。それに目を留めて、お才が「ちょいと見せてくださいな」と断った。

三日ののちに、町内の店の表に飾られる水引暖簾であった。

「何遍見ても、見飽きない。良い色ですよ。一体、誰が作り出したんでしょうねぇ、本当に」

涙声で言って、染物師の女房は片手で口を覆った。

誠二がもらい泣きして、力造が「止さねぇか」とお才を叱りつける。小吉はどちらの味方につけば良いか、おろおろと狼狽える。そのさまが可笑しい、と宴の場は笑いで揺れた。

江戸に出て来なければ、出会うことのなかったひとたち。

血を分けた者は去り、大事なひとたちは泉下の客となった。それでも新たな縁はこうやって結ばれていく。不意に込み上げるものがあり、幸はわざと朗らかに笑った。

神無月四日は、今年最後の天赦日だった。

明け六つの鐘が鳴り終わると、表通りに面した店々から幾つもの人影が現れた。水引暖簾を通した竿をそれぞれ手にしている。店の外へ出る者が続き、表店の主従はほぼ出揃った、と思われた。

　贔屓屋が両の手を高々と上げたのを合図に、各店の軒先に、王子茶色の水引暖簾が掛けられる。それを機に、一同は通りへと広がって、空を見上げた。

　東天の裾（すそ）に光が宿り、南寄りに明けの明星が輝く。見守るうちに陽が上り始めて、斜めに道を照らす。

　大火から七か月、大きく損なわれていた街並みも、辛うじて戻った。主たちが浅草寺の方に向かい、手を合わせて首（こうべ）を垂れる。奉公人らがこれに倣う。

　今日より始まる町内の取組の上首尾（じょうしゅび）を祈念して、ひとびとは合掌を解いた。

　雷門を挟んで、広小路には木戸がふたつある。

　朝五つ半（午前九時）過ぎ、その両側の木戸と雷門の前とで、揃いの王子茶色の半纏（はんてん）を身につけた男たちが、

「絵双六（すごろく）だよ、田原町の買い物双六だ」

「お代は要らないよ、浅草寺参りのお土産代わりに、持ち帰って遊んでみておくれ」

「気になる店があったら、是非、足を運んでおくんなさいまし」

と、声を張る。

只で双六を配るなど、聞いたことがない。

どれ、と試しに一枚もらい、善男善女がしげしげと見入る。

「何々、淡路屋の色足袋、小松屋の番傘。ああ、菊栄の笄は『五つ進む』だとよ」

「おいおい、贔屓屋の草紙で『振り出しに戻る』だと。贔屓屋、大丈夫か」

枠一杯を使って、各店が力を入れている品や、売り込みたい事柄が、絵とともに記されていて、遊び心が満載だった。次から次へと手が伸びて、買い物双六は参詣客に行き渡っていく。

大判の絵双六を折り畳んで大切に持ち帰る者もいるが、それを手に、広小路から田原町三丁目へと足を運ぶ者が殆どだ。

広小路の左側は東仲町、右側は田原町三丁目、さらに西へと進むと、左右が田原町三丁目になる。わかり辛い町割りも、今日からは一目瞭然だった。

「ああ、なるほど。王子茶の水引暖簾が掛かってるところが田原町三丁目なんだな」

「おや、ご覧な。この双六にある菊栄って、呉服町にあった、あの『菊栄』かねぇ」

口々に話しながら、参拝客は通りをそぞろ歩く。

木の香漂う新店の前で、「菊栄」の半纏を来た奉公人が「ただ菊栄の笄ぞ」と唄い、ああ、と足を止める者が続く。

女店主が店の前に立ち、

「笄の『菊栄』、簪(かんざし)の『菊栄』が、ここ田原町に戻って参りました。どうぞご贔屓に」

と、自ら呼び込みを行っていた。

「おや、粋な扇子を売ってる」

「お前さん、ちょっと見ていこうよ」

どの店も、履物を脱がずとも、床几に並んだものを自分で手に取れるようにしている。いずれも揃いの床几だった。

あの店、この店、と覗くひとびとの、何と楽しそうなことか。

贔屓屋店主とともに、幸は通りの中ほどに佇(たたず)んで、初日の様子を見守っていた。

火事のあと、客足が絶え、色を失っていた町が今、彩に溢れている。

「観音(かんのん)さまにお参りしたあと、こんな楽しいご褒美が待ってるなんてねぇ」

「次は親父(おやじ)やお袋も連れてこよう」

買い物客の遣り取りが耳に届いて、贔屓屋は俯(うつむ)き、羽織の袖(そで)で瞼(まぶた)を押さえる。少しして顔を上げると、五鈴屋さん、とくぐもった声で幸を呼んだ。

「私はそろそろ店に戻ります。『振り出し』に戻らぬよう、商いに身を入れないと」

「では、私も。五鈴屋は『一回休み』ですが、休んではいられませんもの」

五鈴屋店主の返答に「何と」と贔屓屋は破顔する。小売店主ふたり、声を立てて笑いながら、それぞれの商いへと戻っていく。

年内最後の天赦日に始められた試みは、双六とともに、江戸中に歓迎された。日を追うにつれ、大判の双六を手に、田原町三丁目を目指す者が増えていく。霜月の酉の市、吉原遊里の秋葉祭、と近くに行事がある時は、一体、何処からひとが湧くのか、と思うほどの賑わいになった。

師走に入れば、町内総出でお事汁を振舞ったり、餅つきを行ったり、とお客を飽きさせない工夫もなされた。

そうして迎えた、十四日。

忠臣蔵の討ち入りで知られたこの日、五鈴屋江戸本店は創業から丸十六年を迎えた。店前に並べられる祝い酒は年々数を増やし、祝いの品を持ち込む者も後を絶たない。

「おいでやす」

どうぞ中へ、と丁稚たちが暖簾を捲って声を張る。

「今年の鼻緒はどんなだろうねぇ」

「王子茶色だよ、きっと」

い込まれていく。

倹しい装いの者も、値の張る晴れ着を纏った者も、浮き浮きと暖簾の向こうへと吸い込まれていく。

「いつ見ても、何度見ても、良い景色だ」

店の間の中ほどに座って、砥川額之介がつくづくと言う。

「吉原の衣裳競べで日本橋音羽屋に負け、屋敷商いを専らとしていた呉服町店を奪われ、火事で火の手が迫り……。沖へ出るまでの間に、難破してもおかしくなかった。よくぞ乗り越えたものだ」

幸を相手に反物を選んでいた女房の雅江が、

「うちのひとは、家でもこの話ばかりなんですよ」

と、笑い声を立てる。

王子茶の絹織を一反、ご祝儀用に呉服切手を五枚、それに手毬柄の友禅染を半反。童女用の友禅は、早くに亡くなった娘のためのものだった。事情を知る幸は、裁ち包丁を使いながら、産声をあげることなく逝った我が娘、お勁を想い重ねる。

「どうぞ、鼻緒をお取りください」

鼻緒の載ったお盆を賢輔から差し出されて、

「今年は王子茶の縮緬なのですね」

と、雅江は華やいだ声を上げた。

支払いを終え、紙入れを懐に仕舞いながら、相撲年寄は店主に尋ねる。

「どうですかな、無事、大海に漕ぎ出てみての所懐というのは」

どうでしょうか、と幸は思案の末に、

「航海には嵐が付き物、この先、幾たびも容赦なく嵐に襲われることでしょう。けれど、何度でも乗り越えてみせよう、と存じます。ひとりではありませんし、一軒でもありませんから」

と、答えた。

五鈴屋店主の回答に、額之介は大きくひとつ、頷いてみせた。

十六年を祝って、そのあともお客が引きも切らない。千代友屋の女房や菊次郎も久々に顔を見せて、店の間は大いに賑わった。客足が落ち着いた頃には、そろそろ陽射しに朱が混じり始めていた。

「おいでやす」

丁稚の声とともに、暖簾を捲って現れたのは、一組の母娘だった。

母親は三十代半ば、娘の方は十七、八。どちらも倹しい身形だが、こざっぱりと清らかだ。

母親は幸を認めて、心底、嬉しそうに、懐かしそうに笑う。見覚えがないままに、幸は「おいでなさいませ」と座敷に迎え入れる。

女将さん、と母親は幸を呼んで、少し涙ぐんだ。娘が母を気遣う眼差しを向ける。

大丈夫だよ、と娘に言って、女は幸を真っ直ぐに見た。

「女将さん、覚えておいででしょうか。十六年前の今日、五鈴屋さんがお店を開かれたその日。背中に負ぶっていた我が子のための晴れ着に、と薬玉紋の反物を穴が開くほど眺めて、でも、買えなかった。買えなかったんです」

あっ、と幸は両の肩を引く。

背中に赤子を負ぶった、若い母親。くたびれ果てた綿入れに、すり減るだけすり減った下駄。貧しい暮らしが芯まで沁みた、その風貌。

十六年の時を一気に遡り、当時の情景が眼前に広がる。

間口二間半の小さな店、店主と支配人、小頭役、手代の四人だけの江戸店だった。

「買うての幸い、売っての幸せ」を掲げての、若い主従の討ち入りであった。

お客の中に、蝶紋の小紋染め、薬玉紋の友禅染めを前に、立ち尽くす若い母親の姿があった。

――生まれて初めて、こんなに近くで絹織りを見ました。本当に綺麗で、華やかで

――一生、買えるとも思えないのだけれど

耳の奥に、その切ない声が帰ってくる。

お竹も佐助も、そして賢輔も、驚いて中腰になっている。

「あの時の……。では、こちらの娘さんは……」

店主の問いかけに、母親は口もとから鉄漿の歯を零す。

「はい、あの時、負ぶっていた子です」

嫁入りが決まって、それでここに、と母親は泣き笑いで打ち明けた。

不意に双眸から涙が溢れかけて、幸は顔を背ける。商いの場だ、と自身に言い聞かせて、辛くも堪える。

物心ついた頃から、と遠慮がちに、娘が口を開いた。

「物心ついた頃から、母に手を引かれて、この店の前をよく通っていました。その度に『いつか必ず、ここでお前の晴れ着用の反物を買わせてもらうんだ』と聞かされていました。店のひとたちが『お迎えできる日を心待ちにしています』と言ってくれたんだよ、て。洗い物の僅かな手間賃を、大事に大事に貯めてくれて」

途端、堪えきれなかったのか、お竹の嗚咽が洩れ聞こえる。

——それでも娘のために、いつか、あんな反物で晴れ着を仕立ててやりたい。そんな夢は、夢だけは見ていたいんです

江戸店開店の日にもらった言葉を、忘れたことはない。

——いずれ、きっとお迎えできる日を心待ちにして、私どもも精進をさせて頂きます

当時、返した言葉も、忘れはしない。

幸は佐助と賢輔、そしてお竹を傍へ呼ぶ。

当時、まだ五鈴屋に居なかった者たちも、事情をよく知る身。十六年の間に増えた奉公人たちが、創業当時の四人の後ろに、次々と集まった。

皆で畳に手をついて、

「お待ち申しておりました」

と、心から伝えて、額ずく。

ほんに、ほんに、お待ち申しておりました、とお竹が涙声を重ねた。

（了）

皆さま、六年半もの間、お付き合い頂きまして、ほんにありがとうさんでございます。おっと眼から汗が……。年寄りは涙もろいよって、堪忍しとくなはれ。ほな、最終巻の「あきない講座」、始めさせて頂きまひょ。

一時限目　紋羽織って何？

茂作の足袋に使われていた「紋羽織」がどんなものか想像がつきません。

治兵衛の回答

昭和の頃、よく寝間着に用いられていたのが綿フランネル。紋羽織はその原型ともいえる織物です。もとは孫六織と呼ばれ、松葉による起毛、針を束ねての起毛、と技術が磨かれて、明和年間に紋羽と名を改め、諸国に売られるようになります。ふんわりと毛羽立った生地は足袋や肌着に用いられ、好評を博しました。「紀伊国名所図会」（国立国会図書館デジタルコレクションで公開）の「紋羽織屋」で製作の様子を垣間見ることができますよ。

二時限目　吉次について

作中の歌舞伎役者たち、特に吉次が気になります。架空の人物なのでしょうか。

治兵衛の回答

役者の名跡は代々受け継がれるものであるため、登場人物としてそのまま用いることは控えています。ただ、例えば、富五郎は初代中村富十郎、吉次は二代目瀬川菊之丞を念頭に置いて描いています。出生地と俳号から「王子路考」という名で親しまれた菊之丞ですが、舞台装束に用いた色は「路考茶」と名付けられ、以後、八十年近く一大流行色として支持されました。ひとつの色が、これほどまでに長く深く愛され続けることは、極めて稀です。

三時限目　呉服店とデパート

現代のデパートは江戸時代の呉服店がルーツと聞きましたが、本当でしょうか。

治兵衛の回答

日本におけるデパートは、明治三十八年（一九〇五年）、三越呉服店による新聞の全面広告、所謂「デパートメントストア宣言」に端を発すると言われています。欧米では既に、一棟の中で多岐にわたる商品を陳列、販売する総合小売店があり、これを日本にも導入しようとしたのです。同じ道を模索していた呉服商として、松屋、松坂屋、髙島屋、伊勢丹、大丸などが挙げられます。鉄道会社なども参入して、次第に今の百貨店が形作られました。

この講座に、読者の皆さまから沢山のお便りを頂戴しました。ことに後半の三年はコロナ禍で大変な状況でしたのに、心を向けて頂けたこと、ほんにありがとうて、感謝の気持ちで一杯だす。最終巻の付録として双六を付けさせて頂きました。長い人生、何遍「ふりだし」に戻ろうと、「あがり」目指して、前を向いて歩いて行きまひょなあ。（治兵衛）

作者より御礼

源流から始まった五鈴屋の物語も、お陰様で無事、大海に至りました。皆さまの応援があればこそ、書き続けることが出来ました。心より御礼を申し上げます。本作を手がけるきっかけとなったのは、「いとう呉服店」（のちの松坂屋）十代目店主の宇多という女性でした。困難に屈せず、商いを守り育てていく女性を描きたい、と願い、新たに創り上げたのが、本作の主人公、幸です。今巻で物語は幕を閉じますが、少し先に、特別巻を二冊、刊行させて頂く予定です。お付き合い頂けたなら、本当に嬉しく存じます。

執筆の際、研究者のかたがたの論文や著作物で多くのことを学ばせて頂きました。弛まぬ研鑽に心からの敬意と感謝を。また、素晴らしい木版画で表紙を飾ってくださった卯月みゆきさん、今巻の「五鈴屋出世双六」で花を添えてくださったイシサカゴロウさんに感謝いたします。

「あきない世傳　金と銀」シリーズ著者

髙田郁　拝

た 19-28

あきない世傳 金と銀 ⑬ 大海篇

著者 髙田 郁

2022年 8月18日第一刷発行

発行者 角川春樹

発行所 株式会社 角川春樹事務所
〒102-0074 東京都千代田区九段南2-1-30 イタリア文化会館

電話 03(3263)5247[編集] 03(3263)5881[営業]

印刷・製本 中央精版印刷株式会社

フォーマット・デザイン＆シンボルマーク 芦澤泰偉

ISBN978-4-7584-4506-1 C0193

http://www.kadokawaharuki.co.jp/[営業]
fanmail@kadokawaharuki.co.jp[編集] ご意見・ご感想をお寄せください。